対校 水鏡 〈改訂版〉

小久保崇明・山田裕次編

笠間書院

目次

凡例

本編は、現存する『水鏡』の諸伝本中の最古鈔本である三重県津市真宗高田派本山専修寺蔵本を翻刻したものである。底本としては、貴重図書影本刊行会による昭和十三（一九三八）年十二月印行の複製本を使用した。その際、同系統の名古屋市蓬左文庫蔵応永本と対校し、その校異をも示した。尚、翻刻にあたっては、次の諸点に留意した。

㈠　底本・対校本の両者について、次のごとき配慮をした。

⑴　原本の変体仮名は、すべて現行の仮名に改めた。又、漢字の字体は、原則としては現行通用の字体に統一するようにした。

⑵　原本の反復記号「〻」「丶」「ゝ」「〱」、及び字句の補訂に用いる記号「○」「ミ」はそのまま残した。

⑶　原本の判読困難な文字、及び虫損や墨による汚れの甚だしい文字は、「□」でこれを示した。尚、虫損・墨の汚れによるもので判読し得るものは、「□」内にこれを記した。

⑷　明らかに原本の誤りと認められる箇所が若干存するが、すべて現状のままとした。

㈡　底本の現状を可能な限り忠実に保存するために、次のごとき配慮をした。

⑴　底本の改行は翻刻にあたっても改行した。尚、本文上欄に行数を「①」～「⑩」の数字を以て示した。

⑵　底本の本文中に付されている読点「●」は、翻刻本文中の当該箇所にそのまま残した。

⑶　底本における誤脱の補入箇所、見せ消ちによる字句訂正並びに抹消箇所は、現状のままに写した。即ち、補入記号「○」は翻刻本文中の当該箇所にこれを記し、見せ消ち記号「ミ」はこれを該当する文字の左側に付し、補入文字及び訂正文字を、底本同様に翻刻本文右側の行間の当該位置に記した。

(4) 底本の行間に記された傍書・傍訓・傍注、及び本文上欄に記された頭注などの書き入れは、現状のままに翻刻本文の行間や本文上欄の当該箇所に呈示した。

(5) 底本に存する、漢字及び仮名に付された声点「●」「●●」は、翻刻本文中には示さなかった。そのかわり、声点の付された語・語句を抄出してその当該位置に「●」又は「●●」を付したものの一覧を「専修寺本『水鏡』声点語彙一覧」として、これを本編の末尾に掲げた。

(6) 便宜のため、底本の丁数及びその表裏を、紙面の右端又は左端に「上・1・オ」のごとく示した。その際、丁数は底本の墨付の第一枚から数えた。即ち、「上・1・オ」とあるのは、上巻墨付第一枚表を示すものである。

(三) 底本と対校本との間の異同箇所を校異として示すにあたり、次のごとき配慮をした。

(1) 底本及び対校本に記載されているものすべてをその対象とした。但し、

㋐ 変体仮名の字体の異同についてはこれを対象としなかった。又、漢字の正体・略体・別体等の範疇に属する異同についても、原則としてはこれを対象としなかった。

㋑ 対校本には底本に見られるような読点は付されていないので、これについては校異表示をしなかった。

㋒ 補入及び見せ消ちによる訂正箇所については、訂正されたものに異同がない限り校異の対象としなかった。

(2) 校異の表示方法は、次のごとくである。

㋐ 底本の翻刻本文の行間に校異を示すことが可能なものについては、異同箇所を底本の翻刻本文の当該箇所の右側に傍線を施すことによって明示して、傍線の右側の「（　）」内に対校本の字句を記した。尚、底本に存していて対校本に存しない字句については、「（　）」内に片仮名で「ナシ」と記した。従って、本編では、底本の翻刻本

文の行間に記されたもののうち、「（　）」の付されていないものが底本の書き入れであり、「（　）」の付してあるものが校異表示となっている。

㋑　翻刻本文の行間に校異を示すことが困難或いは不適切と思われるものについては、各丁の表に存する異同箇所は翻刻本文の右端に掲出し、各丁の裏に存する異同箇所は翻刻本文の左端に掲出して、異同状況を示した。その際、

ⓐ　異同箇所の所在は、それの存する底本の本文の行数を以て示し、行数は「❶」〜「❿」の数字を用いた。

ⓑ　掲出箇所は、底本・対校本ともに、現状のまま掲げるよう努めた。

ⓒ　掲出箇所を符合「＝」を以て結んで掲げたものは、「＝」の上部が底本の異同箇所を、「＝」の下部が対校本の異同箇所を含んだ部分である。尚、この「＝」を以て結んで掲出した場合には、原則として翻刻本文の行間には掲出箇所に含まれる異同を校異として表示しなかったので注意せられたい。

⑶　底本及び対校本における判読の困難な箇所も、右の㋑の方法で掲出した。

⑷　便宜のため、対校本の丁数及び表裏を、底本の翻刻本文の左側に、「」2オ」のごとき符合を以て明示した。その際、丁数は底本の場合と同様に墨付第一枚から数えた。

㈣　底本・対校本の現状についてコメントが必要と思われるものについては、翻刻本文の右端・左端に「※」を付して掲げた。

㈤　校異表示の際に加えたコメントで言及した古辞書は次の書籍に収載されているものである。

○天治本『新撰字鏡』

『天治本　新撰字鏡　増補版　附　享和本・群書類従本』（臨川書店・一九七三年刊）

○尊経閣本『色葉字類抄』

『尊経閣蔵三巻本　色葉字類抄』（勉誠社・一九八四年刊）

○観智院本『類聚名義抄』

『天理図書館善本叢書　類聚名義抄　観智院本　仏』（八木書店・一九七六年刊）

『天理図書館善本叢書　類聚名義抄　観智院本　法』（八木書店・一九七六年刊）

『天理図書館善本叢書　類聚名義抄　観智院本　僧』（八木書店・一九七六年刊）

○鎮国守国神社本『三宝類聚名義抄』

『鎮国守国神社蔵本　三宝類聚名義抄』（勉誠社・一九八六年刊）

対校　水鏡〈改訂版〉

上・1・オ

❾神功皇后 ＝ 神功皇后（女帝）

水鏡巻上

」1オ

①　反正天皇　允恭天皇
②　安康天皇　雄略天皇
③　清寧天皇　飯豊天皇
④　顕宗天皇　仁賢天皇
⑤　武烈天皇　継体天皇
⑥　安閑天皇　宣化天皇
⑦　欽明天皇

」1ウ

上・1・ウ

❸飯豊天皇 女帝 ＝ 飯豊天皇 不入皇代記

上・2・オ

❷傍書「厄年可参厄寺事」応永本ニナシ。❷底本「龍蓋寺」ニ声点アルガ応永本ニナシ。❻底本「初夜」ニ声点アルガ応永本ニナシ。❻御前(マヘ)に ＝ 御まへに　❼底本「通夜」ニ声点アルガ応永本ニナシ。❽底本「修行者」ニ声点アルガ応永本ニナシ。

① つゝしむへきとしにて・すきにしきさらきの
② はつむまの日・龍蓋寺へまうて侍(侍り)て・やかてそれ（厄年可参厄寺事）
③ より・はつせに・たそかれのほとにまいりつきたりし
④ に・としのつもりには・いたくゝ(くく)るしうおほえて・師
⑤ のもとにしはしやすみ侍し程に・うちまとろまれ
⑥ にけり・初夜のかねのこゑにおとろかれて・御前(マヘ)に
⑦ まいりて通夜し侍しに・世のなか(世中)うちしつまる程(ほと)
⑧ に・修行者の卅四五なとにやなるらんとみ(見)えしか・
⑨ 経をいとたうとくよむあり・かたはらちかくゐたれ
⑩ は・いかなる人のいつこよりまいりたまへるそ・御経 」2オ

①なとのうけたまはらまほしからむ（ん）には・たつね（尋）た
②てまつらんといふに・この（此）修行者いふやう・いつこと
③さためたるところ（所）も侍らす・すこしもの（物の）ゝ心つきて
④のち・この十余年よ（世）のなりまかるさまのこゝろ（心）
⑤とゝむへくもみえ（見）侍らねは・人まねにもし後世や
⑥たすかるとて・かやうにまとひありき侍なり（也）といへ
⑦は・まことにかしこくおほしとりたる事（こと）にこ
⑧そ・たれもさすかにこの（此）ことはりはおもへとも・まこ
⑨としくは思たゝぬこそをろかに侍めれ・このあま
⑩いまゝて世に侍る（ナシ）けうの事なり・けふ」2ウあすとも

❺後世（「後世」ニ声点アリ。）＝後の世（「後」「世」ニ声点ナシ。）

上・2・ウ

上・3・オ

❷底本「をかてら(岡寺)」ニ声点アルガ、応永本ニハ声点及ビ傍注「岡寺」トモニナシ。❿底本「善知識」ニ声点アルガ応永本ニナシ。

①しらすことし七十三になんなり侍る(ナシ)・卅三をすき
②かたくさう人なとも申あひたりしかは・をかてら(岡寺)は・
③やくをてんし給とうけたまはりて・まうてそめ
④しより・つゝしみのとしことに・きさらきのはつ
⑤むまの日・まいりつるしるしにこそ・いまゝて世に侍(はへ)
⑥るは・ことしつゝしむへきにてまいりつる・身なから
⑦もおかしく・いまはなにのいのち(命)かはを(お)しかるへきと
⑧思なから・としころまいりならひて侍にあはせて・やか
⑨てこのみてらへもまいらむ(ん)と思たちてなん・いまこの
⑩みてらには・ひとへに後世たすかり侍らん善知識に」3オ

① あはせさせ給へとまうしにまいれるに・かくいさき
② よく後世おほす人にあひたてまつりぬるは・し
③ かるへきにこそ・世をそむく人もをのつからもの(物)
④ いひふれ給(たまふ)人なきはたよりなかるへき事(人)なり・
⑤ このあま(尼)もひとへに子とも思たてまつらん又かなら
⑥ す善知識となり給へといへは・修行者いとうれしき
⑦ 事なり・けふよりはさこそたのみ申侍らめとて・
⑧ 又経なとよみてそさしはてしほとに・後夜うち
⑨ すきて・われも人もねふられしかは・修行しありき
⑩ 給けんもの(物)かたりしたまへ・」3ウ めをもさまし侍らん・

上・4・オ

①おほみねかつらきなとには・たうとき事にも・又おそ
②ろしき事にもあひ侍(侍る)なるは・いかなる事か侍し
③とゝへは・としころはへちにさる事(こと)もなかりしに・を(お)とゝ
④しのあきかつらきにてこそ・あさましきこと(事)にあひ
⑤侍たりしか・つねよりも心すみてあはれにおほえて・
⑥経を誦したてまつりしに・谷(たに)のかたより・人のけし
⑦きのしてまうてこしかは・いともの(物)おそろしくおほえ
⑧なから・経をす(誦)したてまつりしに・九月かみの十日
⑨ころの事(こと)にて・月のいりかたになり侍し程に・ほの
⑩かにそのかたちをみ(見)れは・おきなのすかたしたる物(ものゝ)の
└4オ

① あさましけにやせ神さひたるか・ふちのかはをあ
② みて衣(コロモ)とし・竹のつゑ（え）をつきたるかきたれる
③ なりけり・やう〱かたはらへきよりていふやう・御
④ 経のいとたうとくきこえ侍つれは・まうてきたると
⑤ いふ・もの（物）おそろしくおほえ侍（侍り）しかとも・鬼魅(クヰミ)なとの
⑥ すかたにもあらさりしかは・仙人といふものにやと思て・
⑦ かく申ほと（程）に・八の巻のすゑ（末）つかたなりしかは・又
⑧ 一部を誦(シュ)してきかせ侍しかは・この（此）仙人よろこひて・
⑨ 修行し給人おほく」4ウおはせとも・まことしく仏道を
⑩ 心にかけ給やらんとみ（見）たてまつるか・たうとくおほえ

❷衣(コロモ)＝ころも　❺底本「鬼魅(クヰミ)」ニ声点アルガ、応永本ニハ声点及ビ傍訓「クヰミ」トモニナシ。　❻底本「仙人」ニ声点アルガ応永本ニナシ。　❽傍訓「シユ」応永本ニナシ。

上・5・オ

❽傍訓「カミヨ」応永本ニナシ。

①侍なり・いかなる事にて心をおこしそめたまへ（給）りし
②そと・ゝひしかは・さきに申つる（ナシ）やうに申しを・
③仙人きゝていとかしこきこと也（なり）・おほ（大）かたはいまのよを
④はかなくみ（見）うとみ給て・いにしへはかくしもあらさり
⑤けんとあさくおほすまし・すへて三界はいとふへき
⑥事也（なり）とそおほすへき・この（此）目（め）のまへのよのありさ
⑦まは・おりにしたかひて・ともかくもなりまかるなり・
⑧いにしへをほめいまをそしるへきにあらす・神代（カミヨ）より
⑨このかつらき・吉野（よし）山なとをすみかとして・とき（時）〳〵はかたち
」5オ
⑩をかくしてみやこのありさまも・諸国にいたるまて・

①み（見）きゝてすき侍き・よしなき事ともに侍れとも・御経
②をうけ給（たま）はりぬるよろこひ（悦）にひとへにめのまへの事（こと）
③はかりをのみそしる心おはして・いにしへはかくしもなかり
④けんなとおほす・ひ（一）とすちなる心のおはするかたをも
⑤申きかせは・一分の執（シフ）心（シム）をもうしなひたてまつり
⑥なは・仏道にすゝみ給かたともなとかならさらん・神
⑦の世よりみ（見）侍し事（こと）おろ〳〵申侍らんといへは・いみ
⑧しくうれしく侍へきこと（事）なり・」5ウ生年廿なとまては・おと
⑨このまねかたにて・世にたちましらひ侍しかとも・は
⑩か〳〵しく昔（むかし）の事（こと）かうかへみ（見）る事もなかりき・

上・5・ウ

❺底本「執（シフ）心（シム）」ニ声点アルガ、応永本ニハ声点及ビ傍訓「シフシム」トモニナシ。

上・6・オ

❹まかるやらん　＝　まかる□らん（「□」ハ書キ誤リヲ訂スタメニ誤ッタ文字ニ重ネテ筆ヲ加エタモノカ。判読困難。）
❽底本「内典（テン）」ニ声点アルガ、応永本ニハ声点及ビ傍訓「テン」トモニナシ。　❾底本「生（シヤウ）死（シ）」ニ声点アルガ、応永本ニハ声点及ビ傍訓「シヤウシ」トモニナシ。

①　たゝあそひたはふれにて夜をあかし日をくらして
②　のみすき侍しに・ちかころの事（こと）なとを・人のかたり
③　つたへ申をきくに・この世中（ナシ）はいかにかくはなり（ナシ）
④　まかるやらんと・ことにふれてあはれにのみおほえて・かゝ
⑤　るみちにいりにたれは・ひとかた（一）になへてのよ（世）をそ
⑥　しる心あるつみもさためて侍らん・いてのたま（給）
⑦　はせよ（世）・うけ給（たま）はらんといふに・仙人のいはく・さては
⑧　このよのありさまのみならす・内典（テン）のかたなともう
⑨　とくこそはおはすらめ・はし〳〵を申さん・生（シヤウ）死（シ）は　6オ
⑩　車のわのことくにして・はしまりてはをはり・をはりては

①はしまり・いつをはしめ・いつをゝはりといふ事(こと)ある
②へからす・まつ劫(コフ)のありさまを申て・よ(世)のなりゆく　劫次第在子細
③さまもかくそかしとしらせたてまつらん・人のいの(命)
④ち(」)の八万歳ありしか・百年といふに一年のいのち(命)
⑤のつゝまり〳〵して・十歳になるを一(ヒトツ)の小劫と○(は)申也・
⑥さて又十歳より又百年に一年のいのち(命)をそへて・
⑦八万歳になりぬ・これをも一の小劫と申・この二
⑧の小劫をあはせて一の中劫とは申也・さてよ(世)のはし
⑨まる時をは成劫と申て・この中劫と申つるほと(程)」6ウ
⑩を廿すくす也・そのはしめの一劫のほと(程)はつや〳〵と

❷傍書「劫次第在子細」応永本ニナシ。❷劫(コフ)＝功　❺傍訓「ヒトツ」応永本ニナシ。❼底本「小劫」ニ声点アルガ応永本ニナシ。❽底本「中劫」ノ「中」ニ声点アルガ応永本ニナシ。❾底本「成劫」ニ声点アルガ応永本ニナシ。❾底本「中劫」ニ声点アルガ応永本ニナシ。

上・6・ウ

上・7・オ

① よのなか（中）なくて・空（ソラ）のことくにてありしに・山河なと
② いてきて・かく世間のいて（出）くるなり・いま十九劫には・
③ 極光浄といふ天よりひとりの天人むまれて大梵
④ 王となる・そのゝち次第にやう／＼しもさまにむ
⑤ まれて・つきに人むまれ・餓鬼（カクヰ）・畜生（チクシヤウ）いてきて・はてに
⑥ 地獄はいてくるなり・かくて成劫廿劫はきはまりぬ・
⑦ 世間も有情もなりさたまるによりて成劫とは
⑧ 申也・次（つき）に住劫と申て・又廿の中劫のほと（程）をすく
⑨ すなり・たゝし（但）はしめの一劫は」7オ いのち（命）次第におと
⑩ りのみしてまさる事なし・されは住劫のはしめの

❶空（ソラ）＝そら　❸底本「極光浄」ニ声点アルガ（「浄」字ノ左下隅、書写時墨ノ乾カヌウチニ擦レタモノト覚シク、声点ガ掠レテイル。）応永本ニナシ。❸底本「大梵王」ノ「大梵」ニ声点アルガ（「王」字、書写時墨ノ乾カヌウチニ左斜メ上方ニ擦ラレタモノト覚シク、声点ノ存否不分明。）応永本ニナシ。❺傍訓「カクヰ」「チクシヤウ」応永本ニナシ。❼底本「有情」ニ声点アルガ応永本ニナシ。❽底本「住劫」ニ声点アルガ応永本ニナシ。❽底本「中劫」ニ声点アルガ応永本ニナシ。

①　人・いのちは八万歳にはあらて無量歳にて・それより
②　十歳までなるなり（也）・されともほとのふる事（こと）は・ひと（一）
③　つ（、）の中劫のほとなり（也）・さて第二の劫より・十九の
④　劫まて・さきに申つるやうに・八万歳より十歳
⑤　になり・十歳より八万歳になり・劫ことにかく侍
⑥　なり・さて第廿の劫は十歳より八万歳まてま
⑦　さる事（こと）のみありて・おとる事（こと）なし・これもすく
⑧　るほとは一（ヒトツ）の中劫なり・これは天より地獄まて・
⑨　成劫にいてきと〻」7ウのほりて・有情のある程也（有ほとなり）・さて
⑩　住劫とは申也・つきに壊（ヱ）劫（コフ）と申て・このほと（此程）又

❶いのちは八万歳にはあらて　＝　命八万歳にはあらて　❻底本「第廿の劫は」ノ「は」字ノ左下隅ニ「●」点アルガ（コノ「●」点ハ、読点ヲ付ス位置ヲ誤ッタモノカ。）応永本ニナシ。❽傍訓「ヒトツ」応永本ニナシ。❿底本「壊（ヱ）劫（コフ）」ニ声点アルガ、応永本ニハ声点及ビ傍訓「ヱコフ」トモニナシ。

上・7・ウ

上・8・オ

❹底本「業(コフ)」ニ声点アルガ、応永本ニハ声点及ビ傍訓「コフ」トモニナシ。❹底本「なをつきぬ」ノ「つきぬ」ニ声点アルガ応永本ニナシ。❺底本「三千界」ノ「千」ニ声点アルガ応永本ニナシ。❻底本「風輪」ニ声点アルガ応永本ニナシ。❾底本「空劫」ニ声点アルガ応永本ニナシ。

①　廿の中劫のほとなり・はしめの十九(ナシ)劫には地獄より
②　はしめて・有情みなうせぬ・このうすと申は・いつ
③　こともなくうせぬるにはあらす・しかるへくして天
④　上へむまるゝなり(也)・たゝし(但)地獄の業(コフ)なをつきぬ
⑤　衆生をは・こと三千界の地獄(こく)へしはしうつしやる
⑥　なり・かくて第廿の劫に・火いてきて・しも風輪と
⑦　てかせふきはりたるところ(所)のうへより・梵天まて・
⑧　山河(川)もなにもかもなくやけうせぬ・かくやふれぬれ
⑨　は・壊劫とは申也・つきに空劫と申て又廿の中劫
⑩　のほとを世中になにもなくて・おほ(大)そらのことくにて
」8オ

① すくるなり・むなしけれは・空劫とは申也・この
② 成住壊空の四劫をふるほと（程）は八十の中劫をすく
③ しつるそかし・これをひとつ（一）の大劫とは申なり（也）・
④ かくてをはりては又はしまり〳〵していつをかきりと
⑤ いふ事（こと）なし・かくのことくして・水火風災なとあ
⑥ るへし・ことなかけれは申さす・この住劫と[申]つる
⑦ に・ほとけ（仏）は世にいて給なり・そのなかに人のいのち（命）ま
⑧ さりさまになるおりは・たのしみを（お）これる心のみ
⑨ ありて・をしへにかなふましけれはいて（出）給はす・いのち（命）
⑩ やう〳〵おちつかたに・ものゝ（物の）あはれをもしり・をしへこ

❷底本「成住壊空」ニ声点アルガ応永本ニナシ。❺底本「水火風災」ノ「水」「火」「災」ニ声点アルガ応永本ニナシ。
❻[申]つる（「申」字、書写時墨ノ乾カヌウチニ誤ツテ指先デ押サエテシマッタモノカ、ヒドク掠レテ指紋ガ部分的ニ残ッテイル。）＝申つる

[上・8・ウ]

上・9・オ

❶いてたま（改行）ふなり・（如来出世有無事）＝出給なり　❷傍書「如来出世有無事」応永本ニナシ。❸底本「減劫（ケン）」ニ声点アルガ、応永本ニハ声点及ビ傍訓「ケン」トモニナシ。❽おほか（改行）かたは（「か」一文字衍字デアロウ。）＝大かたは　❿あひ（に）に（改頁）たる事も＝あひたる事も（補訂記号ハ見ラレナイモノノ、傍書ノ「に」ハ補入スベキデアロウ。）

① とにもかなひぬへきほとを見はからひ給ていてたま
② 如来出世有無事」8ウ ふなり・この住劫にとりては・はしめ八劫にはほとけ（仏）
③ いて（出）給はす・第九の減劫（ケン）に七仏のいて（出）給しなり・釈
④ 迦のいて（出）給しは・人のいのち（命）百歳のとき（時）なれは・第九
⑤ 劫のむけにするゐになりにたるにこそ・第十の減
⑥ 劫のはしめに・弥勒はいて（出）給はんする也（なり）・第十五の減劫
⑦ に・九百九十四仏いて（出）給へし・かくのことくよ（世）にした
⑧ かひて・人（ひと）のいのち（命）も・果報もなりまかるなり（也）・おほか
⑨ かたはさる事（こと）にて・この日本国にとりても・又中〳〵
⑩ 世あかりては・こと（事）さたまらすかへりてこのころ（比）にあひに

① たる事も侍(侍り)き・仏法わ」9オたり・因果わきまへなとし
② てより・やう〳〵しつまりまかりしなこりの又するに
③ なりて・仏法もうせ・よ(世)のありさまもわろくなりま
④ かるにこそ・あるへきことはりなれは・よしあしをさた
⑤ むへからす・ひとへにあらぬよ(世)になるにやなとあさむき
⑥ 思へからす(世継自文徳天皇及万寿年中事)・万寿のころをひ(ほ)・世継(ツキ)と申しさかしきお
⑦ きな侍き・文徳天皇よりのちつかたの事(こと)はくらから
⑧ す申をきたるよしうけ給(たま)はる・そのさきはいときゝ
⑨ みゝとをけれはとて申さ(申さゝ)りけれとも・世中をきはめ
⑩ しらぬは・かたおもむきに・いのまよ(世)を」9ウそしるこゝろ

❶底本「因果」ニ声点アルガ応永本ニナシ。❻（改行）思へからす（世継自文徳天皇及万寿年中事）・万寿の＝おもふ（改行）へからす万寿の　❻傍書「世継自文徳天皇及万寿年中事」応永本ニナシ。❻傍訓「ツキ」応永本ニナシ。❿そしるこゝろ（改頁）いてくるも・＝そ（改頁）しる心のいてくるも

上・9・ウ

上・10・オ

❶めのま[ヘ]（「ヘ」字、虫損甚ダシイ。）＝めのまへ

① いてくるも・かつはつみにも侍らん・めのま[ヘ]の事(こと)を
② むかしにゝ(に)すとは・世をしらぬ人の申ことなるへし・
③ かの嘉祥三年よりさきの事(こと)を・おろ〱申へし・まつ
④ 神の世七代・そのゝち(其後)伊勢太(大)神宮の御代(世)より・うのか
⑤ やふきあはせすのみことまて五代・あはせて十二代
⑥ のことは・ことはにあらはし申さむ(ん)につけてはゝかり
⑦ おほく侍へし・神武天皇より申へきなり・その(其)みかと
⑧ 位(くらゐ)につき給し・辛酉のとしより・嘉祥三年庚午の
⑨ としまて・千五百二十二年にやなりぬらん・その(其)ほと・みかと
⑩ 五十四代そおはしましけん(む)・まつ神武天皇よりとて・」10オ

① いひつゝけ侍し ⌐10ウ（2行目マデ）

② 一　第一代　神武天皇　七十六年三月甲辰日崩　年百廿七　九月丙寅日葬大和国畝火山東北陵

③ 神武天皇と申しみかとは・うのかやふきあはせすの

④ みことの第四の御子なり・御母海神の女玉依姫也・

⑤ 又まことの御母はうみにいり給て・玉依姫はやしな

⑥ ひたてまつりたまへりけるとも申き・そのよに

⑦ 侍しかとも・こまかにもしり侍らさりき・このみかと・

⑧ ちゝのみかとの御世庚午のとしむまれ給・甲申

⑨ 歳東宮にたち給・御とし十五・辛酉のとし正月一日

⑩ 位につき給御とし五十二・さて世をたも[ち]給事七十

❷神武天皇（「神武」ニ声点アリ。）＝神武天皇（「神武」ニ声点ナシ。）❷付注右行・年百廿七＝年百二十七　❷付注左行・葬大和国畝火山東北陵＝葬二大和国畝火山東北陵一ニ　❹傍訓「タマヨリヒメ」応永本ニナシ。❿傍書「三剣在所事　付宝剣事」応永本ニナシ。❿世をたも[ち]給事（「ち」字、虫損甚ダシイ。）＝世を（改行）たもち給事

上・11・オ

❶傍訓「ツルキ」応永本ニナシ。❶□そのかみ（「□」ノ文字、虫損甚ダシク判読困難。）＝いそのかみ　❸傍書「三鏡事　付内侍所事」応永本ニナシ。❹底本「日前」ニ声点アルガ応永本ニナシ。❹内裏におはします・＝内裏（改行）に（日本）おはします（名秋津嶋事）　❻傍書「号秋津嶋事」応永本ニナシ。❻この日本をあきつ（改行）（号秋津嶋事）嶋とつけられし事は＝この日（改行）本をあきつしまとつけられりしことは　❽位につかせおはしまし〻とし（改行）（釈迦仏涅槃年限事）そ・釈迦仏＝位につかせおはしまし〻（改行）（釈迦涅槃以後年数事）としそ釈迦仏　❽底本「涅槃」ニ声点アルガ応永本ニナシ。

① 六年・神世よりつたはりて剣（ツルキ）三あり・一は□そのかみふる
② のやしろ（社）にます・一はあつたのやしろ（社）にます・一は
③ （三鏡事　付内侍所事）内裏にます・又か〻み」11オ三あり・一は太（大）神宮におはし
④ ます・一は日前におはします・一は内裏におはします・
⑤ 内侍所にこそおはしますめれ・この日本をあきつ
⑥ （号秋津嶋事）嶋とつけられし事はこ（此）の御時なり・事はるかにして
⑦ こまかに申かたし・位につかせおはしまし〻とし
⑧ （釈迦仏涅槃年限事）そ・釈迦仏涅槃にいり給てのち・二百九十年にあ
⑨ たり侍し・されは世あかりたりとおも（思）へとも・ほとけ（仏）の
⑩ 在世にたにもあたらさりけれは・やう〳〵よ（世）のするにて

① こそは侍けれ

② 一　二代　綏靖（スヰセイ）天皇　卅三年五月崩　年八十四　十月葬大和国桃花鳥田岳陵　」11ウ

③ つきのみかと綏靖天皇と申き・神武天皇第三の

④ 御子也・御母事代主神（コトシロヌシノカミ）の御むすめ五十鈴姫（イスヽヒメ）なり・

⑤ 神武天皇の御よ（世）四十二年正月甲寅日東宮にたち（立）

⑥ 給・御とし（年）十九・庚辰のとし正月八日己卯位につき

⑦ たまふ（給）・御とし（年）五十二・世をたもち給事卅三年（三十）・ちゝみ

⑧ かとうせ給て・諒闇（リヤウアン）のほと・世のこと（事）を御あにのみこに　諒闇事

⑨ 申つけたまへりしを・この御あにのみこのおとゝた

⑩ ちをうしなひたてまつらんとはかり給へりしを・この

❷綏靖（スヰセイ）天皇（「綏靖」ニ声点アリ。）＝綏靖（スイセイ）天皇（「綏靖」ニ声点ナシ。）❷付注左行・桃花鳥田岳陵＝桃花鳥田ノ岳陵　❸神武天皇第三の＝神武天皇の第三の　❹事代主神（コトシロヌシノカミ）＝事代主神（コトシロヌシ）　❹五十鈴姫（イスヽヒメ）＝五十鈴姫（イイスヽ）

❽傍書「諒闇事」応永本ニナシ。❽諒闇（リヤウアン）のほと（「諒闇」ニ声点アリ。）＝諒闇程（「諒闇」ニ声点ナシ。）❾申つけたまへりしを・この御あにのみこの＝申つけたまへりし（改行）をこの御あにのみこの　射殺兄御子給事

上・12・オ

❶心え○〔給〕て＝心み給て（「み」ノ字体ハ「三」ノ草体「ミ」ヲ使用。「衣」ノ草体「え」ガ書写伝承ノ過程デ「ミ」ニ紛レタモノカ。）❾申給しに・かたみに（改行）〔王位四ケ年空事〕位をゆつりて・＝申給しに（改行）かたみに〔帝位四年位空事〕位をゆつりて（応永本ノ傍書ノ位置ハ原則トシテ底本同様ニ行ノ冒頭デアル。コノ傍書例ノヨウニ、行ノ冒頭ニ付サレテイナイモノハ極メテ異例デアル。）

①　おとゝのみこ心え○〔給〕て・御はてなとすきて・みかといまひとりの
②　御あにのみこと・御心をあはせて・かのあにのみこをい
③　させたてまつらせ給に・このあにみこてをわなゝか
④　してえいたまはすなりぬ・みかとそのゆみをとりてい」12オ
⑤　ころし給つ・このえいすなりぬるあにのみこのゝ給
⑥　やう・われあになりといへとも・心よはくして（其）その身た
⑦　へす・なんちはあしき心もちたるあにをすてにうしな
⑧　へり・すみやかに位につき給へしと申給しに・かたみに
⑨　〔王位四ケ年空事〕位をゆつりて・たれもつき給はてよとせす（に）くし給へ
⑩　りしかとも・つゐに（此）このみかとあにの御すゝめにて・位に

①　つき給へりしなり

②　一　三代　安寧天皇　卅八年十二月崩　年五十七（日本記云六十七）　明年八月葬大和御陰井上陵

③　つきのみかと安寧天皇と申き・綏靖天皇の御子・

④　御母皇大（太）后宮五十鈴依姫也・綏靖天皇の御よ（世）廿五年」12ウ

⑤　正月戊子日東宮にたち（立）給・御とし（年）十一・ちゝみかとうせ

⑥　先帝崩後明年即位事　給てあくるとし十月廿一日そ位につき給し・御年

⑦　廿・世をたもち給事（こと）卅八年なり（也）

⑧　一　四代　懿徳天皇　卅四年九月八日　年七十七　葬大和国繊砂渓上陵

⑨　つきのみかと懿徳天皇と申き・安寧天皇第三の

⑩　皇子・御母皇后（宮）渟名底中媛也（なり）・安寧天皇の（ナシ）御世十二（一）

❷安寧天皇（「安寧」ニ声点アリ。）＝安寧天皇（「安寧」ニ声点ナシ。）❷付注右行・「年五十七」ノ傍注「日本記云六十七」応永本ニナシ。❷付注左行・葬大和御陰井上陵＝葬大和国御陰井ノ上ノ陵　❹五十鈴依姫＝五十鈴依媛　❻傍書「先帝崩後明年即位事」応永本ニナシ。❻あくるとし＝あ（改行）くる年　❽懿徳天皇（「懿徳」ニ声点アリ。）＝懿徳天皇（「懿徳」ニ声点ナシ。）❽付注右行・九月八日＝九月八日崩　❽付注左行・繊砂渓上陵＝繊砂渓上ノ陵　❾安寧天皇第三の（改行）皇子＝安寧天皇の第三皇（改行）子

上・12・ウ

上・13・オ

❸（改行）卅二年と申しにそ（孔子卒事）＝（改行）卅二年と申しにそ（孔子薨去事）❺孝昭天皇（「孝昭」ニ声点アリ。）＝孝昭天皇（カウセウ）（「孝昭」ニ声点ナシ。）❺付注左行・掖上博多山上陵＝掖上博多山上陵（ワキノカンノハカタ）❼傍訓「アマトヨツヒメ」応永本ニナシ。❽傍書「正月即位事」応永本ニナシ。❾八十三（改行）なり＝八十三年なり

①　年正月壬戌日東宮にたち給・御とし十六・辛卯歳（年）二月
②　四日壬子位につかせ給・世をしらせ給事卅四年なり・
③　卅二年と申しにそ孔子はうせ給にけるとうけ給（たま）」13オ（孔子卒事）
④　はりし
⑤　一　五代　孝昭天皇　八十三年崩　年百十四　葬大和国掖上博多山上陵
⑥　つきのみかと孝昭天皇と申き・懿徳天皇の御子・
⑦　御母皇太后宮天豊津媛（アマトヨツヒメ）なり（也）・懿徳天皇廿二年三月
⑧　戊午日東宮にたち（立）給・御とし十八・丙寅歳正月九日（正月即位事）
⑨　位につきたまふ（給）・御とし卅二・よ（世）をたもたせ給事八十三
⑩　なり

① 一　六代　孝安天皇　百二年崩　年百卅七　葬大和国玉手岳上陵

② 次（つき）のみかと孝安天皇と申き・孝昭天皇の第二皇子・

③ 母世襲（ヨソ）足（タラシ）姫（ヒメ）なり（也）・孝昭天皇の御世六十八年正月に

④ 東宮にたち給き（立たまひ）・御とし廿・己丑のとし正月十三日辛

⑤ 卯位につき給・御とし卅六・よ（世）をたもたせ給事百二年　∟ウ13

⑥ 一　七代　孝霊天皇　七十六年崩　年百卅四　葬大和国片丘馬坂陵

⑦ 次（つき）のみかと孝霊天皇と申き・孝安天皇○（第）一の御子・御母

⑧ 皇太后姉押姫なり（也）・孝安天皇の御世七十六年正月に

⑨ 東宮にたち（立）給御・とし廿六・ちゝみかとうせ給てつきの

⑩ とし正月二日そ位につき給し・御とし（歳）五十三・くらゐ（位）

❶孝安天皇（「孝安」ニ声点アリ。）＝孝（カウ）安（アン）天皇（「孝安」ニ声点ナシ。）　❶付注左行・玉手岳上陵＝玉手（テ）岳ノ上ノ陵

❸母＝御母　❸世襲（ヨソ）足（タラシ）姫（ヒメ）＝世襲（ヨソ）足（タラシ）姫　❻孝霊天皇（「孝霊」ニ声点アリ。）＝孝（カウ）霊（レイ）天皇（「孝霊」ニ声点ナシ。）

❻付注左行・片丘馬坂陵＝中岳ノ馬坂陵　❽皇太后姉押姫＝皇太后宮姉（アネ）押（ヲシ）姫

※底本⑨行ノ「東宮にたち給御・とし廿六」ノ「御」ト「と」ノ間ノ「●」点ハ、「給」ト「御」ノ間ニ付シテ「東宮にたち給・御とし廿六・」トスベキトコロヲ誤ッタモノデアロウ。

上・14・オ

❶おほえ侍・(改行)天竺の（祇園精舎焼事）＝(改行)おほえ侍る天竺の（祇園精舎焼又作事）❷旃育（センイク）迦（カ）王（「旃育迦王」ニ声点アリ。）＝旃育（センイク）(改行)迦（カ）王（「旃育迦王」ニ声点ナシ。）（「旃」ト「旃」ハ同字デアロウ。コノ箇所ノ応永本ノ「旃」字ト、底本上・15・オ③行ノ「旃」字ノ偏「方」ハ崩サレテハイナイ。又、底本上・15・オ③行ノ箇所ノ応永本ノ「旃」字ノ偏「弓」モ崩サレテハイナイ。）❸傍書「須達長者造祇園精舎事」応永本ニナシ。❸つくり(改行)（須達長者造祇園精舎事）たまふとうけ給はり＝つくり給とうけたまはり❸底本「須達長者」ノ「須達」ニ声点アルガ応永本ニナシ。❹底本「祇陀太子」ノ「祇陀」ニ声点アルガ応永本ニナシ。❽孝元天皇（「孝元」ニ声点アリ。）＝孝（カウ）元（クエン）天皇（「孝元」ニ声点ナシ。）❽付注左行・軽剣池嶋上陵＝軽（カル）剣（ツルキノ）池（イケノ）嶋（シマノ）上陵　❿細（ホソ）媛（ヒメ）＝細（ホソ）媛

① をたもち給事七十六年なり・この御よ（此）（世）とそおほえ侍・

② （祇園精舎焼事）天竺の祇園精舎のやけてのち・旃（セン）育（イク）迦（カ）王のつくり

③ （須達長者造祇園精舎事）たまふとうけ給はり侍しは・須達長者つくりて・仏に

④ たてまつりて二百年と申しにやけにけるを・」14オ 祇陀

⑤ 太子又もとのやうにつくりたま（給）へりけるのち・五百年

⑥ にてやけたるを・いま旃育迦王はつくりたま（給）ふとそ

⑦ きこえし

⑧ 一　八代　孝元天皇　五十七年崩　年百十七　葬大和国軽剣池嶋上陵

⑨ 次（つき）のみかと孝元天皇と申き・孝霊天皇のみこ・御

⑩ 母皇后宮細（ホソ）媛（ヒメ）也・孝霊天皇の御よ（世）卅六年丙午正月

① 東宮にたち（立）給・御とし（年）十九・丁亥のとし正月十四日に位に
② つき給・御とし（年）六十・よ（世）をしらせ給事五十七年なり・
③ 六月雪降事 卅九年乙丑六月にゆゝしきおほ雪の（ナシ）ふりたりし」14ウ
④ こそあさましく侍しか
⑤ 一　九代　開化天皇　六十年崩　年百十五
葬大和国春日率川坂上陵
⑥ 次（つき）のみかと開化天皇と申き・孝元天皇の第二の御子・
⑦ 御母皇太后鬱色謎命（ウチシコメノミコト）なり（也）・孝元天皇のみよ（御世）廿二年
⑧ 正月に東宮にたち給・御とし十六・癸未のとし十一月
⑨ 十二日位につき給・御とし五十一・よ（世）をしり給事六十年・
⑩ この御よのほと（程）ゝそおほえ侍・南天竺に龍猛（リウミヤウ）菩薩と申

❸五十七年なり・（改行）六月雪降事 卅九年乙丑 ＝（改頁）五十七年也 六月大雪降事 卅九年乙丑 ❺開化天皇（「開化」ニ声点アリ。）＝開化（カイクワ）天皇（「開化」ニ声点ナシ。）❺付注左行・春日率川坂上陵 ＝ 春日ノ率川（イサカハ）ノ坂上ノ陵 ❿おほえ侍・南天竺に龍猛（リウミヤウ）菩薩と ＝ おほえ（改行）龍猛菩薩真言祖師事 侍南天竺に 龍猛（リウミヤウ）菩薩と ❿龍猛（リウミヤウ）菩薩（「龍猛」ニ声点アリ。）＝ 龍猛（リウミヤウ）菩薩（「龍猛」ニ声点ナシ。）

上・14・ウ

上・15・オ

❶傍書「龍猛菩薩弘真言事」応永本ニナシ。❶うけ給しに・真言を ＝ うけたまはりし真言を ❷ひろめ給（改行）し（祇園精舎又焼事）ことはこの菩薩なり・又祇園精舎は ＝ ひろめ給し事は（改頁）（祇園精舎盗人焼又造事）この菩薩なり又祇園精舎は ❸旃育迦王（「旃育迦王」ニ声点アリ。）＝ 彌育迦王（「彌育迦王」ニ声点ナシ。）❻とうけ給しは・＝ とそけたまはりしは（「そ」ハ本頁⑦行「程とそ」ノ「そ」ト同ジ字体デアルガ、敢エテ「う」ト読モウトスレバ読メナクモナイ。）❽崇神天皇（「崇神」ニ声点アリ。）＝ 崇神天皇（「崇神」ニ声点ナシ。）❽付注左行・山辺道上陵 ＝ 山辺ノ道ノ上ノ陵 ❿伊香色謎ノ命 ❿甲申歳 ＝ 甲申ノとし

①（龍猛菩薩弘真言事）僧いますなりとうけ給しに・真言をはしめてひろめ給
②（祇園精舎又焼事）しことはこの菩薩なり・又祇園精舎はふたゝひまて
③やけしを・」15オ 旃育迦王のつくりたまへりけるを・百
④年と申しにぬす人やき侍（はへり）にけり・いつこも〳〵心う
⑤きは人の心なり・そのゝち（其後）十三年ありて・六師迦王又つく
⑥りたまへるとうけ給しは・この（此）御時くらゐ（位）につかせ給て
⑦十年なと申しほとゝ（程と）そおほえ侍
⑧一　十代　崇神天皇　六十八年崩　年百十九　葬大和国山辺道上陵
⑨次（つき）のみかと崇神天皇と申き・開化天皇第二の御子・
⑩御母皇后伊香色謎命なり（也）・甲申歳正月十三日に位に

①つき給・御とし五十二・世をしり給事六十八年也・六年と

②〔初立斉宮事〕申しに斉宮ははしめてたちたま（給）へりしなり・」15ウ

③又国〻のみつき物かちよりもてまいる事たみも

④くるしみ日数もふるあしき事なりとて・諸国に

⑤〔逌諸国船事〕船をつくらせさせ（ナシ）給き・六十二年と申しころをひ・

⑥天竺に悪王おはして・祇園精舎をこほちて・人を

⑦〔龍王罰破園精舎事〕ころすところとさため給しかは・四天王・沙竭羅龍

⑧王いかりをなして・こほちける人をおほきなる石

⑨をもちてをしころし給けるとうけ給はり侍き・六十

⑩〔熊野本宮出給事〕五年と申しにくまの〻本宮はい（出）ておはしまし〻

❶世をしり給事六十八年也・＝世をしり（改頁）給事六十八年也〔斉宮始事〕　❷傍書「初立斉宮事」応永本ニナシ。　❹あしき事なり＝あしき（改行）ことなり〔諸国船造事〕　❺傍書「逌諸国船事」（「造」字墨掠レ。）応永本ニナシ。　❺六十二年と申しころをひ・＝六十（改行）二年と申しころほひ〔壊祇園精舎為殺人所事〕　❼傍書「龍王罰破園精舎事」応永本ニナシ。　❼ところと＝所を　❾をしころし給けるとうけ給はり侍き・＝をしころし給（改行）けるとうけ給侍き〔熊野本宮事〕　❿傍書「熊野本宮出給事」応永本ニナシ。

上・15・ウ

上・16・オ

❶おほよそ御心めてたく＝凡此みかと御心めてたく　❸垂仁（ニン）天皇（「垂仁」ニ声点ナシ。）❸付注左行・添上郡＝添上ノ郡　❺母皇后御間（ミマ）城（キ）姫（ヒメ）＝御母皇后御間（ミマ）城（キ）姫　❻傍書「依父皇夢告立太子事」応永本ニナシ。❻御ゆめ＝御夢　❼傍書「正月二日即位事」応永本ニナシ。❼二十＝廿　❼位につき給・御年四十三・＝位につき（改行）給御とし四十三（后之兄悪心事）　❽四年と申しに・きさ（改行）きのこのかみ＝四（改行）年と申しに（狭穂彦王（サホヒコノヲホキミ）見日本記第六）后のこのかみ（傍書ニハ「狭（サ）穂（ホ）彦（ヒコノヲホキミ）王見日本記第六」ト傍訓「サホヒコノヲホキミ」アリ。）

① なり・おほよそ御心めてたく事にをきてくらからす」16オ
② おはしましき
③ 一　十一代　垂仁（ニン）天皇　九十九年崩　年百五十一　葬大和国添上郡伏見東陵
④ 次（つき）のみかと垂仁天皇と申き・崇神天皇第三の御子・
⑤ 母皇后御間（ミマ）城（キ）姫（ヒメ）なり（也）・崇神天皇四十（卌）八年四月に
⑥ 御ゆめのつけありて・東宮にたて〳〵まつり給き・　○御　（依父皇夢告立太子事）
⑦ とし二十・壬辰のとし（年）正月二日位につき給・御年四十三・　（正月二日即位事）
⑧ 世をしり給事九十九年也・四年と申しに・きさ
⑨ きのこのかみよきひまをうかゝひて・后に申給やう・
⑩ このかみと・を（お）ふとゝ・たれをか心さしふかくおもふたまふ（思給）と

①申給に・きさき(后)なにともおほさて・このかみをこそは
②思ましたてまつれとのたまふをきゝて・」16ウこの御あにのゝ
③給(たま)はく・しからはをふとは・わかいろ(我色)おとろえすさかりなる
④ほと也(程なり)・よのなか(世中)にかたちよくわれも〳〵とおもふ人こそ
⑤おほかる事にて侍れ・我くらゐ(位)につきなは・このよ(此世)にお
⑥はせんほとは・よの中(世中)を御心にまかせたてまつるへし・
⑦みかとをうしなひたてまつりたまへ(給)とて・つるきを
⑧とりて后(きさき)にたてまつり給(給ひ)つ・后あさましくおそろし
⑨くおほせと・かくいひかけられなん事(こと)・のかるへき
⑩かたもなくて・つねに御そのうちにつるきをかくして・

上・17・オ

❹みかとおと（改行）ろき給て ＝ みかとお（改行）とろき給て（傍書「帝御夢事」）

❾傍書「后欲奉殺帝間事在子細」応永本ニナシ。

① ひまをうか」17オゝひ給に・あくるとしの十月に・みかと后（きさき）
② の御ひさをまくらにして・ひる御とのこもりたりしに・
③ この事（こと）たゝいまにこそとおほしゝに・をのつからなみ
④ た（涙）くたりて・みかとの御かほにかゝりしかは・みかとおと
⑤ ろき給てのたまふやう・われゆめ（夢）ににしきのいろ（色）のこ
⑥ くちなはわかくひをまつふとみつ・又おほきなるあめ（雨）
⑦ 后の方（かた）よりふりきてわかゝ（か）ほにそゝくとみつ・いかな
⑧ る事（こと）にかとおほせられしに・きさき（后）えかくしはて給
⑨ はて・ふるひをちおそれ給て・なみた（涙）にむせひてありの（傍書「后欲奉殺帝間事在子細」）
⑩ まゝの事（こと）を申たま（給）ふを・みかとき」17ウこしめして・この事

①后の御とかにあらすとおほせられなから・このかみの王・又
②きさき(后)をもうしなはせ給(に)○き・ゆゝしくあさましか
③相撲始事 りし事に侍き・七年と申しにそすまゐはは
④まり侍し・十五年と申しに・丹波国にすみ給(給ひ)し
⑤みこの御むすめ五人おはしき・みかとこれをみなま
⑥いらすへきよしおほせ事(こと)ありしかはたてまつり給(たま)
⑦へりしに・をの〳〵ときめかせ給しに・なかのおとゝのお
⑧はせし・かたちいとみ(見)にくゝなんおはしけれは・もとの
⑨くに(国)へかへしつかはしゝほと(程)に・かつらかはわたりて心う
⑩しとやおほしけん・車(くるま)よりおちてやかてはかなく

❶おほせられなから・このかみの王・〓おほせられなか(改行)らこのかみの王 殺后之兄并后等事 ❸傍書ノ位置応永本デハ「(改行)あ相撲始事さましかりし事」トアリ。❸すまゐはし(改行)まり侍し・十五年と申しに・〓すまひ(改行)ははしまり侍し十 丹波御子御女五人参給一人帰国於桂川死去事五年と申しに

上・18・オ

❷傍書「乙訓事」応永本ニナシ。❸傍書ノ位置応永本デハ「(改行)申なる」トアリ。❺廿五年と申しに太神宮ははしめて＝廿五年と(改行)申しに太神宮(太神宮始御伊勢国事)○(は)はしめて　❼傍書「太神宮遷伊勢給事」応永本ニナシ。❿ちかくつかう(改頁)まつる人〳〵をいきなから＝(改頁)ちかくつかうまつる人ゝ(近召仕人乍生籠墓事今改之用土人形事)をいきなから

なり給き・あはれに侍し事(こと)也・さてそれよりかしこを
〔乙訓事〕お」18オちくにと申しを・このころはおとくにゝにとそ人は申
〔星如雨降事〕なる・そのとしの八月にほしのあめ(雨)の(ヽ)ことくにて(ナシ)ふり
しをこそ見侍しか・あさましかりし事(こと)に侍り・
廿五年と申しに太神宮ははしめて伊勢国に(伊勢のくにゝ)おは
しましゝなり・これよりさきにあまくたりおはしまし
〔太神宮遷伊勢給事〕たりしかとも・所ゝにおはしまして・伊勢に宮うつり
おはしますことは・あまてる御神の御をしへにてこの
としありしなり・廿八年と申しに・みかとの御おと(を)ゝ
の御こ(子)うせ給にき・そのほと(程)のよ(世)のならひにて・」18ウちかくつかう

①まつる人〳〵をいきなから御はかにこめられにけり・
②この人〳〵ひさしくしなすして・あさゆふ（夕）になきかな
③しむをみかときこしめしておほせらるゝやう・いき
④たる人をもちてしぬるにしたかへん事（こと）は・いに
⑤しへよりつたはれる事（こと）なれとも・われこのことをみ（見）
⑥きくにかなしき事かきり（限）なし・いまよりこのこと（此事）
⑦なかくとゝむへしとの給て・そのゝち（其後）土師の氏の人
⑧土にて・人かた・けものゝ（物の）かたなとをつくりてなん・人
⑨のかはりにこめ侍し・おほやけこれをよろこひて・土師
⑩といふ姓をたまはせしなり・このころ（比）大江と申姓は・

（⑦行頭傍書）土師氏造土人形籠御陵中事
（⑦「土師」傍記）ハシ（ナシ）

❼傍書「土師氏造土人形籠御陵中事」応永本ニナシ。　❾これをよろこひて・＝（改行）これをよろこひて（傍書：大江之姓事）

上・18・ウ

① その土師の氏のするゑなるへし・八十二年このほと丶（ナシ）そ
② うけ給はりし・祇」19オ園精舎はあれはて丶人（功）もなくて
③ 九十年はかりすきにけるを・忉利天王の第二の御子
④ をくたして・人王となして又つくりみか丶るとうけ給（たま）
⑤ はりき・ほとけ（仏）なとのおはしまし丶にもまさりてめてた
⑥ くそつくられにける・九十三年と申しにそ・後漢の　〔自天竺仏渡漢土事〕
⑦ 明帝の御ゆめ（夢）に・こかねの人きたると御覧して・
⑧ あくるとし天竺よりはしめて仏法もろこしへつた
⑨ はりにし
⑩ 一　十二代　景行天皇　六十年崩　年百卌三　葬大和国山辺道上陵

上・19・オ

❷祇園精舎はあれはて丶＝祇（改行）園精舎はあれはて丶　〔祇園精舎興廃事〕　❻傍書「自天竺仏渡漢土事」応永本ニナシ。❽天竺よりはしめて＝天竺（改行）よりはしめて　〔仏法自天竺渡唐事〕　❿底本「景行天皇」の「景行」ニ声点アルガ応永本ニナシ。❿付注右行・年百卌三＝年百卌三　❿付注左行・山辺道上陵＝山辺ノ道ノ上陵

①次（つき）のみかと景行天皇と申き・垂仁天皇第三の御子・

②御母皇后日葉酢媛命・垂仁天皇の御世卅年正月」19ウ

③甲子日東宮にたち（立）給・ちゝみかとふたりの御子に申

④給やう・をの〳〵こゝろ（心）になにをかえんとおもふ（思）との給（たまふ）に・

⑤あにのみこわれはゆみやなんほしく侍と申給・お

⑥とゝのみこはわれは皇位をなんえむ（ん）と思（思ふ）と申たまふ（給）・

⑦このこと（事）にしたかひて・このかみの御子にはゆみやをたて

⑧まつり・おとゝのみこをは東宮にたて〳〵まつり給へり

⑨し也・辛未のとし七月十一日位につき給・御とし（年）八十

⑩四・世をたもち給事六十年也・五十一年と申しに

❶垂仁天皇第三の御子・　＝　垂仁天皇の第（改頁）三の御子　❷皇后日葉酢媛命・　＝　皇后日葉酢媛ノ命也

❿世をたもち給事六十年也・　＝　世をたもち給（改行）内宴事事六十年也

上・19・ウ

上・20・オ

❶傍書「内宴事」応永本コノ位置ニナシ。前頁「上・19・ウ」ノ⑩行ノ校異参照。❷武内と・＝武内（改行）こそ（武内経帝）
❺傍書「武内守護門事」応永本ニナシ。❻底本「寵し」ノ「寵」ニ声点アルガ応永本ニナシ。❼寵し給き・（改行）武
（御後見数代事）内は孝元天皇の　＝　寵し給（改行）き（武内事）武内は孝元天皇の　❿傍書ノ位置応永本デハ「此人（改行）にいます」トアリ。（遷都事）

①〔内宴事〕内宴を（お）こなひ給しに」20オ・成務天皇のいまたみこと申
②しと・武内と・その座にまいり給（て）はさりしかは・みかと
③たつねさせ給しに・申給はく・人〳〵みな御あそひの
④あひた心をゆるふへきおりなり・そのとき（其時）もしひまに
⑤〔武内守護門事〕うかゝふこゝろ（心）ある物（もの）も侍らんにと思（思ひ）て・門をかためてな
⑥む（ん）侍と申給しかは・みかといよ〳〵ならひなく寵し給き・
⑦〔武内経帝御後見数代事〕武内は孝元天皇の御むまこなり（也）・このゝ（此の）ち代ゝのみか
⑧との御うしろみとして・よ（世）にひさしくおはしき・いまにやは
⑨たの御かたはらにちかくいはゝれたま（給）へるはこの（此）人に
⑩〔遷都事〕います・五十八年二月にあふみ（近江）の穂穴（ホアナノ）宮にうつりにき・」20ウ

① くまのゝ新宮はこの時にそはしまりたま（給）へりし〔熊野新宮事〕

② 一　十三代　成務（ム）天皇　六十一年崩　年百九
葬大和国狭城楯列池後陵

③ 次のみかと成務天皇と申き・景行天皇第四のみこ・

④ 御母皇后八（ヤ）坂（サカ）入（イリ）姫なり（也）・景行天皇の御世五十一年

⑤ 八月壬子日東宮にたち（立）給・辛未のとし正月五日

⑥ 戊子位につき給・御とし四十九・世をたもち給事

⑦ 六十一年・御かたちことにすくれ・御たけ一丈そおは

⑧ しましゝ・武内この御時三年と申しにそ・大臣に〔武内被任大臣事〕

⑨ なり給へりし・大臣と申こと（事）はこれよりはしまれり・

⑩ もとは棟梁の臣と申き・これもた」21オゝ大臣おなし

上・20・ウ

❶傍書ノ位置応永本デハ「近江の穂（ホ）穴（アナ）宮（ノ）にう（改頁）つりにき」〔熊野新宮事〕トアリ。❶この時にそ＝この御時にそ　❷成務（ム）天皇（「成」ニ声点アリ。）＝成（シヤウ）務（ム）天皇（「成」ニ声点ナシ。）❷付注左行・狭城楯列池後陵＝狭（サ）城（キ）楯（タタ）列（ナミ）池ノ後陵　❸景行天皇第四のみこ・＝景行天皇の（改行）第四の御子〔武内被任大臣事〕　❹八（ヤ）坂（サカ）入（イリ）姫＝八（ヤ）坂（サカ）入姫　❻世をたもち給事＝世を（改行）たもち給事〔帝御長一丈事〕　❽御たけ一丈そおは（改行）しましゝ・＝（改行）御たけ一丈そおはしまし□〔武内任大臣事〕（「□」ハ虫損ニヨリ、「ゝ」ノ存否不明。）❽三年と申しにそ・＝三年と（改行）申しにそ〔大臣始事〕

上・21・オ

❹底本「仲哀天皇」ノ「仲哀」ニ声点アルガ応永本ニナシ。❹付注左行・恵我長野西陵＝恵(ヱ)我(カ)長(ナカ)野(ノ、)西陵　❺日本(ヤマト)（改行）武(タケノ)尊(ミコト)＝日本(ヤマト)武(タケノ)尊　❻母＝御母　❽正月十一日＝正月十一日に　❾傍書「於鎮西崩御間事」応永本ニナシ。
❿傍書「武内御骨持帰京事」応永本ニナシ。

① ことなり（也）・つかさの名をかへたまへ（給）りしはかりなり・この（此）
② みかと御子おはせさりしそくちを（お）しくは侍し・さて
③ 御をひのみこそ位にはつき給へりし
④ 一　十四代　仲哀天皇　九年崩　年五十二　葬河内国恵我長野西陵
⑤ 次のみかと（御）と仲哀天皇と申き・景行天皇の御子に日本(ヤマト)
⑥ 武(タケノ)尊(ミコト)と申し第二の御子におはします・母垂仁天皇の
⑦ 御むすめなり・成務天皇卅（三十）八年三月に東宮（春）にたち（立）
⑧ 給・壬申のとし正月十一日位につき給・御とし四十四・
⑨ 世をたもち給事」21ウ九年・つくしにてうせ給にしかは・（於鎮西崩御間事）
⑩ 武内・御骨をはとりて京へかへり給へりし也（武内御骨持帰京事）

①一　十五代　神功皇后　六十九年崩　年百　葬大和国狭城楯列池上陵
②次のみかと神功皇后と申き・開化天皇の御ひゐこ
③なり（也）・仲哀天皇のきさき（后）にておはせし也・御母　葛木（カツラキ）
④高額媛（タカヌカヒメ）・辛巳のとし十月二日位につき給き・女帝は
⑤この御時はしまりしなり（也）・世をたもち給事（こと）六十九年・（女帝始事）
⑥御心はえめてたく・御かたちよ（世）にすくれ給へりき・仲哀
⑦天皇の御時八年と申しに・つくしにて・神この皇后に
⑧つき給ての給はく・さま〳〵のたからおほかる国あり・」22オ
⑨新羅といふ・ゆきむかひ給はゝをのつからしたかひ（打取新羅国給事在子細）
⑩なんとの給き・しかるにその（其）事なくてやみにき・皇

❶底本「神功皇后」ニ声点アルガ応永本ニナシ。❹葛木（カツラキ）（改行）高額媛（タカヌカヒメ）＝葛木高額（カツラキタカヌカ）（改行）媛　❺傍書ノ位置応永本デハ「女（改行）帝はこの御時」トアリ。（女帝始事）❾傍書「打取新羅国給事在子細」応永本ニナシ。

上・22・オ

❶いまの給はく・みかと ＝ いまの（改行）皇后欲向新羅子細事 たまはくみかと

① 后いまの給はく・みかと神（かみ）のをしへにしたかひ給はて
② よ（世）をたもち給事ひさしからすなりぬ・いとかなしき
③ 事也（なり）・いつれの神（かみ）のたゝりをなし給へるそと七日
④ いのり給しに・神託（詫）宣してのたまはく・伊勢国（伊勢のくに）すゝ
⑤ かの宮に侍る（ナシ）神也とあらはれ給しによりて・皇后う
⑥ らにいてさせ給（給ひ）て・御くしをうみにうちいれさせ」22ウ給て・こ
⑦ の事かなふへきならはわかゝみわかれて二になれとの給（たまひ）
⑧ しに・ふたつになりにき・すなはちみつらにゆひ給（たまひ）て・
⑨ 臣下にの給（たま）はく・いくさをおこす事は国の大事也・
⑩ いまのこと（事）を思たつ・ひとへになんたちにまかす・

①　われ女の身にしておとこのすかたをかりて・いくさを
②　おこす・うへには神のめくみをかうふり・したにはなん
③　たちのたすけをたのむとて・松らといふ河におはして
④　いのりての給（たま）はく・もしにしのくにをうへきならは・
⑤　つりにかならすうを丶えむ（ん）とてつり給しに・あゆを
⑥　つりあけ給にき・その丶ち（其後）諸国にふね（舟）をめし（召）・つは
⑦　ものをあつめて・うみをわたり」23オたま（給）はんとて・まつ
⑧　人をいたして・国のありなしをみせさせ給にみえ（見）
⑨　ぬよしを申・又人をつかはしてみせしめ給に・日か
⑩　すおほくつもりてかへりまいりて・いぬゐのかたに

上・22・ウ

❹もしにしのくにをうへきならは・　＝　もし西（改行）のくにをうへきならは　皇后釣魚事

❽みせさせ給に　＝　見せ給ふ（改行）に

［上・23・オ］

※⑦行ノ応永本ノ「也」字ハ、「二月此事」ト書写シタ後ニ、崩サレタ「此」字ノ空白部ニ崩シ字体デ書キ込マレタト思ワレル。

❹このく（改行）にゝしてうみたてまつらんと ＝ このくにゝ（改行）してうみたてまつらんと ❾さて十月（改行）辛丑日そ新羅へわたり給へりしに・ ＝ さて十月辛巳日そ新（改行）羅へわたり給へりしに

（八幡被妊御事）（向新羅国事）（皇后渡新羅国給事）

①やま（山）あり雲かゝりてかすかにみえ（見）侍と申しかは・皇
②后そのくにへむかひたまはんとて・いしをとりて御
③こしにさしはさみ給て・事をはりてかへらん日・このく
④にゝしてうみたてまつらんといのりちかひ給き・この
⑤程（ほと）やはたをはらみたてまつらせおはしましたりし
⑥なり・仲哀天皇うせさせおはします事は二月
⑦なり（也）・このこと（此事）は」23ウ十月なれは・たゝならすおはします
⑧とも・みかとはしらせ給はぬほと（程）にもや侍けん・さて十月
⑨辛丑日そ新羅へわたり給へりしに・うみのなかの（向新羅国事）
⑩さま〱のおほきなるいを（魚）とも・ふね（舟）ともの左右にそひて・

① おはきなる風(かせ)ふきてすみやかにいたる・ふね(船)にした
② かひてなみ(波)あらくたちて・新羅国のうちへたゝいりに
③ いりくるとき(時)に・かのくに(国)の王をちおそりて・臣下を
④ あつめて・むかし(昔)よりいまたかゝることなし・うみの
⑤ 水すてに国のうちにみちなんとす・運(ウン)のつきをは
⑥ りて・国のうみになりなんとするかとなけきかなし
⑦ むほとに・いくさのふね(船)うみにみちてつゝみのこゑ山
⑧ をうこかす・新羅の王これを見て」24オおもはく・これ
⑨ より東に神国あり日本といふなり・その(其)国のつは物(もの)
⑩ なるへし・われたちあふへからすと思て・かの王すゝみ

❺傍訓「ウン」応永本ニナシ。　❿われたちあふへからすと思て・かの王すゝみ(改頁)て・＝われたちあふへからすと
思(改行)新羅国帰伏事てかの王すゝみて

上・23・ウ

【上・24・オ】

❺傍書「文書以下種ゝ物惣載船八十艘事」応永本ニナシ。❺ふね＝舟　❺たてまつる・高麗・百済と（改行）いふ二の（高麗百済進信伏事）国・＝たてま（改行）つる（高麗百済同帰伏之事）高麗百済といふ二の国　❼傍書「応神天皇御誕生事」応永本ニナシ。❼かくてつくしに＝かくて（改頁）（八幡降誕事）つくしに　❾かへり給（改行）しを・＝かへり給へしを

①て・皇后の御ふね（船）のまへにまいりて・いまよりなかくした
②かひたてまつりて・としことにみつき物（もの）をたてまつる
③へしと申き・皇后その国へいり給（入たまひ）て・さまゝゝのたから
④のくらを封し・くに（国）のさしつ（指図）文書をとり給（給ひ）き・王さまゝゝ

文書以下種ゝ物惣載船八十艘事

⑤のたからをふね八十につみてたてまつる・高麗・百済と

高麗百済進信伏事

⑥いふ二の国・この事（こと）をきゝて・をちおそれてすゝみて

応神天皇御誕生事

⑦したかひたてまつりぬ・」24ウかくてつくしにかへり給て・
⑧十二月に皇子（王）をうみたてまつり給き・これそやはた
⑨の宮にはおはします・あくるとし皇后京へかへり給
⑩しを・御まゝこのみこ（御子）たち思（おもひ）給やう・ちゝみかとうせ給に

①けり・又皇后すてに皇子をうみたてまつり給てけり・
②これを位につけんとこそはかり給らめ・われらこのかみ
③にて・いかてかおとゝにしたかふへきとて・はりまのあか
諸皇子於播磨明石欲奉傾皇后事
④しにて・皇后をまちたてまつりて・かたふけたてまつらん
⑤とはかり給（たまひ）しを・皇后きゝ給てみつから皇子（王）をいたき
⑥たてまつり給て・武内の大臣におほせられて・南海
⑦へ」25オ 御ふね（舟）をいたし給しかは・をのつから紀伊国にいたり
⑧給にき・そのゝち（其後）御子（みこ）たちむほんをおこし給て・皇后
⑨をかたふけたてまつらんとし給しほとに・あかきゐの
赤猪噛殺兄御子事
⑩しゝいてきたりて・このかみの御子（みこ）をくい（ひ）ころしてき・

❸したかふへきとて・はりまの ＝ したかふへきと（改行）てはりまの 皇子謀叛事 ❹傍書「諸皇子於播磨明石欲奉傾皇后事」応永本ニナシ。❿傍書ノ位置応永本デハ「かたふけたてまつらんとし（改行）給しほとに」赤猪食殺兄御子事 トアリ。但シ、底本「噛殺」ハ「食殺」トアリ。

上・24・ウ

上・25・オ

❷さてもあさましかりし＝（改行）さてもあさましかりし（昼如夜暗事）　❺としお（改行）ひたるものともに＝としおい（改頁）たるものともに（二人葬一処事）　❻小（シ）竹（ヌ）の祝（ハフリ）＝小竹（シヌノ）祝（ハウリ）　❽傍訓「シヌノ」応永本ニナシ。

① その（其後）ちつきのみこ（御子）・武内の大臣と・又たゝかひ給しも
② うしなはれ給にき・さてもあさましかりしこのたゝ
③ かひのあひた・ひるのよるのことくにくらくて・日かす
④ のすきしを・皇后おほきにあやしみ給（たまひ）て・としお
⑤ ひたるものともにとひ給しかは・二人をひと所には○（う）ふり
⑥ 」25ウ たるゆへなりと申しかは・たつねさせ給に・小（シ）竹（ヌ）の祝（ハフリ）
⑦ と・天（アマ）野（ノ、）祝といふものいみしきともにて・としをふるに・
⑧ この小（シ）竹（ヌノ）祝うせにけるを・天野祝なきかなしみて・
⑨ われいきてなにゝかはせんとて・かたはらにふしておな
⑩ しくなりにけるを・ひとつゝ（つ）かにこめてけりと

①申しかは・その（其）つかをこほちてみせさせ給に・まことに
②まう（申）すかことくなりしかは・ほか〳〵にうつませさせ給て
③のち・すなはち日のひかりあらはれにし也（なり）・十月に
④臣下たち・皇后を皇太后にあけたてまつる・このほと　立皇大后事
⑤とそおほえ侍・祇園精舎を天魔やき侍（侍り）にけりと　祇園精舎焼失事　」26オ
⑥きゝ侍し
⑦一　十六代　応神天皇　四十一年崩　御年百十一　葬河内国恵我藻陵
⑧次のみかと応神天皇と申き・いまのやはたの宮（みや）は
⑨この（此）御事也（なり）・仲哀天皇第四の御子・御母神功皇后に
⑩おはします・神功皇后の御世（よ）三年に東宮にたち（立）給

上・25・ウ

❹傍書「立皇大后事」応永本ニナシ。❺このほと（改行）とそおほえ侍・　祇園精舎焼失事　＝このほとゝ（改行）そおほえ侍　祇園精舎天魔焼事　❼応神天皇（「応神」ニ声点アリ。）＝応神（ヲフシン）天皇（「応神」ニ声点ナシ。）❼付注左行・恵我藻陵＝恵我（エカモ）藻陵

上・26・オ

❶傍書「正月即位事」応永本ニナシ。❸四月に武内の大臣を＝（改頁）四月に武内の大臣を（武内大臣下筑紫事）❹傍書「武内依讒言欲被討事」応永本ニナシ。❺武内の御おとゝ＝武内（改行）の御おとゝ（武内弟讒奏事）❻王位＝王の位 ❾底本「讒（サム）し」ノ「讒」ニ声点アルガ、応永本ニハ声点及ビ傍訓「サム」トモニナシ。

正月即位事

① 御とし四歳なり・庚寅の歳（とし）正月丁亥日位につき
② おはしましき・御とし（年）七十一・世をしろしめす事四
③ 十一年なり（也）・八年と申四月に武内の大臣をつくし

武内依讒言欲被討事

④ へつかはして・事（こと）」26ウをさためまつりこたせたてまつらせ
⑤ 給しに・この武内の御おとゝにておはせし人の・みかとに
⑥ 申給（たま）はく・武内の大臣つねに王位を心にかけたり・
⑦ つくしにて新羅・高麗・百済この三（三つ）の国をかたらひ
⑧ て・おほやけをかたふけたてまつらんとすと・なきことを
⑨ 讒（サム）し申しかは・みかと人をつかはして・この武内をうた
⑩ しめ給に・武内なけきて・われ君の御（ナシ）ためふた心なし・

① いまつみなくして身をうしなひてんとす・心うきこと
② なりとの給・その（其）時に壱岐直祖真根子（ユキノアタヒノトヲツオヤマネコ）といふものあり
」27オ
③ き・かたち武内の大臣にたかはすあひにたりき・この
④ 人大臣に申ていはく・かまへてのかれてみやこ（都）へまい
⑤ りてつみなきよしを申たまへ（給）・われ大臣にかはりた
⑥ てまつらん（りて）とてすゝみいてゝみつからしぬ・武内ひそか
⑦ にみやこ（都）にかへりて・ことのありさまを申給に・おとゝ
⑧ たち二人をめして（召）・かさねてとはせ給に・武内つみ
⑨ おはせぬよし・をのつからあらはれにき・そのゝち（其後）みかと・
⑩ この武内の大臣を寵し給し也
」27ウ

上・26・ウ

❶身をうしなひてんとす・心うきこと（改行）なり ＝ 身を（改行）うしなひてんとす心うき事なり（壱岐直祖真根子代武内大臣自死事） ❷傍訓・ユキノアタヒノトヲツオヤマネコ ＝ ユキノアタヒノトホツヲヤマネコ ❿寵し給し也 ＝ 寵したま（改行）ひしなり

上・27・オ

① 一　十七代　仁徳天皇　八十七年崩　年百十　葬和泉国百舌鳥原中陵
② 次（つき）のみかと仁徳天皇と申き・応神天皇第四の御子・
③ 〔正月即位事〕御母皇后　仲（ナカツ）姫（ヒメ）なり・癸酉のとし正月己卯日位につ
④ き給・御とし（年）廿四・よ（世）をしり給事八十七年なり・この（此）
⑤ みかとの御おとゝを（を）東宮と申しかは・すへからく位を
⑥ つき給へかりしに・あにゝゆつり申給しかとも・たか
⑦ 〔王位三年空事在子細〕ひにつき給はすして・むなしくみとせをすくさせ
⑧ 給しかは・東宮みつから（身）いのち（命）をうしなひ（ナシ）給にき・みか
⑨ とこ（此）のことをきこしめして・かの東宮へいそきおはし
⑩ まして・なきかなしみ給しかともかひなくて・そのゝち（其後）」28オ

❶底本「仁徳天皇」ノ「仁徳」ニ声点アルガ応永本ニナシ。❸傍書「正月即位事」応永本ニナシ。❸仲（ナカツ）姫（ヒメ）＝仲（ナカツ）姫
❻あにゝゆつり申給しかとも・＝あにゝゆつ（改行）り申給しかとも〔帝位三年空事〕　❼傍書「王位三年空事在子細」応永本ニナシ。
❼むなしくみとせを＝むな（改行）しくみとせを〔東宮自失命事〕　❿なきかなしみ給しかとも＝なきかなしみ（改頁）給しかとも〔帝憐民給事〕

①位にはつかせ給し也(なり)・四年と申二月にたかきろう(ふ)に
②のほりて・よものたみのすみかを見給て・けふりたえ
③さひしかりしかは・いまよりのち三年たみをやすめ・
④こゝのへのうちのすりをとゝめさせ給き・さて七年と
⑤申し四月に・又ろう(ふ)にのほりて御覧せしに・たみ
⑥のすみかにきはひて御覧せられけれは・みかとよませ
⑦給し
⑧御詞事 たかきやにのほりてみ(見)れはけふり(煙)たつ
⑨たみ(民)のかまとはにきはひにけり ˩28ウ
⑩四十三年と申し九月にそたかのとり(鳥)をとるといふ事(こと)

❽傍書「御詞事」応永本ニナシ。 ❿四十三年と申し九月にそ ＝ (改頁) 鷹取鳥事知始事 四十三年と申し九月にそ

上・27・ウ

上・28・オ

①鷹狩始事 はしりそめて・かりははしめ給し・五十五年と申しに・
②武内大臣薨事 武内の大臣うせ給にき・二百八十にそなり給し・
③六代のみかとの御うしろみをして・大臣の位にて二百
④四十四年そおはせし・六十二年と申しに氷すふること
⑤居寒氷事 はいてきはしめて・いまにいたるまて供御にそなふる也(なり)・
⑥このみかと御かたちよ(世)にすくれて・御こゝろは(心はへ)えめてたく
⑦おはしましき
⑧一　十八代　履中天皇　六年崩　年六十七　葬和泉国百舌鳥原南陵
⑨次のみかと履中天皇と申き・仁徳天皇の御子・御」29オ
⑩母皇后　磐(イハノ)之媛(ヒメ)也・仁徳天皇卅一年に東宮にたち(立)給・

❶傍書「鷹狩始事」応永本ニナシ。❷傍書ノ位置応永本デハ「五十（改行）五年と申しに」トアリ。❹六十二年と申しに＝六（改行）十二年と申しに（傍書冒頭ノ「永」ハ「氷」ノ誤リデアロウ。）❺傍書「居寒氷事」応永本ニナシ。❽履中天皇（「履中」ニ声点アリ。）＝履(リ)中(チウ)天皇（「履中」ニ声点ナシ。）❿磐(イハノ)之媛(ヒメ)＝磐(イハノ)之媛

① 御年(とし)五歳・庚子のとし二月一日位につき給・御とし(年)六
② 十二・世をたもち給事六年・ちゝみかとうせおはしまし
③ てのち・いまた位につき給はさりしほと(程)に・葦田宿祢(アシタノ)
④ のむすめ黒媛(クロヒメ)といひし人を・きさきとせんとお
⑤ ほして・御おと(を)ゝの住吉仲皇子(ノナカツ)をつかはして・その(其)日おは
⑥ すへきよしおほせられしに・この皇子わか名をかくし
住吉仲皇子密懐黒媛事
⑦ て・東宮のおはするさまにもてなして・このひめ君に
⑧ したしきさまになんなりにける・さてもちたりつ
⑨ る鈴(スヽ)をわすれ」29ウてかへりにけり・そのつきの夜・東宮
⑩ ひめ君のもとへおはしたるに・ゐたまへるかたはらに・

❸葦田(アシタノ)宿祢 ＝ 葦田(アシタ)ノ宿祢 ❹傍訓「クロヒメ」応永本ニナシ。❹といひし人を・きさきとせんと ＝ といひし人（改行）をきさきとせんと（住吉仲皇子称東宮密通事） ❺住吉仲(ノナカツ)皇子 ＝ 住吉ノ仲(ナカツ)皇（改行）子 ❼傍書「住吉仲皇子密懐黒媛事」応永本ニナシ。
❾傍訓「スヽ」応永本ニナシ。

上・28・ウ

上・29・オ

① すゝのありけれは・あやしくおほして・ひめ君にとひた

② てまつり給けれは・これこそはよへもておはしたりし

③ すゝよとの給(たまふ)に・東宮われとなのりて・皇子のちかつき

④ 給にけるにこそとおほして・かへり給にけり・皇子(王)この(此)

⑤ 事を東宮きゝ給ぬらん・わかみ(身)たひ(い)らかならんこと

⑥ かたかるへしとおもほして・東宮をかたふけたてまつ(奉らん)

⑦ 覧」30オとはかりて・つは物(もの)をおこして・宮をかこみしおり・

⑧ 大臣たち東宮にかゝる事(こと)侍とつけたてまつりしに・

⑨ いふかひなくゐひ給て・おとろき給はさりしかは・大臣

⑩ たちこ(此)の東宮をむまにかきのせたてまつりてにけ

住吉皇子欲打東宮間事在子細

① 侍にき・皇子この事をしらすして・宮に火をつけて

② やきてき・これはつ（津）のくにの難波（なには）のみやなり（宮也）・東宮

③ 大和（やまと）の国におはして・ゐひさめたまひ（給）て・これはいつれ

④ のところ（所）そとゝひ給しかは・大臣たちこと（事）のありつる

⑤ さまを申給き・さていそのかみの宮におはしつきたり

⑥ しに・又の御おとゝに瑞歯（ミツハノ）皇○子と申し人いそきまいり 」30ウ

⑦ 給へりしをうたかひ給て・あひ給はさりしかは・

⑧ この皇子われにをきてはさらにおなし心に侍らすと

⑨ 申給しかは・しからはかの住吉仲皇子をころしてのち

⑩ にきたるへしとの給（たま）はせしかは・このみつはの皇子（王）

❶傍書「住吉皇子欲打東宮間事在子細」応永本ニナシ。　❶皇子この事を ‖ 王子此（改行）ことを　❻瑞歯（ミツハノ）皇○子と申し人 ‖ みつはの王子と申（改行）し人

上・29・ウ

上・30・オ

❼そのことにし（改行）たかひて・＝そのことに（改行）したかひて　住吉仲皇子被殺事

①すなはちなにはにかへりて・住吉仲皇子のちかくつかひ
②給し人をかたらひて・わかいはん事にしたかひたら
③は・われ位をたもたんとき・なんちを大臣になさんと
④の給しかは・いかにもおほせにしたかふへしと申しかは・
⑤」31オ　おほくもの（物）ともをたまひて・しからはなんちかしうを
⑥ころして・われにえさすへしとの給（たまふ）に・そのことにし
⑦たかひて・しうの皇子のかはやにおはするをほこを
⑧もちてさしころしてき・みつはの皇子その（其）人をあ
⑨ひくしてまいりて・この（此）よしを申・東宮の〻給（たま）はくこの
⑩人わかためにくらうあれとも・をのれかしうをころしつ・

① うるはしき心にあらす・されともされとも大臣のくらゐに
② のほせさせ給て・けふ大臣とさかもりせんとのたまはせ
③ て・かほかくるゝほとのおほきなるさかつきにて・東宮
④ 東宮宴歓間切大臣首給事 まつのみ給・つきにみつはの皇子（王）のみ給（給ふ）・つきに大臣
⑤ のむおりに・たちをぬき」31ウてくひをきり給てき（ナシ）・さて
⑥ つきのとし位につき給てのち・そのくろひめをは后（きさき）
⑦ にたて〳〵まつらせ給しなり・五年九月にみかとあはち
⑧ のくにゝおはしてかりし給しに・そらにかせ（風）のをとにゝ（ナシ）
⑨ 后俄早世事 てこゑする物ありしほとに・にはかに人はしりまいりて・
⑩ きさき（后）うせたま（給）ひぬるよし申しこそいとあえ（へ）なく

上・30・ウ

❹傍書「東宮宴歓間切大臣首給事」応永本ニナシ。❹東宮（改行）まつのみ給・‖東宮まつのみ給ふ（東宮宴歓間切大臣首給事） ❾傍書ノ位置応永本デハ「人はしりま（改行）いりて」（后俄失給事）トアリ。但シ、底本「早世」ハ「失給」トアリ。

上・31・オ

❷反正（ハンセイ）天皇（「反正」ニ声点アリ。）＝反正（ハンセウ）（「反正」ニ声点ナシ。又、傍訓「ハンセウ」ノ「ウ」ノ右側ニ「イ」ト傍書アリ。尚、「天皇」ヲ欠ク。）❷付注左行・百舌鳥耳原北陵＝百舌鳥（モスノ）耳原ノ（ミヽノ）北陵　❹傍訓「イハノヒメ」応永本ニナシ。❼傍書「正月二日即位事」応永本ニナシ。❼丙午歳＝丙午（改行）のとし　❾めてたく（改行）おはしましき〔帝御長九尺二寸五分事〕＝めてたくお（改行）はしましき〔帝御長御歯長大事〕　❿傍書「御歯一寸二分事」応永本ニナシ。

①　侍しか

②　一　十九代　反正（ハンセイ）天皇　六年崩　年六十　葬和泉国百舌鳥耳原北陵

③　次のみかと反正（上）天皇と申き・仁徳天皇第四の御子（ナシ）・履中

④　天皇の○（御）おとゝなり（也）・御母皇后　磐之媛（イハノヒメ）なり（也）└32オ・履中天皇

⑤　の御世二年正月に東宮にたち（立）給・御とし（年）五十・履中天

⑥　皇御子おはせしかとも・このみかとを東宮にはたて〳〵

⑦　〔正月二日即位事〕まつらせ給し也（なり）・丙午歳正月二日位につき給・御とし

⑧　五十五・世をしらせ給事六年・みかと御かたちめてたく

⑨　〔帝御長九尺二寸五分事〕おはしましき御たけ九尺二寸五分御はのなかさ一寸

⑩　〔御歯一寸二分事〕二分かみしもとゝのほりて玉をつらぬきたるやうに

①おはしき・むまれ給しとき・やかて御はひとつほねのごとく
②にておひたまへ（給）りき・さてみつはの皇子とそ申侍
③し・この御世（よ）には雨風○ときに（時）（も）したかひ・世やすらかに（天下無為無事）」32ウ
④たみゆたかなりき・位につき給て・つきのとし（年）十月に
⑤みやこ河内国柴（シハ）垣（カキノ）宮にうつりにき（遷都於河内国事）
⑥一　廿代　允（ヰン）恭（クヰヨウ）天皇　四十二年崩　年八十　葬河内国恵我長野北原陵
⑦次のみかと允恭天皇と申き・仁徳天皇第五の御子・御
⑧母皇后磐（イハノ）之媛（ヒメ）也・壬子のとし十二月に位につき給・
⑨御とし（年）卅九・よ（世）をしり給事四十二年なり（也）・あにのみかと
⑩うせ給てのち・大臣をはしめて・位にはこの君こそたち（立）

❷さてみつはの皇子とそ＝さてみつは（改頁）の皇子とそ（雨風随時事）　❸傍書「天下無為無事」応永本ニナシ。❸世やすらかに＝世（改行）やすらかに（遷都事）　❺傍書「遷都於河内国事」応永本ニナシ。❺みやこ＝都　❺柴（シハ）垣（カキノ）宮＝柴（シハ）垣（カキ）の宮　❻允（ヰン）恭（クヰヨウ）天皇（「允恭」ニ声点アリ。）＝允（イン）恭（クヰヨウ）天皇（「允恭」ニ声点ナシ。）　❽傍訓「イハノヒメ」応永本ニナシ。❿位にはこの君こそ＝位には（改行）このきみこそ（帝位固辞給事）

上・32・オ

❽御め　＝　御めのと

①給へ(ナシ)けれとて・しるしのはこをたてまつりしかとも・
②うけとり給はすして・わかみ(身)ひさしくやまひにしつ
③めり・おほやけのくらゐ(位)はをろかなる身にてたもつ
④へきこと(事)ならすとの給しを・大臣以下なをすゝめたて
⑤まつりて・帝王の御位のむなしくてひさしかるへきに
⑥あらすと・たひ〳〵申しかとも・なをきこしめさすして・
⑦正月にあにみかとうせおはしまして・あくるとしの
⑧十二月まてみかとおはしまさてありしを・御めにて
⑨おはしまし丶人の水をとりて御うかひをたてまつり
⑩給しつい(ゐ)てに・皇子はなと位につき給はてとし月をは

上・32・ウ

①すくさせ給にか侍る・大臣よりはしめてよのなか（世中）のなけ
②きに侍めり・人〳〵の申にしたかひて位につかせ給
③へかし」33ウと申給を・なをきこしめさて・うちうしろ
④むき給てもの（物）もの給（たま）はさりしかは・この御うかひをも
⑤ちてさりともとかくおほせらるゝこと（事）もやとまち給
⑥しほとに・しはすの事（こと）にていとさむかりしに・ひさ（久）しく
⑦なりにしかは・御うかひもこほりてもちたま（給）へるても
⑧ひえとほ（を）りて・すてにしにいり給へりしを・皇子み（見）
⑨おとろき給て・いたきたすけて・位をつくことはきは
⑩まりなき大事なれは・いまゝてうけとらぬ事（こと）にて侍れ

① 御即位固辞及数月事 とも・かく└34オのたまひあひたることなれは・あなかちにのか
② れ侍へきことにあらすとおほせられしかは・一天下の
③ 人よろこひをなしき・かくて位にはつき給し也・三年
④ と申し正月に新羅へくすしをめしにつかはしたり
⑤ しかは・八月にまいりたりき・みかとの御やまひをつく
⑥ ろはせさせ（ナシ）給しに・その（其）しるしありて・御やまひいえ
⑦ させおはしましにしかは・さま〳〵のろくともなとた
⑧ まはせてかへしつかはしてき・七年と申し十二月に
⑨ 御あそひありしに・みかと琴をひき給を・きさき〻（后き〻）
⑩ きめてた└34ウてまつりて・まゐ（ひ）てうち給しおり・あはれ

上・33・オ

❶傍書「御即位固辞及数月事」応永本ニナシ。❸位にはつき給し也・三年（改行）と申し正月に＝位にはつき（改行）新（羅医師参内事）給しなり三年と申し正月に　❾御あそひありしに・みかと＝御あそひあ（改行）（后聞琴舞給琴）りしにみかと

① ひめこをまいらせはやと申給(たまひ)しを・みかとひめこと
② はたれかこと(事)にかとゝ(と)ひ申させ給しを・御ことのめて
③ たさにわれにもあらす申給へりけること(事)にや侍
④ けん・さりなからも申いたし給ぬることなれは・
⑤ かくし給へきならて・わかおとゝに侍おとひめとなん
⑥ 申・いろかたちなんよ(世)に又ならふたくひ侍らす・
⑦ ころものうへひかりとほりかゝ(を)やき侍・よ(世)の人はされは
⑧ そとほ(を)りひめとそ申・みかとこれをきこしめし
⑨ て・それたてまつりたま(給)へと・きさき(后)をせめ申させ
⑩ 給しかとも・ともかくも」35オ御かへりも申給はさりしかは・

上・33・ウ

❻いろかたちなん ＝ いろか（改行）たちなん 衣通姫事

❿御かへりも ＝ 御かへり事も

①（衣通姫参内間事在子細）御つかひをつかはして七度までめし〻かともまいり
②給はさりしかは・又御（ナシ）つかひをかへてつかはしたり
③しに・その御つかひ（使庭）にはにひれふして・七日までつや〳〵
④ともの（物）をくはさりしを・御つかひ（使）のいふかひなくし
⑤なんことのあさましさに・おとひめうちへまいり給に
⑥き・みかとよろこひ（悦）給事（こと）かきりなくて・ときめき
⑦給さまならふ人なかりき・このことをあね后やす
⑧からぬ事（こと）にし給しかは・宮をへちにつくりてそする（へ）
⑨たてまつりたま（給）へりし・四十二年おはしまし〻に・みかと
⑩（新羅国年貢八十艘事）うせ給にしを・新羅より」35ウとしことのこと（事）なれは・ふね（船）

上・34・オ

❶傍書「衣通姫参内間事在子細」応永本ニナシ。❶御つかひ＝御吏　❼このことをあね后＝此事あね（改行）きさき
❾四十二年おはしまし〻に・＝四十（改行）（新羅御貢事）二年おはしまし〻に　❿傍書「新羅国年貢八十艘事」応永本ニナシ。

① 八十にさま〳〵のものつみて・楽人八十人あひそへてたて
② まつりたりしに・みかとうせ給にけりときゝて・なき
③ かなしむことかきりなし・なにはのつより京まて
④ このみつきものをもてつゝけたてまつりをきてかへり
⑤ にき・このゝち（後）はわつかにふね（船）二なとをそたてまつり
⑥ し・又をこたるとし〳〵も侍き
⑦ 一　廿一代　安康天皇　三年崩　年五十六　葬大和国菅原伏見西陵
⑧ 次（つき）のみかと安康天皇と申き・允恭天皇の第二
⑨ のみ子（こ）・御母皇后忍（ヲシ）坂（サカ）大（オホ）中（ナカツ）姫（ヒメ）なり・甲午のとし」36オ
⑩ 十月に御あにの東宮をうしなひたてまつりて・十二

❶さま〳〵のものつみて・　＝　さま〳〵の物をつみて　❷たて（改行）まつりたりしに・　＝　たてまつり給へりしに
❼安康天皇（「安康」ニ声点アリ。）　＝　安（アン）康（カウ）天皇（「安康」ニ声点ナシ。）　❾傍訓・ヲシサカオホナカツヒメ　＝　ヲシサ
カヲホナカツヒメ

上・34・ウ

上・35・オ

❸傍訓・オホハツセ ＝ ヲホハツセ　❸申ておはせし・御めに（改行）なしたてまつらん ＝ 申てお（改行）はせし御〔大草香御子依使讒奏被殺事〕めになしたてまつらん　❺大草香のみこと（改行）申し人の御いもうとをたてまつり給へと・ ＝ 大草（改行）香のみこと申し人の御いもうとをたてまつり給へ（改行）とのみこと申し人の御いもうとをたてまつり給へ（改行）と（応永本ハ補訂記号ヲ左側ニ付シタ「と」ノ次ノ「のみこと」カラ「たてまつり給へ」マデガ重複シテイル。「と」ニ補訂記号ヲ付シタノハ、「と」以下ノ一行ガ衍文デアルコトヲ示スタメデアロウ。）

① 月十四日に位にはつき給し也(なり)・御とし五十六・世をし
② り給事三年也・あくるとしの二月に御おとゝの
③ 雄略天皇の大泊瀬(オホハツセ)のみこと申ておはせし・御めに
④ なしたてまつらんとて・御をちの大草香のみこと
⑤ 申し人の御いもうとをたてまつり給へと・みかとおほ
⑥ せことありて御つかひをつかはしたりしに・この御子
⑦ よろこひて身にやまひをうけてひさしくまかりな
⑧ りぬ・よ(世)に侍事けふあすといふことをしらす・この(此)人
⑨ み(身)なし子にて侍を見をき」36ウかたくてよみちもやす
⑩ くまかられさるへきに・そのかたちのみにくきをもきらひ

① 給(たま)はす・かゝるおほせをかうふり(る)かたしけなき事也(なり)・こ
② の心さしをあらはしたてまつらんとゝて・御つかひ(使)につ
③ けてめてたきたからをたてまつれるを・この(此)御つかひ(使)
④ これをみて(見)ふけるこゝろ(心)いてきて(出)・このたからもの(物)をか
⑤ すめかくしつ・さてかへりまいりて・みかとに申やう・
⑥ さらにたてまつるへからす・おなしみこたちといふと
⑦ も・われらかいもうとにていかてかあはせたてまつるへ
⑧ きと」37オ申よしをいつはり申しかは・おほき(大)にいかり
⑨ 給て・いくさをつかはしてころし給てき・そのめを
⑩ とりてわかきさき(后)とし給・その(其)いもうとをめし(召)て

❾いくさをつかはして ＝ いく（改行）以大草香妻為后事さをつかはして

上・35・ウ

上・36・オ

❼まゆわの王＝眉輪の王（マユワ）　❾ろうのしたに（改行）あそひありきて＝楼のし（改行）たにあそひありきて（眉輪王奉弑帝事）

①本意のことく大はせのみこにあはせ給つ・三年と申
②八月にみかとろう（ふ）にのほり給て・みきなとすゝめてあ
③そひ給て・后のみや（宮）になにことかおほす事はあると
④申給しかは・きさきのみや（后の宮）みかとの御いとをしみを
⑤かうふれり・なにこと（事）をかは思侍へきと申給・みかと
⑥おほせられていはく・我身にはおそるゝ事（こと）あり・
⑦このまゝ子のまゆわの王・おとなしくなりて・わかその」37ウ
⑧ちゝをころしたりとしりなは・さためてあしき心を
⑨おこしてんとの給（たまふ）を・このまゆわの王ろうのしたに
⑩あそひありきてきゝ給てけり・さてみかとのゐひて后の

為眉輪王奉殺帝事在子細
① 御ひさをまくらにしてひる御とのこもりたるを・かた
② はらなるたちをとりて・まゆわの王(わう)あやまちたてま
眉輪王逃居大臣家及合戦事
③ つりて・にけて大臣のいへ(家)におはしにき・みかとの御お(を)
④ とゝの大はせのみ子(こ)・このこと(此事)をきゝて・いくさを(お)ゝ
⑤ こして・かの大臣のいへ(家)をかこみてたゝかひ給き・まゆ
眉輪王自殺事
⑥ わのわうもとよりわれ位につかんとのこゝろ(心)なし・たゝ
⑦ ちゝのかたきをむくふる(む)なりといひて・み(身)つからく」38オ
⑧ ひをきりてしぬ・このまゆわの王七歳になんなり
⑨ 給し
⑩ 一　廿二代　雄略天皇　廿三年崩　年九十三　葬河内国高鷲原陵

❶傍書「為眉輪王奉殺帝事在子細」応永本ニナシ。❸傍書「眉輪王逃居大臣家及合戦事」応永本ニナシ。❻傍書「眉輪王自殺事」応永本ニナシ。❼むくふるなり＝むくふるはかりな（改行）り　❿雄略天皇（「雄略」ニ声点アリ。）＝雄(イウ)略(リヤク)天皇（「雄略」ニ声点ナシ。）❿付注左行・高鷲原陵＝高(タカ)鷲(ワシ)ノ原ノ陵

上・36・ウ

上・37・オ

❷傍訓「ヲシサカオホナカツヒメ」応永本ニナシ。❹むまれたまひし時・みやのうちなん ＝ むまれ給（改行）し時宮（帝生給時光輝事）のうちなん　❺おとなになり給てのち・ ＝ おとなに（改行）成給て後（同悪逆事）　❻傍書「世人奉号大悪天皇事」応永本ニナシ。❼女御おとこに ＝ 女ことおとこに　❽傍書「焼殺男女二人事」応永本ニナシ。❿傍書「於葛木山御狩間一言主明神奉逢事」応永本ニナシ。

① 次（つき）のみかと雄略天皇と申き・允恭天皇第五のみ
② 子（こ）・御母○（皇）后忍坂大中姫（ヲシサカオホナカツヒメ）なり（也）・丙申のとし十一月十三
③ 日位につき給御とし（年）七十・世をしり給こと（事）廿三年也（なり）・
④ このみかとむまれたまひし時・みやのうちなんひかり
⑤ たりし・おとなになり給てのち・心たけくしておほく
⑥ の人をころし給き・（世人奉号大悪天皇事）」38ウ 世の人大悪天皇と申き・二年
⑦ と申し七月にみかとあひ（ひ）せさせ給し女御おとこに
⑧ あひにけり・（焼殺男女二人事）みかといかり給（たまひ）て・おとこ女（をんな）ふたりなから
⑨ めしよせて・よつ（四）のえたを木のうへにはりつけて
⑩ 火をつけてやきころし給てき・（於葛木山御狩間一言主明神奉逢事）四年二月と申しに・

① みかとこのかつらきやまにてかりをし給しにみかと
② の御かたちにいさゝかもたかはぬ人いてきたれり
③ き・みかとこれはたれの人そとの給(たま)はせしに・その(其)
④ 人まつ王(わう)の名(な)をなのり給へ・そのゝち(其後)申(まう)さむと申
⑤ しかは・みかとなのり給き・そのゝち(其後)われはひとこと
⑥ ぬしの神に侍と申て・あひともにかりをして日 」39オ
⑦ くれてかへり給しに・このひとことぬしの神(かみ)をく
⑧ りたてまつりしかは・世中の人たゝ人にはおはせ
⑨ ぬかとそ申あひたりし・廿二年と申し七月に
⑩ (浦嶋子入蓬莱事)うらしまのこほうらいへまかりにけりといふ事(こと)侍

❶みかとこのかつらきやまにて ＝ (改行) (帝於葛城山狩給時神現同令狩事)みかとこのかつらき山にて ❿傍書ノ位置応永本デハ「廿二(改行)(浦嶋子行蓬莱事)年と申し七月に」トアリ。但シ、底本「入」ハ「行」トアリ。❿うらしまのこ ＝ うら嶋のこ

上・38・オ

❸清寧天皇（「清寧」ニ声点アリ。）＝清寧(セイネイ)天皇（「清寧」ニ声点ナシ。）❸付注右行・五年崩＝五十崩　❸付注左行・坂門原陵＝坂門原陵(サカトノ)　❺葛城韓姫(カツラキノカラヒメ)＝葛城韓姫(カツラキカラヒメ)　❻廿二（改行）年正月に東宮にたち給（帝生自降誕白髪御坐事）＝廿二年（改行）正月に東宮にたち給（給時御髪白長事）　❿傍書「正月即位事」応永本ニナシ。

①し也(なり)・みな人のしり給たる事(こと)なれはこまかに
②は申へからす
③一　廿三代　清寧天皇　五年崩　年四十一　葬河内国坂門原陵
④次(つき)のみかと清寧天皇と申き・雄略天皇の第三御子・
⑤母皇(后)大夫人(ナシ)　葛城韓姫(カツラキノカラヒメ)なり(也)・雄略天皇の御世廿二
⑥年正月に東宮にたち給御とし廿(卅)五・世をしり給事（自降誕白髪御坐事）
⑦五年・みかとむまれ給て御くししろくなかゝりき・さて」39ウ
⑧白髪皇子とは申し也・たみをあい(ひ)し給心ありし
⑨を・ちゝみかと御子たちの中(なか)に寵し給て・東宮にた
⑩て〳〵まつり給し也(なり)・庚申のとし正月四日位につき給・（正月即位事）

① 御とし(年)卅七・よ(世)をしり給事五年なり(也)・この(此)みかと位を

② つくへき人なきこと(事)をなけきて・よろつの国こにつか　［頭注：履中天皇ヽ子二人求出事］

③ ひをつかはして王孫をもとめ給しに・履中天皇の

④ 御むまこといふ人二人を播磨国よりもとめいた

⑤ して・あにをは東宮にたてヽ・おと(弟)ヽをは皇(王)子とし

⑥ 給き
」40オ

⑦ 一　廿四代　飯(イヰ)豊(トヨノ)天皇　即位年崩　年四十五　葬大和国垣内丘陵

⑧ 次(つき)のみかと飯豊天皇と申き・これは女帝におはし

⑨ ます・履中天皇のみ子(こ)に押(ヲシ)羽(ハ)の皇子と申て・

⑩ 黒(クロ)媛(ヒメ)の御はらに皇(王)子おはしき・その御むすめなり・

❷底本「つくへき人」ノ「つく」ニ声点アルガ応永本ニナシ。❷国こにつか（改行）ひをつかはして［履中天皇ヽ子二人求出事］＝（改行）国〱［奉求王孫事］ ❼飯(イヰ)豊(トヨノ)天皇＝飯(イヰ)豊(トヨ)天皇 ❼付注左行・垣内丘陵＝垣(カキ)内(ウチ)丘陵 ❾押(ヲシ)羽(ハ)の皇子＝押羽皇子 ❿傍訓「クロヒメ」応永本ニナシ。

上・38・ウ

上・39・オ

❶荑媛（ハエヒメ）＝苐媛（ハエ）（傍訓「ハエ」ノ施サレタ文字ノ字体ヲ「苐」ト解シタガ、「茅」トモ解シ得ル。「茅」ニツイテハ、尊経閣本『色葉字類抄』ガ和訓ヲ「チ」トシ、観智院本『類聚名義抄』ガ和訓ヲ「チイ」トスルガ、「チ」モ「チイ」モ植物ノ「ちがや」ノコトデアル。一方「苐」ハ「第」ノ俗字デモアルガ、「荑」ノ別体字デモアリ、「荑」ニツイテハ、天治本『新撰字鏡』ガ字義ヲ「死木更生也」トシテ和訓ヲ「比古波江」トシ、尊経閣本『色葉字類抄』ガ字義ヲ「茅始生也」トシテ和訓ヲ「ヒコハユ」トシ、観智院本『類聚名義抄』ガ字義ヲ「茅之始生」トシテ和訓ハ声点ヲ付シテ「ヒコバユ」トスル。ツマリ「荑」ハ和語ノ「ひこばゆ」ニ相当シ、ソノ字義ハ「木の切り株などから新たに芽が出る」ヤ「茅がはじめて芽を出す」、即チ「草や木が新たに芽生える」トイウコトニナロウ。以上ノコトカラ、「荑媛」ノ「荑」ヲ「ハエ」ト読マセルノハ「ヒコバユ」ト関連スルト考エラレ、「茅」ヲ「ハエ」ト読マセルコトニハ難ガアルヨウニ思ワレル。）

❶甲子とし＝甲子のとし　❺傍書「不奉入系図入日本記事」応永本ニナシ。　❼日本紀には＝日本記（紀）には　❾顕宗天皇（「顕宗」ニ声点アリ。）＝顕宗（ケンソウ）天皇（「顕宗」ニ声点ナシ。）　❾付注左行・磐坏丘陵＝磐杯（イワツキ）丘陵

① 御母荑媛（ハエヒメ）なり（也）・甲子とし二月に位につき給・御年（とし）
② 四十五・このみかとの御おと（を）〻ふたりかたみに位をゆ
③ つりてつき給はさりしほとに・御いもうとを位につ
④ けたてまつり給へりし也・さてほと（程）なくそのとし
⑤ 不奉入系図入日本記事
のうち十一月にうせ給にしかは・この（此）みかとをは系図
⑥ なとにもいれたてまつらぬとかやそうけ給（たま）はる・され
⑦ とも日本紀にはいれたてまつりて侍なれは・次第に　」40ウ
⑧ 申侍也
⑨ 一　廿五代　顕宗天皇　三年崩　年卅八
葬大和国磐坏丘陵
⑩ 次（つき）のみかと顕宗天皇と申き・飯豊天皇の（ナシ）おなし

正月即位事

① 御はらのおと（を）ゝにおはします・乙丑歳正月一日位につき

② たまふ（給）御とし（年）卅六・世をしり給事三年・御ち（父）ゝ（を）のお

③ しはの皇子は・安康天皇の御世三年と申しに・安康

④ の御おとゝの雄略天皇と申しみかとのいまた皇子

⑤ にておはしましゝに・うしなはれ給しかは・その御子

住丹波国給事在子細

⑥ ふたり丹波国へにけておはしたりしに・なを世中

⑦ をおそり給て・おとゝ（弟）の君あにの君をすゝめたて

⑧ まつりて・はりまの国」41オへおはして・御名ともをかへて・

⑨ こはりのつかさにつかへ給き・さてとし月をすく

⑩ し給しほとに・お（を）とゝの君あにの君に申給はく・われら

❶傍書「正月即位事」応永本ニナシ。❶御はら＝御腹　❻傍書「住丹波国給事在子細」応永本ニナシ。❽はりまの国へおはして・御名ともをかへて・＝はりま（改行）履中天皇御孫二人於播磨国替名仕給事の国へおはして御名ともをかへて

上・40・オ

❸おとゝ（改行）君 ＝ 弟の君　❺馬牛をかふ・ ＝ □牛をかふ（「□」ノ文字判読困難。）

① いのち（命）をのかれて・この（此）所にてとしをへにたり・いまは
② 名をあらはしてんとの給しに・あにの君しからはいのち（命）
③ をたもたん事（こと）いとかたかるへしとの給しかは・又おとゝ
④ 君われらは履中天皇の御むまこなり・身をくる
⑤ しめて・人につかへて・馬牛をかふ・いけるかひなし・
⑥ たゝ名をあらはして・いのち（命）をうしなひてんいとよ
⑦ き事也（なり）との給て・あにおとゝ（弟）かたみにいたきつきて
⑧ なき給事（こと）」41ウ かきりなし・あに（兄）の君さらはとくわれら（我等）か
⑨ 名をあらはし給（たまひ）てよとの給しかは・ふたりあひくして・
⑩ こほりのつかさのいへ（家）におはして・あまたりのもとにゐ

上・40・ウ

①給へりしかは・よひいれたてまつりて・かまとのまへにすゑ（へ）
②てさけのみあそひなとして・をの〳〵たちてまふに・この（此）
③おと（を）ゝのきみ（君）わか御身のありさまをいひつゝけてま
④ひ給を・こほりのつかさきゝおとろきて・おりさはき
⑤はい（拝）したてまつりて・こほりのうちのたみともをゝ（お）
⑥こして・にはか（俄）に宮つくりして・かりそめにす」42オゑ（へ）たて
⑦まつりて・みかとにこの（此）ふたりの王をむかへたてまつり
⑧給へと申しかは・清寧天皇よろこひて・すなはちむか
⑨へとり給つ・われ子なし・位をつき給へしとて・あにの
⑩王を東宮にたて〳〵まつり給き・さて清寧天皇うせ

※応永本ノ現状ニ錯簡アリ。四一丁・四三丁・四二丁・四四丁ノ順ニ綴ジラレテイル。今コレヲ訂シテ編ム。

上・41・オ

❶傍書「兄弟相譲不即位給事」応永本ニナシ。❼傍書ノ位置応永本デハ「(改行)曲水宴始事位につき給き」トアリ。❼曲水宴＝曲水の宴は

①兄弟相譲不即位給事 給にしかは・東宮位につき給へかりしを・御おとゝ(弟)に
②ゆつり給しかとも・あるへき事(こと)にあらすと申給へ
③りき・かくてかたみに位につき給(たま)はさりしかは・御いも
④うとの飯豊天皇をつけたてまつり給しほとに・そ
⑤のとしのうちにうせ給にしかは・なをおとゝ(弟)の王(わう)・」42ウ
⑥東宮の御すゝめにしたかひて・位につき給き・その
⑦曲水宴始事 とし三月上巳日そはしめて曲水宴をこな(お)はせ(ナシ)
⑧給し・二年八月と申しに・みかと御あに(兄)の東宮に
⑨申給はく・わかちゝのみこつみなくして・雄略天皇
⑩にうしなはれたま(給)へりき・うらみのこゝろ(心)いまにやむ事(こと)

上・41・ウ

① なし・われかのみかとのみさゝきをこほちて・そのほ
② ねをくたきてすてんとの給しを・東宮申給
③ はく・雄略天皇はみかとにおはします・わか（我）ちゝはみか
④ との御子なりといへとも・位にのほり給（たま）はさりき・└43オ
⑤ 又みかと清寧天皇の御めくみをかうふり給へり・
⑥ 雄略天皇は清寧天皇の御ちゝにおはせすや・いま
⑦ 位にのほり給・いかてかそのこゝろさしをわすれ給
⑧ はん・みさゝきをやふり給はん事あるへからすと申
⑨ 給しかは・そのことにしたかひ給き・この御時世おさ
⑩ まりたみやすら○（か）に侍（侍り）き

上・42・オ

❶仁賢（ニン）天皇（「仁賢」ニ声点アリ。）＝仁賢天皇（「仁賢」ニ声点ナシ。）❶付注左行・埴生坂本陵＝埴生（ハニウ）坂本ノ陵

❸傍書「弟次兄即位事正月」応永本ニナシ。❽武烈天皇（「武烈」ニ声点アリ。）＝武烈（フレツ）天皇（「武烈」ニ声点ナシ。）

❽付注左行・傍丘磐坏丘北陵＝傍（カタ）丘（ヲカノ）磐坏丘北陵　❿春日（カスカノ）大（オホイ、ラツヒメ）娘＝春日（カスカ）ノ大（ヲホイイラツヒメ）娘

① 一　廿六代　仁賢（ニン）天皇　十一年崩　年五十　葬河内国埴生坂本陵

② 次のみかと仁賢天皇と申き・顕宗天皇のひとつ御はら

③ の御あになり・清寧天皇の御世・三年四月に春宮に（弟次兄即位事正月）

④ たち（立）給・戊辰のとし正月五日位につかせ給・御とし（年）

⑤ 四十・世をしり給事十一年なり（也）・この（此）みかとの御あり」43ウ

⑥ さま・顕宗天皇の御事のなかにこまかには申侍（ナシ）

⑦ ぬ・御こゝろ（心）さまめてたくおはしましき

⑧ 一　廿七代　武烈天皇　八年崩　年十八　葬大和国傍丘磐坏丘北陵

⑨ 次（つき）のみかと武烈天皇と申き・仁賢天皇の御子・御母

⑩ 皇后春日（カスカノ）大（オホイ、ラツヒメ）娘なり（也）・仁賢天皇七年正月に東宮に

① たちたまふ(立給)・御とし(年)六歳・戊寅のとし十二月位につ

十歳即位事

② き給・御とし(年)十歳・世をしり給事八年・そのほと(程)人を

殺人子細等事

③ ころすことをあさゆふのしわさとし給(給ふ)・はらめる

④ 人のはら(腹)をさきわりて・その子をみたまひ(見給)・人のつめ

⑤ をぬきていもをほらせ・人を木にのほせておとし

」44オ

⑥ てころし・ある時は人を水にいれてほこ(ナ)にてさし

⑦ ころし(シ)・ある時は女をはたかになしていた(板)のうへに

⑧ するゑ(へ)て・馬のゆゝしきわさするをみせさせに・

⑨ その(其)かたにいり(入)たる女は・いた(板)をうるほすをみかと

⑩ これをにくみてやかてころし給き・さなきをはめして

❶戊寅のとし十二月 ＝ 戊寅年十二月に(帝以人殺為業給事) ❷傍書「十歳即位事」応永本ニナシ。❸人を（改行）ころす(殺人子細等事)ことをあさゆふのしわさと ＝ 人をころす（改行）事をあさ夕のしわさと ❹さきわりて・ ＝ さきはりて(わ) ❽みせさせに・ ＝ 見せさせ給に

上・42・ウ

上・43・オ

❶みやつかへすへきおほせ＝宮つかへすへき（改行）よしの仰　❹継体天皇（「継体」ニ声点アリ。）＝継体天皇（「継体」ニ声点ナシ。）　❹付注左行・三嶋藍野陵＝三嶋藍野陵　❻隼総別皇子＝隼総別当皇子　❻傍訓・オホトノ＝ヲホトノ　❼そのこを＝其御子を　❼私斐王（「私斐」ニ声点アリ。）＝私斐王（「私斐」ニ声点ナシ。）　❼又その子に＝又其御子に

① みやつかへすへきおほせありき・かやうのあさま
② しく心うき事おほかりし御世なり・御とし（年）十八
③ にてうせ給にき・御子もおはせす
④ 一　廿八代　継体天皇　廿五年崩　年八十二　葬摂津国三嶋藍野陵
⑤ 次（つき）のみかと継体天皇と申き・応神天皇第八御
⑥ 子・隼総別皇子と申き・その御子を太迹」44ウ王と申き・
⑦ そのこを私斐王と申き・又その子に彦主人の
⑧ 王と申し王の子にて・このみかとはおはしましゝなり（也）・
⑨ 御母垂仁天皇の七世の（ナシ）御むまこ振姫なり・丁亥
⑩ のとし二月に位につき給・御とし（年）五十八世をしり給事

① 廿五年・武烈天皇うせ給てのち・位をつき給へき
② 人なきことを・大臣をはしめて一天の人なけきて・
③ 仲哀天皇の五代の御むまこ・丹波国におはすと
④ きこゆ・かの王をむかへたてまつりて位につけたて
⑤ まつらんとて・つかさ〳〵御むかへにまいりしを・はるかに
⑥ みやりて（見）・をちおそれいろ（色）をうしなひて・山中に」45オ
⑦ かくれたまひ（給）て・そのゆきかたをしらすなりにき・
⑧ かくてあくるとしの正月に・越前国に応神天皇（自越前国御入洛事）
⑨ の五代の御むまこの王おはすといふ事きこえ
⑩ て・又（また）つかさ〳〵御むかへにまいりたりしに・この王お

❶位をつき給へき（改行）人 ＝ 位をつ（改行）き給へき人（奉求王孫事） ❷一天の人 ＝ 一天下（改行）の人 ❽傍書「自越前国御入洛事」応永本ニナシ。

上・43・ウ

上・44・オ

❾すゝめたてまつり（改行）しかは・＝すゝめ（改行）奉りしかは

①とろく○けしきなくして・あくらにしりをかけて
②御まへに候人〳〵かしこまりうやまひたてまつる事・
③おほやけのことくなりき・この御むかへにまいりたる
④人〳〵いよ〳〵かしこまりて事のよしを申き・王この
⑤ことをうたかひ給て・むなしく二日二夜をすくさせ
⑥給き・御むかへの人〳〵かさねて・大臣のむかへたてま
⑦つるよし・ことのありさまを申侍しときに・京へ
⑧いり給し也・さりなからも位をうけとり給はさりしか
⑨は・大臣をはしめてあなかちにすゝめたてまつり
⑩しかは・つゐにくらゐにつき給しなり・この御時みやこ

① うつりみたひありき

② 一　廿九代　安閑天皇　二年崩　年七十　葬河内国古市高屋丘陵

③ 次(つき)のみかと安閑天皇と申き・継体天皇の御子・御母

④ 妃尾張目子媛(オハリメノコヒメ)・癸丑のとし二月に位につき給・御

⑤ とし六十八・世をしり給こと(事)二年・位につき給てあ

⑥ 即位明年都高市郡事くるとし正月にみやこ(都)やまとの高市郡にうつり」46オ

⑦ にき

⑧ 一　卅代　宣化天皇　四年崩　年七十三　葬大和国身狭桃花鳥坂上陵

⑨ 次(つき)のみかと宣化天皇と申き・安閑天皇のひとつはら

⑩ の御おとゝ(弟)におはします・乙卯のとし十二月に位に

❶みたひありき＝みたまひありき　❷安閑天皇（「安閑」ニ声点アリ。）＝安(アン)閑(カン)天皇（「安閑」ニ声点ナシ。）　❷付注左行・古市高屋丘陵＝古(フル)市(イチ)高(タカ)屋(ヤノ)丘陵　❹傍訓・オハリメノコヒメ＝ヲハリメノコヒメ　❻位につき給てあ（改行）即位明年都高市郡事くるとし正月に＝位に（改頁）遷都事つき給てあくるとし正月に　❽底本「宣化天皇」ノ「宣化」ニ声点アルガ応永本ニナシ。　❽付注右行・年七十三＝年七十二　❽付注左行・身狭桃花鳥坂上陵＝身(ミ)狭(サ)桃(ツ、)花ノ鳥坂上陵

上・44・ウ

上・45・オ

❷傍書ノ位置応永本デハ「位につ（改行）き給て三年と」〈天台大師生給事〉トアリ。但シ、底本「誕生」ハ「生給」トアリ。❹欽明天皇（「欽明」ニ声点アリ。）＝欽（キン）明（メイ）天皇（「欽明」ニ声点ナシ。）❹付注左行・檜隈坂合陵＝檜（ヒノ）隈（クマ）坂（サカ）合陵（アイノ）❼世をしり給
（改行）こと丗二年・〈自百済国仏経渡始事〉＝世をし（改行）り給事丗二年〈自百済国仏経渡事〉❾（改行）世中の心地おこりて・〈病患発子細事〉＝（改行）世中の心ちをこた
りて　❿大連＝大（ヲホ）連（ムラシ）

① つき給・御とし六十九・世をしり給事四年・位につき給
② 〈天台大師誕生事〉て三年（ナシ）と申しにそ・天台大師むまれ給しときに（時）
③ 侍りしと・のちにうけ給（たま）はりし
④ 一　丗一代　欽明天皇　丗二年崩　年 葬大和国檜隈坂合陵
⑤ 次（つき）のみかと欽明天皇と申き・安閑天皇の御あに・御
⑥ 母皇后手白（タシロカ）香也・癸亥歳位につき給・世をしり給 」46ウ
⑦ 〈自百済国仏経渡始事〉こと丗二年・十三年と申しに百済国より仏経わたり
⑧ 給へりき・みかとよろこひ給てこれをあかめ給し（ナシ）に・
⑨ 〈病患発子細事〉世中の心地おこりて・人おほくわつらひき・尾輿（ヲコシ）の
⑩ 大連といひし人・仏法をあかむるゆへに・このやまひ

①おこるなるへしと申て・寺をやきうしなひしかは・
②そらに雲なくしてあめ（雨）ふり・たいりやけ（内裏）・かの大連
③うせにき・このゝち（此後）さま〳〵の仏経なをわたり給き・
④継体天皇の御世にもろこしより人わたりて・仏
⑤を持したてまつりて・あかめをこなひ（お）しかとも・
⑥そのとき（其時）の人・もろこしの神となつけて・ほとけ（仏）とも
⑦しりたてまつらす・」47オ 又世中にもひろまり給はす
⑧〔世人始知仏法事〕なりにき・この（此）御世よりそ・よの人仏法といふことは
⑨〔聖徳太子懐胎事〕しりそめ侍し・卅三年と申しに聖徳太子はら
⑩まれ給き・御ちゝの用明天皇はこのみかとの第四の

❶やきうしなひしかは・（改行）そらに雲なくして ＝ やきうしなひし（改行）かは空に雲なくして〔無雲雨降事〕 ❸大連（改行）うせにき・ ＝ 大連うせ（改行）にき〔内裏焼事〕 ❺持したてまつりて・ ＝ 持し（改行）たてまつりて〔仏経又渡事〕 ❽傍書「世人始知仏法事」応永本ニナシ。 ❽よの人仏法といふことは ＝ （改行）世の人仏法をいふ事は〔仏法知始事〕（「法」の傍に「と」、「を」の傍に「ゝ」） ❾傍書「聖徳太子懐胎事」応永本ニナシ。 ❾卅三年と申しに聖徳太子 ＝ 卅三年（改行）と申しに聖徳太子〔聖徳太子母感夢後妊給事〕

上・45・ウ

上・46・オ

①御子と申し也・太子の御はゝの御ゆめにこかねの
②いろ（色）したる僧のわれ世をすくふ願あり・しはらく
③君かはらにやとらんとの給しかは・御母かくの給はたれ
④にかおはすると申給き・その（其）僧われは救世菩薩
⑤なり・いへ（家）はこれより西のかたにありとの給き・御母申
⑥給はく・わか身はけからはしいかて」47ウかやとり給はんとの
⑦たま（給）ふに・この僧われけからはしきをいとはすとの給し
⑧かは・しからはとゆるしたてまつり給しにしたかひて・はゝ
⑨の御くちにを（お）とりいり（入）給とおほしておとろき給たり
⑩しに・御のとにもの（物）ある心地（ち）し給てはらみ給へり

①しなり・八月と申しにはら(腹)のうちにてもの〻給き(物のたまふ)
②こえ侍き・このころをひにうさのみやはあらはれは(宇佐宮顕給事)
③しめおはしましき・よしなき事に侍れとも・この
④御ときとそおほえ侍・野干(ヤカン)をきつねと申侍しは・(野干号狐子細事)
⑤ことのおこりはみの〻国に侍し人・かほよきめをもと
⑥むとてもの(物)へまかりしに・野なかに女にあひ侍にき・
⑦このおとこかたらひよりて・わかめになりなんやとい」48オか
⑧ひき・この女(をんな)いかにもの給(たま)はんにしたかふへしといひし
⑨かは・あひくしていへ(家)にかへりてすむほと(程)に・をのこ〻
⑩一人うみてき・かくてとし月をすくすに・いへ(家)にある

❷傍書「宇佐宮顕給事」応永本ニナシ。❷このころをひにうさのみやは ＝ このころおひ(ほ)(改行)にうさの宮は(宇佐宮始現御事) ❹傍書「野干号狐子細事」応永本ニナシ。❹御とき ＝ 御時 ❹底本「野干(ヤカン)」ニ声点アルガ、応永本ニハ声点及ビ傍訓「ヤカン」トモニナシ。

上・46・ウ

上・47・オ

❷ほえしか（改行）れは・（「ほ」「え」「し」「か」「れ」「は」ニ声点アリ。）＝ほえ（改行）しかは（各文字ニ声点ナシ。）

①　いぬ（犬）十二月十五日にこ（子）をうみてき・そのいぬの子すこ（こ）
②　しおとなひて・このめの女をみる（見）たひことにほえしか
③　れは・かのめの女いみしくをちて・お（お）とこ（男）にこれうちこ
④　ろしてよといひしかとも・をうとのおとこ（男）きかさりき・
⑤　このめの女よねしらくる女ともに・もの（物）くはせんとて・
⑥　からうすの屋にいり（入）にき・そのとき（其時）この犬はしりき　48ウ
⑦　て・めの女をくはんとす・このめの女おとろきおそれて
⑧　えたへすして・野干になりて・まかきのうへにのほり
⑨　てをり・おとここれをみ（見）てあさましとおも（思）ひなからいは
⑩　く・なんちとわれとか中（なか）に子すてにいてきにたり・

① われなんちをわ[す]□[へ]からす・つねにきてねよといひ
② しかは・そのゝち（其後）きたりてね侍りき・さてきつねとは
③ 申そめしなり・そのめはもゝのはな（花）そめの
④ 裳（も）をなんきて侍し・そのうみたりし子をはき
⑤ つと」49オそ申し・ちからつよくてはしる事とふとりの
⑥ ことく侍き」49ウ（2行目マデ）

❶なんちをわ[す]□[へ]からす・（行ノ中程、書写時墨ノ乾カヌウチニ左斜メ下方ニ擦ラレタト覚シク、掠レテ判読困難ナ文字アリ。）＝ なんちをわする（改行）狐称名始事 へからす

[上・47・ウ]

中・1・オ

応永本ノ第一丁オモテノ現状ヲ次頁ニ掲ゲテ底本トノ異ナリヲ示ス。

①　水鏡巻中
②　敏達天皇　用明天皇 女帝 欽明天皇御女
③　崇峻天皇　推古天皇 女帝 敏達天皇曾孫 舒明天皇后
④　舒明天皇　皇極天皇 女帝 皇極天皇重祚
⑤　孝徳天皇　斉明天皇
⑥　天智天皇　天武天皇
⑦　持統天皇 女帝 天武天皇御女　文武天皇
⑧　元明天皇 女帝 天智天皇御女　元正天皇 女帝 文武天皇御姉
⑨　聖武天皇　孝謙天皇 女帝 文武天皇御女

【応永本・中・1・オ】

底本第一丁ウラハ白紙ニツキ割愛スル。尚、応永本ノ第一丁ウラモ白紙デアル。

①　水鏡巻中

②　敏達天皇　　用明天皇

③　崇峻天皇　　女帝 推古天皇

④　舒明天皇　　女帝 皇極天皇

⑤　孝徳天皇 大化五 白雉五　　斉明天皇 女帝皇極重祚

⑥　天智天皇　　天武天皇 朱雀一 白鳳十三 朱鳥一

⑦　女帝 持統天皇 朱鳥八 大化二　　文武天皇 大宝三 慶雲四

⑧　女帝 元明天皇 和銅七　　女帝 元正天皇 霊亀二 養老七

⑨　聖武天皇 神亀五 天平二十　　女帝 孝謙天皇 天平勝宝八 天平宝字二

中・2・オ

❶底本「敏達天皇」ノ「敏達」ニ声点アルガ応永本ニナシ。❶付注・十四年崩年廿四葬河内国磯長中尾陵 ＝ 十四年崩年廿四（改行）葬河内国磯長中尾陵ニ ❷傍訓「ヒムタツ」「キンメイ」応永本ニナシ。❸宣化天皇女石姫皇后也 ＝ 御母宣化天皇女石姫皇后也 ❻傍訓「シヤウトク」応永本ニナシ。❼傍訓「ヨウメイ」応永本ニナシ。❾傍書「聖徳太子於廐前誕生事」応永本ニナシ。

① 一卅二代敏達天皇　十四年崩年廿四葬河内国磯長中尾陵
② つきのみかと敏達天皇と申き・欽明天皇の第
③ 二御子・宣化天皇女石姫皇后也・欽明天皇のみよ十
④ 五年甲戌正月に東宮にたちたまふ（給）・壬辰の（ナシ）
⑤ とし（年）四月三日くらゐ（位）につきたまふ（給）（世）・よをしり
⑥ たまふこと（給事）十四年なり（也）・ことし正月一日そ聖徳太
⑦ 子はむまれたまひし（給）・ちゝの用明天皇はみかと（御門）の御
⑧ おとゝ（を）にていまた皇子と申しなり・御はゝ（母）みやの
⑨ 聖徳太子於廐前誕生事　うちをあそひありかせたまひし（給）に・むまやのまへ
⑩ にて御心にいさゝかおほえさせ給こと（事）も○なくて・にはかに

① うまれ（む）させたまひ（給）しなり・この（此）月は十二月にそあ
② たらせ」2オ給し・人〳〵（と）いそきいたきとりたてまつりて
③ き・かくてあかくきなるひか（光）りにしのかたよりさして・
④ 御殿のうちをてらしき・みかとこ（御門此）のよしをきこし
⑤ めして・行幸なりて・こと（事）のありさまをとひ申
⑥ 給に・又ありつるやうにみやのうちひかりさしてかゝや
⑦ けり・みかとあさましとおほして・たゝにはおはすまし
⑧ き人なりとそ・人〳〵にのたま（給）はせし・四月になりに
⑨ しかは・もの（物）なといとよくの給き・ことしの五月とそ
⑩ 」2ウ おほえはへる（自高麗烏羽書渡間事）・高麗よりからすのはにもの（物）をかきて

❻みやのうちひかりさして ＝ 宮のうち（改行）のひかりさして ❽人〳〵に ＝ 人ゝには ❿傍書「自高麗烏羽書渡間事」応永本ニナシ。❿五月とそ（改行）おほえはへる（自高麗烏羽書渡間事）・ ＝ 五月とそお（改頁）おほえ侍る

中・2・ウ

中・3・オ

❷なにかしの王とか　＝　なにかしの王と（改行）かや　❻聖徳太子ひん（改行）かしにむかひてたな心を（聖徳太子向東方二歳時唱南無給事）　＝聖徳太子東に（聖徳太子向）むかひてたな心を（東方二歳之時唱南無仏給事）　❼たな心をあはせて・南無仏との給き・（改行）御とし二にこそは　＝　たな心をあはせ（改行）て南無仏との給き御年二にこそは

①　たてまつりたりしを・いかにしてよむへしともおほえ
②　ぬこと（事）にてはへり（侍）しを・なにかしの王とか申し人の
③　こしきのうちにをきてうつしとりてよみたりし
④　こそいみしきことにてはへり（侍）しか・みかと（御門）めてほめ給
⑤　て・その（其）王は御まへちかくつねに候へきよしなとお
⑥　ほせ（仰）られき・二年と申し（ナシ）二月十五日・聖徳太子ひん（聖徳太子向東方二歳時唱南無給事）
⑦　かしにむかひてたな心をあはせて・南無仏との給き・
⑧　御とし二にこそはなりたまひ（給）しか・三年三月三日ちゝ
⑨　のわうし・聖徳太子をあいしたてまつりていたき
⑩　たま（給）へりしに・」3オいみしくかうはしくおはしき・そのゝち（其後）

① おはくの月日をすくるまてそのうつりか（香）うせたまは（給）は
② さりしかは・宮のうちの女房たち・われも〳〵とあらそひ
③ いたきたてまつりはへり（侍）き・六年十月と申しに・百（ハク）
④ 済（サイ）国（コク）より経論又あまたわたり給へりしを・太子これ
⑤ を見はへ（侍）らんとみかと（御門）に申給しかは・みかと（御門）そのゆへ
⑥ をとひ給・太子申たまは（給）く・むかし（昔）もろこしの衡（カウ）山（サン）
⑦ にはへり（侍）しに・仏教は（を）見たま（給）へりき・いまその経論
⑧ をたてまつりてはへなれは・見たまへらんとおもひ（思）給
⑨ ふるなり（也）と申給しかは・⌊3ウ みかと（御門）あさまし（と）くおほし
⑩ めして・なんちは六歳になりたま（成給）ふいつのほとにも

❸底本「百（ハク）済（サイ）国（コク）」ニ声点アルガ、応永本ニハ声点及ビ傍訓「ハクサイコク」トモニナシ。❻底本「衡（カウ）山（サン）」ニ声点アルガ、応永本ニハ声点及ビ傍訓「カウサン」トモニナシ。❽たてまつりてはへなれは・見たまへらんと ＝ たてまつり侍なれは見給へんと

中・3・ウ

中・4・オ

❶ありしとはのたまふそとおほせことあり（改行）[聖徳太子称前生事給事]しかは・太子さきのよのことの　＝　ありしとは（改行）[聖徳太子講前生事]の給そと仰ことありしかは太子さきの世のことの　❹きく人（改行）[法花経渡事]てをうち　＝　きく人手をうち　❹法華経はことし　＝　法（改行）[法][華経渡事]経はことし（応永本「華（花）」ノ字誤脱ス。）　❽いのち　＝　命を　❿傍書「自新羅国奉渡尺迦仏事」応永本ニナシ。

❿底本「新羅」ニ声点アルガ応永本ニナシ。

① ろこしにありしとはのたまふそとおほせことあり
② [聖徳太子称前生事給事]しかは・太子さきのよのことのおほえは（侍）へる（也）を申なり
③ と申給しときに・みかと（御門）をはしめたてまつりて・きく人
④ [法花経渡事]てをうちあさみ申き・法華経はことしわたり給へり
⑤ けるとそうけ給はりし・七年と申し二月に太子よ
⑥ ろつの経論をひらき見たま（給）ひて・六斎（斉）日は梵天帝釈（尺）
⑦ おりくたり給て・くに（国）のまつりこと（政）を見給日なり（也）・ものゝ
⑧ いのちころすことをとゝ（ナシ）め給へと申給しかは・宣旨を
⑨ くたし給き・ことし太子七歳になりたま（給）ひし・
⑩ [自新羅国奉渡尺迦仏事]八年と申し十月に新羅より」4オ釈迦ほとけ（仏）をわた

① したてまつりしかは・みかと（御門）よろこひ給て供養し

② たてまつり給（ナシ）き・山しなてら（山階寺）の東金堂におはします

③ はこのほとけ（仏）なり・十二年と申し七月に百済（ハクサイコク）国よ

日羅奉拝太子間事

④ り日羅といふ人きたれりき・太子あひ給て（給ひ）ものかたり

⑤ をしたまふほとに・日羅身よりひかり（光）をはなちて・

⑥ 太子をゝ（お）かみたてまつるとて敬礼救世観世音伝灯東（キヤウライクセクワンセオンテントウトウ）

⑦ 方粟散王（ハウソクサンワウ）と申き・太子又眉間よりひかり（光）をはなち給

⑧ き・かくて人〳〵にのたまひ（給）き・われむかしもろこしにあり

⑨ しとき（時）・日羅は弟子にてありしもの（也）なり・つねに日 」4ウ

⑩ をおかみたてまつりしによりて・かく身よりひかり（光）をい

❸十二年と申し七月に ＝ 十二年（改行）日羅奉拝太子眉間事と申し七月に ❸傍訓「ハクサイコク」応永本ニナシ。❹底本「日羅」ニ声点アルガ応永本ニナシ。❹ものかたり（改行）日羅奉拝太子間事をしたまふほとに・ ＝ 物かたりをし給程に ❻傍訓「キヤウライクセクワンセオンテントウトウハウソクサンワウ」応永本ニナシ。

中・4・ウ

中・5・オ

❷十三年と申し九月に　＝　（改行）十三年と申し九月に［自百済国弥勒奉渡事］　❸傍書「自百済国奉請石弥勒事」応永本ニナシ。　❸わたしたてまつりたりしを　＝　わたしたてまつり給たりしを　❸傍訓「ソカノムマコ」応永本ニナシ。　❺傍書「守屋大臣可失仏法由奏聞事」応永本ニナシ。　❺ほとけ　＝　仏　❾仏法を（改行）［守屋焼堂塔問事］うしなふへきよし宣旨くたりにき・　＝　仏法をうしなふへきよし（改行）［守屋焼堂塔事］宣旨くたりにき

①　たすなり・のちのよ（世）にかならす天にうまる（む）へしとのたま（給）
②　ひき・十三年と申し九月に百済国よりいし（石）にてつく［自百済国奉請石弥勒事］
③　りたる弥勒をわたしたてまつりたりしを・蘇（ソ）我（カノ）馬（ムマ）
④　子（コ）の大臣堂をつくりてすへたてまつりき・いま元興寺
⑤　におはしますほとけなり・十四年と申し三月にもり（守屋）［守屋大臣可失仏法由奏聞事］
⑥　やの大臣みかと（御門）に申さく・先帝の御ときよりいまにい
⑦　たるまてよのなか（世中）のやまひいまたをこたらす・そかの
⑧　大臣仏法をゝ（お）こなふゆへなるへしと申しかは・仏法を
⑨　うしなふへきよし宣旨くたりにき・」5オ守屋み（身）つからてら（寺）［守屋焼堂塔問事］
⑩　らにゆきむかひて・たう（堂）をきりたお（を）し・仏像をやふ

①りうしなひ・火をつけてやき・尼のきものをはき・
②しもとをもちてうちしほとに・そらに雲なくし
③ておほきにあめ（雨）ふりかせふきゝ（吹き）・みかともりやたち
④まちにかさをわつらひ・天下にかさおこりていのち（命）を
⑤うしなふものかす（数）をしらす・そのかさをやむ人み（身）を
⑥やきゝるかことくになむ（ん）おほえける・仏像をやきし
⑦つみによりてこの（此）やまひ（ふ）おこれりしなり（也）・六月に
⑧蘇我の大臣やまひゝ（病ひ）さしくいえす・」5ウ なを三宝をあふき
⑨たてまつらんと申き・みかと（御門）しからはなんちひとりをこ（お）
⑩なふへしとのたま（給）はせしかは・よろこひて又堂塔をつ

❶きものを ＝ きる物を　❸みかともりや ＝ 御門も守屋も

中・5・ウ

中・6・オ

❷傍書ノ位置応永本デハ「八月十（改行）五日に（天皇崩御事）」トアリ。（道場法師因縁所行事）❸この御（改行）（道場法師因縁所行事）ときとそおほえはへる・おはりのくにゝ ＝ 此御時とそおほえ（改行）侍るをはりの国に

① くりき・仏法はこれよりやう〱ひろまりはしまりし
② （天皇崩御事）なり・かくて八月十五日にみかと（御門）はうせさせ給にき・この御
③ （道場法師因縁所行事）ときとそおほえはへる・おはりのくにゝた（田）をつくるもの
④ ありき・なつ（夏）になりてた（田）に水まかせんとせしほとに・ゝはか（俄）
⑤ にかみ（神）なりあめ（雨）ふりしかは・木のしたにたちいり
⑥ てありしほ（程）とに・そのまへにいかつちおちにき・その（其）かた
⑦ ちおさなきこ（子）のことし・この（此）おとこすきをもちてうた
⑧ む（ん）とせしかは」6オ・いかつちわれをころすことなかれ・かならす
⑨ このおん（此恩）をむくひ（い）んといひき・をのこのいはくなに事（こと）にて
⑩ 恩をむくふへきそといひき・いかつちこたへていはく・なん（汝）

① ちにこ（子）をまうけさせて・かれにておん（恩）をむくひん・われ
② にくすのき（木）のふね（船）をつくりて水をいれて・たけ（竹）のはを
③ うかへてすみやかにあたへよといひしかは・このをのこいか
④ つちのいふかことくにしてあたへつ・いかつちこれをえて
⑤ すなはちそらへのほりにき・そのゝちをのこゝをまうけてき・
⑥ う（む）まれしときにくちなはそのかうへをまとひておかしら
⑦ うなしのかたにさかれ」6ウりき・とし十よになりて・ほう八尺
⑧ のいし（石）をなけき・このわらは元興寺の僧につかへしほと（程）に・
⑨ そのてら（其寺）のかねつきたうにおに（鬼）ありて・よ（夜）ことにかねつく
⑩ 人をくひころすを・この（此）わらはおに（鬼）の人をころすこと（事）を

中・7・オ

① とゝめて（ナシ）んといひしかは・てら（寺）の僧ともよろこひてすみや
② かにとゝむへきよしをすゝめき・そのよ（其夜）になりて・わらはかね（鐘）
③ つきたうにのほりて・かね（鐘）をうつほとに・れいのことくおに（鬼）
④ きたれり・わらはおに（鬼）のかみにとりつきぬ・おに（鬼）はとへひきいた
⑤ さんとし・わらはゝうちへひきいれんとするほと（程）に・よ（夜）たゝあ
⑥ けにあけ」7オなんとす・おに（鬼）しわひて・かうきはをはなちおとして
⑦ にけさりぬ・よ（夜）あけてちをたつねてもとめは（ナシ）へりしかは・
⑧ そのてら（其寺）のかたはらなるつかのもとにてなん（む）・ちとまりはへり（侍）
⑨ にし・むかし心あしかりし人をうつめりしところ（所）なり・その（其）
⑩ 人おに（鬼に）ゝなりたりけるとそ人〳〵申あひたりし・そのゝち（其後）

①おに(鬼)人をころすことはへら(事侍)さりき・おに(鬼)のかみは宝蔵に
②おさまりていまたは(め)へめり(侍)・この(此)わらはおとこになりて　○　この(なを此)
③てら(寺)にはへりき・てら(寺)のた(田)をつくりてみつ(水)をまかせんとせ
④しに・人〳〵さまたけてみつ(水)をいれさせさりしかは・」7ウ十よ(余)人
⑤はかりしてになひつへきほとのすきからをつくりて・みな
⑥くちにたてたりしを・人〳〵ぬきてすてたりしかは・この
⑦おとこ又五百人してひくいし(石)をとりて・こと人のた(田)のみな
⑧くちにをきて・みつ(水)をてらた(寺田)にいれ(入)しかは・人〳〵をちお(お)それて
⑨そのみなくちをふさかすなりにき・かくて寺田やくる事(こと)
⑩なかりしかは・てら(寺)のそう(僧)・このおとこほうし(此男法師)になる事(こと)をゆる

❸はへりき・　＝　侍にき　❻この（改行）おとこ又五百人して　＝　此男五百人して

中・7・ウ

中・8・オ

❷底本「用明天皇」ノ「用明」ニ声点アルガ応永本ニナシ。❷付注・二年崩　葬大和国磐余池上陵　＝　二年崩（改行）葬二大和国磐（イハレノ）余池（カン）ノ上ノ陵一　❺くらゐにつきたまひて（改行）聖徳太子父天皇短命由被奉相事 あくるとし・聖徳太子　＝　（改行）聖徳太子父天皇短命奉相事 位につき給てあくると
し聖徳太子

① してき・よ（世）の人道場法師とそ申し
② 一　卅三代用明天皇　二年崩　葬大和国磐余池上陵
③ つきのみかと用明天皇と申き・欽明天皇の第四のみこ（御子）・御母　└8オ
④ 大臣蘇我宿祢稲目女妃堅（カタ）塩（シホ）姫（ヒメ）・乙巳年九月五日くらゐ（位）に
⑤ つき給・よ（世）をしり給事二年・くらゐにつきたまひて
⑥ 聖徳太子父天皇短命由被奉相事 あくるとし・聖徳太子ちゝみかとをさう（相）したてまつりて・
⑦ 御いのち（命）ことのほか（外）にみしかくみ（見）えさせ給へり・まつり（政）
⑧ ことをよくすなほにし給へしと申たまひ（給）き・かくてつき
⑨ のとしの四月にちゝみかと（父御門）御こゝち（心）れい（例）ならすおはせし
⑩ に・太子よるひるつきそひたてまつりて・こゐたえもせす

中・8・ウ

① いのりたてまつり給き・みかと(御門)大臣以下三宝をあかめたて

② まつらんいかゝあるへきとおほせ(仰)られあはせたまひ(ナシ)しに・

③ もりや(守屋)はあるへきことにもはへら(侍)す・」8ウ わかくに(国)の神(かみ)をそむき

④ て・いかてかことくにのかみをはあかむへきと申き・そかの

⑤ 大臣はたゝおほせ(仰)ことにしたかひてあかめたて(奉)まつらんと申

⑥ き・みかと(御門)そかの大臣のことにしたかひたまひ(給)て・法師を

⑦ 内裏へめしいれられしかは・太子おほきによろこひた

⑧ まひ(給)て・そかの大臣のて(手)をとりてなみた(涙)をなかし・三宝の

⑨ 妙理を人しることなくしてみたりかはしくもちゐたて

⑩ まつらさるに・大臣仏法(ナシ)を信したてまつる・いと〳〵かしこ

中・9・オ

❶おほきにいかりはら（改行）たちき・　＝　おほきにいかりてはらたちにき

①　き（事也）ことなりとのたま（給）ひしを・もりや（守屋）おほきにいかりはら
└9オ
②　たちき・太子人〳〵（と）にのたま（給）はく・もりや（守屋）因果をしらす
③　していまほろひなむ（ん）とす・かなしき事（こと）なりとのた（
④　給）まひしを・人ありてもりや（守屋）につけきかせしかは・もりや（守屋）
⑤　いとゝいかりをなして・つは物（もの）をあつめさま〳〵のまし（ナシ）わさ
⑥　ともをしき・このことき（事）こ（聞）えて・たいし（太子）のとねりをつかは
⑦　して・もりや（守屋）にかたよれる人〳〵をころさせ給しほとに・
⑧　四月九日みかとうせさせ給にき・七月になりて・太子そかの
⑨　大臣もろともにいくさをおこして・もりや（守屋）とたゝかひ
⑩　たま（給）ふ・もりや（守屋）か（か）ゝたのいくさかすをしらさりしかは・
└9ウ

①太子の御かたのいくさを（お）ちおそれて・三たひまてしり
②そきかへりき・そのとき（其時）に太子大誓願をおこし・ぬるての
③き（木）をとりて四天王をきさみたてまつ（奉）りて・いた〻きのうへ
④にをきたてまつりて・いまはなつところのやは四天王のはな
⑤ち給ところなりとのたま（給）はせて・とねりをしていさせしめ
⑥給しかは・そのやもりや（守屋）かむねにあたりて・たちところ（所）にい
⑦のち（命）をうしな（失）ひつ・秦川勝をしてくひをきらせ（ナシ）しめ給・
⑧もりや（守屋）かいもうとは・そかの大臣のめにてはへ（侍）りしかは・そのめ（妻）の
⑨はかりことにて・もりや（守屋）はうちとられぬるなりとそ・〻のとき（其時）の
⑩人は申あへりし・さてこのもりや（守屋）をいころしてはへ（侍）りし

⌊10オ

❸傍書「四」応永本ニナシ。　❼秦川勝＝秦河勝（傍訓「ハダノカハカツ」トアリ、「タ」ニ濁点「〻」ヲ付ス。）

中・9・ウ

中・10・オ

❶赤檮＝赤檮(イチヒ)　❷傍書ノ位置応永本デハ「水田（改行）一万頃をなん〔造始天王寺事〕」トアリ。❷つくりはしめられしなり＝つくりはしめられりしなり　❸崇峻天皇（「崇峻」ニ声点アリ。）＝崇峻(スシュン)天皇（「崇峻」ニ声点ナシ。）❸付注・五年崩　年七十二　葬大和国倉橋山岡陵＝五年崩　年七十二（改行）葬大和国倉橋山岡陵　❺稲目＝稲目(イナメ)　❼傍書ノ位置応永本デハ「六十（改頁）七よをしり〔太子奉相天皇事〕」トアリ。但シ、底本「皇」ハ「天皇」トアリ。

① とねりをは・赤檮とそ申はへり〔侍〕し・水田一万頃をなんたまは〔給〕

② 〔造始天王寺事〕せし・かくてことし天王寺をはつくりはしめられしなり

③ 一　卅四代崇峻(スシュン)天皇　五年崩　年七十二　葬大和国倉橋山岡陵

④ つきのみかと〔御門〕崇峻天皇と申き・欽明天皇の第十二のみこ〔御子〕・

⑤ 御母稲目大臣女小姉君姫(コアネキミヒメ)也・丁未のとし〔年〕八月二日くらゐ〔位〕に

⑥ つき給〔給ふ〕・御とし〔年〕六十七・よをしりたまふ〔給〕事五年・くらゐ〔位〕に

⑦ 〔太子奉相皇事〕つき給てあくるとし」10ウのふゆ〔冬〕・みかと〔御門〕・聖徳太子をよひたてま

⑧ つりて・なんち〔汝〕よく人をさう〔相〕す・われをさう〔相〕したまへ〔給〕との

⑨ たまひ〔給〕しかは・太子めてたくおはします・たゝし〔但〕よこさ

⑩ まに御いのち〔命〕のあやふみなんみえ〔見〕させおはします・こゝろ

① しらさらん人をみや（宮）のうち（中）へいれさせたまふ（給）ましき
② なりと申たまひ（給）しかは・みかと（御門）いかなるところ（所）を見ての
③ たまふ（給）そとおほせ（仰）られしに・太子あかきすち御まなこ（眼）を
④ つらぬけり・これは傷害のさう（相）なりと申たまひ（給）しかは・
⑤ みかと（御門）御かゝみ（鏡）にてみたまひ（見給）しに・申たまふ（給）ことくにおは
⑥ しましゝかは・おほきにおとろきおそりおはしましき・かく
⑦ て太子人〳〵に」11オ みかと（御門）の御さう（相）は・さきのよ（世）の御こと（事）なれは・
⑧ かはるへき事にあらすとそのたまひ（給）し・三年と申し
⑨ 十一月に太子御とし（年）十九にて・元服し給ひき（ナシ）・五年と申
⑩ し二月に・みかと（御門）しのひやかに太子にのたまは（給）く・そかの

❹底本「傷害」ニ声点アルガ応永本ニナシ。　❽かはるへき事 ＝ かはるへき御事

中・11・オ

❺傍書「天皇可切猪首称給事」応永本ニナシ。

① 大臣うちにはわたくしをほしきまゝにし・ほかにはいつはり
② かさり・仏法をあかむるやうなれとも・心たゝしからす・いかゝ
③ すへきとのたまひ(給)しかは・太子たゝこのこと(事)をしのひ給へし
④ と申たまひ(給)しほと(程)に・十月に人のゐのしゝをたてまつり
⑤ たりしを（天皇可切猪首称給事）・みかとこ(御門御)らんして・いつかゐ(い)のくひをきるかこと」11ウ
⑥ くに・わかきらふところの人をたちうしなふへきとのた(給
⑦ まはせしかは・太子おほきにおとろきたまひ(給)て・よのなか(世中)の
⑧ 大事この(此)御ことはによりてそいてくへきとて・にはかに内宴
⑨ をゝ(お)こなひて・人〳〵(人)に禄たま(給)はせなとして・けふみかと(御門)の
⑩ のたま(ゝ給)はせつる事(こと)・ゆめ〳〵ちらすなとかたらひたまひ(給)しを・

① たれかいひけん・そかの大臣に・みかと（御門）か〻ることをなんの
② たまひ（給）つるとかたりけれは・わか身をのたまふ（給）にこそと思（おもひ）て・
③ みかと（御門）をうしなひたてまつらんとはかりて・東漢駒（アツマノアヤコマ）といふ人を
④ かたらひて・十一月の（ナシ）三日みかと（御門）└12オ をうしなひたてまつりてき（ナシ）・
⑤ みや（宮）のうち（中）の人おとろきさはきしを・そかの大臣その人を
⑥ とらへさせしめしかは・人〱この大臣のしわさにこそとしりて・
⑦ とかくもの（物）いふ人なかりき・大臣・駒を賞してさま〱のもの（物）
⑧ をたまはせて・わかいへ（家）のうち（中）に女房なとのなかにもは〻
⑨ かりなくいて（出）いり心にまかせてせさせしほと（程）に・大臣の
⑩ むすめをしのひ（忍）てを（お）かしてき（ナシ）・大臣このこと（事）をき〻て・

❸ 東漢駒（アツマノアヤコマ）＝東の漢駒（アツマアヤコマ）

中・11・ウ

①おほきにいかりて・かみをとりて木にかけて・み（身）つからこれを
②いき・なんち」12ウをろかなる心をもちて・みかと（御門）をうしなひたて
③まつるといひて（蘇我大臣殺駒間事）や（矢）をはなちしかは・駒さけひてわれその（其）
④とき（時）に大臣ことをしれりき・みかとゝいふことをしりたてま
⑤つらすといひしかは・大臣このときにいよ〳〵いかりてけん（む）をとりて
⑥はらをさき・かうへをきりてき・大臣の心あしき事いよ〳〵
⑦よのなか（世中）にひろまりしなり（也）
⑧一　卅五代　推古天皇　卅六年崩　年七十三葬磯長山田陵
⑨つき（次）のみかと推古天皇と申き・欽明天皇の御」13オむすめ（女）・
⑩御母稲目大臣女蘇我小姉君姫（コアネキミヒメ）也・壬子のとし十二月八日くら（位）

中・12・オ

❷うしなひたて（改行）まつるといひて（蘇我大臣殺駒間事）＝うし（改行）なひたてまつるといひて（蘇我大臣殺駒事）❺このときにいよ〳〵＝この（改行）時いよ〳〵❽底本「推古天皇」ノ「推古」ニ声点アルガ応永本ニナシ。❽付注・卅六年崩　年七十三葬磯長山田陵＝卅六年崩　年七十三（改行）葬磯長山田陵❿稲目＝稲目（イナメ）❿小姉君姫（コアネキミヒメ）＝小姉君姫（コアネキミ）❿壬子のとし十二月八日＝壬子年（改行）十二月八日

①ゐにつきたまふ（給）・御とし卅八・よ（世）をしろしめすこと（事）卅六年・
②くらゐ（位）につき給てあくるとしの四月に・みかと（御門）わか（我）身は女人
③（聖徳太子令行天下政事）なり・心にものをさとらす・よのまつりことは・聖徳太子したま
④へと申給しかは・よ（世）の人よろこひ（悦）をなしき（て）・太子はこのと（此時）
⑤きに太子にはたちたまひて・よのまつりことをしたまひ（給）
⑥しなり・そ（其）のさきはたゝ皇子と申しかとも・いまかた
⑦り申こと（事）となれは・さき〳〵も太子とは申はへり（侍）つるなり（也）・御
⑧（被移天王寺於難波事）とし廿二になんなり給し・ことし四天王寺をは難波（ナニハノクワウ）荒陵 」13ウ
⑨にはうつし給しなり・もとはたまつくりのきしにたて
⑩（沈浮浪来事 在子細）たまへりき・三年と申しはる（春）沈はこのくにゝ（国に）はしめてなみ（浪）

中・12・ウ

❸女人（改行）なり・心にものをさとらす・よの（聖徳太子令行天下政事） ＝ 女人也心に物を（改行）さとらす世の（聖徳太子行天下政事） ❸聖徳太子したま（改行）へ ＝ 聖徳太子にし給（改行）へ ❺太子にはたちたまひて・ ＝ 太子に立給て ❽傍書ノ位置応永本デハ「（改行）御と（被移天王）し廿二に（寺於難波事）」トアリ。❽傍訓「ナニハノクワウ」応永本ニナシ。❾たまつくりのきしにたて（改行）たまへりき・（沈浮浪来事 在子細） ＝ たまつくりの（改行）岸にたて給へりき（沈香浮波来事）

中・13・オ

❽太子みたまひて・＝これを太子見給て　❽傍訓「チムスイカウ」「センタンカウ」応永本ニナシ。　❾傍訓「ナンテンチク」応永本ニナシ。　❾うみのきし＝海岸

① につきてきたれりしなり・土左のくに（国）のみなみ（南）のうみ（海）
② に・よ（夜）ことにおほきにひかるもの（物）ありき・そ（其）のこゑいかつちの
③ ことくにして・卅日をへて・四月にあはちのしま（嶋）のみなみ（南）の
④ きし（岸）によりきたれりき・おほきさ人のいたくほと（程）にて・
⑤ なかさ八尺よ（余）はかりなんはへ（侍）りし・そのかうはしき事た
⑥ とへんかたなくめてたし・これをみかとにたてまつりき・
⑦ しま（嶋）人なにともしらす・おほくたき」14オゝになんしける・
⑧ 太子みたまひて・沈水香（チムスイカウ）と申ものなり・このき（木）を梅檀香（センタンカウ）
⑨ といふ・南天竺（ナンテンチク）のみなみ（南）のうみのきしにおひたり・こ（此）の木
⑩ のひやかなるによりて・なつ（夏）にな（成）りぬれは・もろ〳〵の蛇まとひ

①つけり・そのときに(其時)人かのところ(所)へゆきむかひて・その(其)
②木にや(矢)をいたてゝ・ふゆ(冬)になりて(成)・蛇あなにこもりてのち・
③いたてしやをしるしにて・これをとるなり(也)・そのみは
④鶏舌香(ケイセツカウ)・そのはな(其花)は丁子(チヤウシ)・その(其)あふらは薫陸(クンロク)・ひさしくなり
⑤たるを沈水(チムスイ)といふ・ひさしからぬを浅香(センカウ)といふ・みかと(御門)仏法を
⑥あかめたまふ(給)かゆへに・釈梵威徳(シヤクホンヰトク)のうかへをくり給なるへし」14ウ
⑦と申たまひ(給)き・みかとこの(御門此)木にて観音をつくりて・ひそて
⑧らになんをきたてまつりたまひ(給)し・とき／＼ひかり(光)をはな
⑨ちたまひ(給)き・六年と申し四月に太子よきむま(馬)をもとめしめ
⑩(甲斐黒駒子細事)給しに・かひのくに(国)よりくろきむまの四のあしゝろきを

❷蛇 ＝ 蛇の ❹傍訓「ケイセツカウ」「チヤウシ」「クンロク」応永本ニナシ。❺傍訓「チムスイ」「センカウ」応永本ニナシ。❻傍訓「シヤクホンヰトク」応永本ニナシ。❿傍書「甲斐黒駒子細事」応永本ニナシ。❿くろきむまの四のあしゝろきを ＝ くろき馬の（改行）四の足しろきを

中・13・ウ

中・14・オ

❼しなのゝくに　＝　し（改行）なゝのゝ国　❿たまはせたりしを・（改頁）建広隆寺事 はちをかてらを　＝　（改行）建広隆事 たまはせたりしを
はちをかてらを

① たてまつれ（ナシ）りき・太子おほくのむま（馬）のなか（中）よりこれをえら
② ひいたして・九月にこのむま（此馬）にのりたまひ（給）て・くも（雲）のなかへ（中に）
③ いり（入）て・ひんかし（東）をさしておはしき・麻呂（磨）といふ人ひとり
④ そ御むま（馬）のみき（右）のかた（方）にとりつきて・くも（雲）にいり（入）にしかは・みる
⑤ 人おとろ└15オきあさみはへり（侍）しほと（程）に・三日ありてかへり（帰）た
⑥ まひ（給）て・われこのむま（此馬）にのりて・ふしのたけにいたりて・
⑦ しなのゝくにへつたはりてかへり（帰）きたれり（ナシ）とのたまひ（給）き・
⑧ 十一年と申し十一月に・太子のもち給へりし仏像をこの（此）
⑨ ほとけ（仏）たれかあかめたてまつるへきとのたまひ（給）しに・はた（秦）の
⑩ かはかつ（河勝）すゝみいてゝ申うけはへり（請侍）しかは・たまはせたりしを・

①［建広隆寺事］はちをかてらをつくりてす（ナシ）へたてまつれ（ナシ）りき・そのはち
②をかてらと申は・いまのうつまさなり・ほとけ（仏）はみろく（弥勒）とそ
③うけたまはり（給）はへり（侍）し・十四年と申し七月にみかと（御門）
④［講勝鬘経事］わかまへにて勝鬘経かうし（講）」15ウ たまへと申たまひ（給）しかは・
⑤太子しゝ（師子）のゆかにのほりて三日かうし（講）たまひ（給）き・その（其）あり
⑥さま僧のことくになんおはせし・めてたかりし事
⑦なり（也）・おきなそのには（庭）に丁もん（聴聞）してはへり（侍）き・はての
⑧［二三尺許蓮花雨事］よとそおほえはへる・はちすのはなのなかさ二三尺はかり
⑨なるそらよりふりたりしあさましかりしこと（事）そかし・
⑩みかとそのところに・てら（寺）をたてたまひ（給）き・いま（今）のたち

❶傍書ニツイテハ前頁⑩行ノ校異ヲ参照。 ❹傍書ノ位置応永本デハ「(改頁)［講勝鬘経事］十四年と申し七月に」トアリ。 ❽はての（改行）［二三尺許蓮花雨事］よとそおほえはへる・はちすのはなの ＝ はての夜とそおほえ侍る（改行）［二三尺蓮花雨事］はちすのはなの ❿みかとそのところに・ ＝ 御門（改行）［建立橘寺事］其所に

中・14・ウ

中・15・オ

❶傍書ニツイテハ前頁⑩行ノ校異ヲ参照。　❼傍書ノ位置応永本デハ「いかるかの（改行）宮のゆめとのにいり給て」トアリ。（傍書：太子入夢殿七日七夜不出給事）

①はなてらこれなり・十五年と申し五月に・みかと（御門）に申たま（給）（傍書：建立橘寺事）

②はく・むかし（昔）もちたてまつりし経・もろこしの衡山と申

③ところ（所）におはします・とりよせたてまつりて・このわたれる

④経のひかことのは（侍）へるにみ（見）あはせんと申たま（給）ひて・をの（小野の）」16オ

⑤いもこを七月にもろこしへつかはしき・あくるとしの四

⑥月にいもこ・一巻にしたる法花（華）経をもてきたれりき・

⑦九月に太子いかるかのみや（宮）のゆめとのにいりたま（給）ひて・（傍書：太子入夢殿七日七夜不出給事）

⑧七日七夜いてたま（出給）はす・八日といふあしたに御まくらかみに

⑨一巻の経あり・太子のたま（給）はく・この（此）経なんわかさきのよ（世）に

⑩持したてまつりし経にておはします・いもこかもて

① きたれるは・わかてし（弟子）の経なり・この経に卅四のもし

② あり・よの中（世中）にひろまる経はこのもしなし」16ウとなん

③ 太子薨給事 のたまひし・廿九年二月廿二日に太子（ナシ）うせたまひ（給）に

④ き・御とし（年）四十九なり・みかと（御門）をはしめたてまつり（奉）て・

⑤ 一天下の人ちゝはゝ（父母）をうしなひたるかことくに

⑥ かなしひをなしき・おほかた太子の御事万か一を

⑦ 申はへり（侍）・ことあたらしく申つゝくへくもな

⑧ けれとも・めてたきことはみな人しりたまへ（給）れとも・

⑨ くりかへし申さるゝなり（也）・太子よにいてたまはさら

⑩ 仏法子細事 ましかは・くらきよりくらきにいたりて・なかく仏法

❷このもしなしとなん（改行）のたまひし（太子薨給事）・＝此文字なし（改行）となんの給し（太子薨給事） ❼ことあたらしく＝ことあたらしくも ❾太子よにいてたまはさら（改行）ましかは（仏法子細事）・＝太子よにいて給（改行）はさりしかは ❿傍書「仏法子細事」応永本ニナシ。

中・15・ウ

中・16・オ

❹傍訓「シヤケン」応永本ニナシ。❻傍書「六月雪降事」応永本ニナシ。❼舒明天皇（「舒明」ニ声点アリ。）＝舒明（ショメイ）天皇（「舒明」ニ声点ナシ。）❼付注・十三年崩　年　葬押坂内陵＝十三年崩（改行）葬押坂内陵　❿傍書「正月即位事」応永本ニナシ。❿（改行）（正月即位事）糠手姫也・＝糠手姫（ヌカテヒメ）也

① の名字をきかぬ身にてそあらまし・」17オ天竺よりもろこし
② に仏法つたはりて三百年と申しに・百済国につたは
③ りて・百年ありてそ・このくに（国）へわたり給へりし・その
④ とき太子の御ちからにあらさりせは・もりや（守屋）か邪見（シヤケン）にそ・
⑤ （六月雪降事）このくに（此国）の人はしたかひ（侍）はへらまし・卅四年と申し（ナシ）
⑥ 六月におほゆき（雪）ふりてはへ（侍）りき
⑦ 一　卅六代　舒明天皇　十三年崩　年　葬押坂内陵
⑧ つきのみかと舒明天皇と申き・敏達天皇の御子に彦
⑨ 人大兄と申し皇子の御子也・御母敏達天皇の御むすめ
⑩ （正月即位事）糠手姫也・」17ウつちのとのうしのとし正月四日くらゐ（位）につき

①　給御年四十七・よ（世）をしり給事十三年也（なり）・三年と申し

②　玄奘三蔵渡天竺事　にそ玄奘三蔵もろこしより天竺へわたりたまふ（給）とうけ

③　たまはりはへ（侍）りし

④　一　卅七代　皇極天皇　治三年

⑤　つきのみかと　皇（クワウ）極（キヨク）天皇と申き・敏達天皇のひゐこ（ナシ）に

⑥　おはします・舒明天皇のきさき（后）にておはしき・御母欽明天

⑦　皇の御むまこに吉（キ）備（ヒ）姫（ヒメ）と申はへ（侍）りしなり（也）・壬寅年

⑧　正月即位事　正月十五日くらゐ（位）につき給・世をしり給事三年・女帝

⑨　におはします・七月によ（其）のなか（世中）日てりして・さま〳〵御いの（祈）

⑩　りはへ（侍）りし」18オかともそのしるしさらになし・大臣蝦（エ）夷（ミシ）と申

❷傍書ノ位置並ビニ字句、応永本底本ニ同ジ。❹皇極天皇（「皇極」ニ声点アリ。）＝皇（クハウ）極（キヨク）天皇（「皇極」ニ声点ナシ。）❺傍訓「クワウキヨク」応永本ニナシ。❼吉（キ）備（ヒ）姫（ヒメ）＝吉（キ）備（ヒ）姫　❽傍書「正月即位事」応永本ニナシ。❿傍訓・エミシ＝ヱミシ

中・17・オ

❸傍書「依旱魃行幸河上祈請間雨下事」応永本ニナシ。❻傍訓「コク」応永本ニナシ。❼傍書「蝦夷大臣奉失聖徳太子ゝ孫廿三人事」応永本ニナシ。❽聖徳太子の御子むまこ廿三人を＝（改頁）聖徳太子むまこ廿三人を（蝦夷大臣奉失聖徳太子孫廿三人事）❿大兄王＝大兄王（ヲホエ）

① しは・そかの馬子大臣の子なり・このこと（此事）をなけきてみつ
② からかうろをとりていのり（祈）こひしかとも・なをしるし
③ 〔依旱魃行幸河上祈請間雨下事〕なかりき・八月になりてみかと（御門）かはかみ（河上）に行幸したまひ（給）て・
④ 四方をおかみ天にあふきていのり（祈）こひたまひ（給）しかは・たち
⑤ まちにかみ（神）なりあめ（雨）くたりて五日をへき・よのなか（世中）みな
⑥ なおり（ゝを）・百穀（コク）ゆたかなりき・いみしくはへり（侍）しことなり（事也）・
⑦ 〔蝦夷大臣奉失聖徳太子ゝ孫廿三人事〕十一月十一日・そかの蝦夷の大臣の子いるか（入鹿）そのつみといふこと（事）
⑧ もなかりしに・聖徳太子の御子むまこ廿三人をうし
⑨ なひたてまつりてき（ナシ）」18ウ・いくさをおこしていかるかのみや（宮）をか
⑩ こみてせめたてまつりしに・太子の御子に大兄王と申し

中・17・ウ

①けもの〻ほね（骨）をとりて御とのこもりしところ（所）にをきて・
②われはにけていこまやま（山）にいり（入）給へりしに・いるか〻いくさ
③火をはなちて・いかるかのみや（宮）をやきて・はひ（い）のなか（中）をみ（見）
④しに・もの（物の）〻ほねありき・これを大兄王のなりとおもひ
⑤てかへり（帰）にき・この（此）大兄王六日といひしに・このところ（所）に
⑥かへり（帰）きたり給て・かうろをさ〻けてちかひたまひ（給）
⑦しかは・けふりくも（煙雲）にのほりてのち・仙人天人のかたちあら
⑧はれて・にし（西）にむかひてとひ（飛）さり給にき・ひかり（光）をはな」19オ
⑨ち・そら（空）にかく（楽）のこゑきこえしかは・これをみ（見）き〻し人
⑩ははるかにらいはい（礼拝）をなしき・いるか〻ち〻の大臣これをき〻

中・18・オ

❸傍書「天智天皇ㇳ子時於法興寺蹴鞠時鎌足取御沓被進間事」応永本ニナシ。❸中大兄皇子（ナカオホエノ）＝中大兄王子　❹法興寺にてまりをあそはしたまひしほとに・＝（改行）法興寺にてまりをあそはし給し程に（天智天皇ㇳ子之時於法興寺蹴鞠時鎌足取沓被進事）　❾みかとの御うしろみ＝御門御うしろみ

①　て・つみ（罪）なくして太子の御のちをうしなひたてまつれ
②　り・われらひさしくよ（世）にあるへからすとおとろきなけきはへ（驚歎侍）
③　りき・三年と申し三月に天智天皇の中（ナカ）大（オホ）兄（エノ）皇子と申（天智天皇ㇳ子時於法興寺蹴鞠時鎌足取御沓被進間事）
④　し・法興寺にてまりをあそはしたまひしほとに・御くつの
⑤　まりにつきておちてはへ（侍）りしを・かまたり（鎌足）のとりてたて
⑥　まつりたまへ（王）りしを・皇子うれしきことにおほして・
⑦　そのとき（其時）よりあひたかひ（い）におほす事（こと）・つゆ（露）」19ウへたてなく
⑧　きこえあはせたてまつりたまひ（給）て・その（其）御するのけふま
⑨　ても・みかとの御うしろみはしたまふ（給）そかし・よき事（こと）も
⑩　あしき事（こと）もはかなきほど（程）のことゆへにいてくる事（こと）なり・

①十一月に大臣蝦夷そのこいるかいへをつくりて・たいり（内裏）のこと

②くに宮門といひて・わかこともをはみな皇子となつけき・

入鹿大臣率兵五十人出入間事

③五十人のつは物を身にしたかへて・いていり（出入）にいさゝかも

④たちはなれさりき・かくてひとへによのまつりこと（世政）をと

⑤れるかことくなりしかは・みかと（御門）いるか（入鹿）をうしなはんの御心」20オ

⑥ありき・又天智天皇のいまた皇子と申しもおなしく

⑦このこと（事）を御心のうちにおほしたちしかとも・思（おもひ）のまゝなら

⑧さらんことをおほしおそれしほと（程）に・かまたり（鎌足）皇子をすゝ

⑨めたてまつり（て）○蘇我宿祢山田（ヤマタノ）石川（イシカハ）麻呂かむすめ（女）をかりそ

⑩めにあはせたてまつりて・この事をはかりたまひき・かまたり

❶そのこいるかいへをつくりて・＝そのこの（改行）入鹿□（イエ）をつくりて（「□」ハ書キ誤ッタ文字ノ上ニ「家」字ヲ重ネタモノト思ワレルガ、「家」ト判読スルノハ難シイ。）❷わかこともをはみな皇子となつけき・（改行）五十人のつは物（入鹿大臣率兵五十人出入間事）を身にしたかへて・＝（改行）我子ともをはみな王子となつけき五十人（入鹿大臣率兵五十人出入事）（改行）のつはもの身にしたかへて ❾山田（ヤマタノ）石川（イシカハ）麻呂＝山田石川麿 ❿この事をはかりたまひき・かまたり（改頁）願をおこして・＝此事をはかり給（山）（改行）き鎌足願（階寺金堂釈迦事）をおこして

中・18・ウ

中・19・オ

※応永本ノ現状ニ錯簡アリ。二〇丁・二三丁・二一丁・二二丁・二四丁ノ順ニ綴ジラレテイル。今コレヲ訂シテ編ム。

❶丈六釈迦ほとけの像 ‖ 丈六の釈迦仏の（改行）像　❷傍書「山階寺金堂釈由緒事」応永本ニナシ。❷あらはしたてまつり（改行）（山階寺金堂釈由緒事）たまひき・ ‖ あらはしたてまつり給き　❸この（改行）ほとけなり・ ‖ この御仏なり　❺たちをはきてなんはへりし・ ‖ たちをはきてなん侍しを

① 願をおこして・丈六釈迦ほとけの像をあらはしたてまつり
（山階寺金堂釈由緒事）
② たまひき・いまのやましなてら（山階寺）の金堂におはしますはこの
③ ほとけなり・六月にみかと（御門）と大極殿にいてたまひて（給）・いるか（入鹿）をめ
④ しき・いるか（入鹿）めしにしたかひてまいりぬ・人の心をうたかひて
⑤ 」20ウ よるひるたちをはきてなんはへりし・かまたり（鎌足）なにとも
⑥ なきさまにたはふれにいひなしたまひて（給）・たちをとかせ
⑦ てさ（座）にするゐたまひ（へ給）つ・そのゝち（其後）十二門をさしかためて・やま（山
⑧ たのいしかはまろ（田石川丸）にて（ナシ）・新羅・高麗・百済・この三韓の表を
⑨ よませしめたまひ（給）しに・いしかはまろ（石川丸）この事をはかりた（給
⑩ ）まふを心のうちにをち（おこ）おそれおもひ（恐思）けるにや・身ふるひ

①こゑわなゝきてえよますなりにけれは・いるか（入鹿）いかなれは
②かくを（お）ちおそれはへる（恐るゝ）そとゝひ（問）しかは・みかと（御門）にちかつきた
③てまつる事のおそれおもひたまふるなりとこたふ・かくて
④いるかゝくひをきる」21オへきにてあるに・その事（こと）をうけ（承）給はり
⑤たる人ふたりなからを（お）ちおそれ（恐）あせをなかしてよらさり
⑥しかは・皇子そのひとりをあひくしたまひ（給）て・いるかゝ（入鹿か）まへに
⑦殺入鹿間事　すゝみよりて・その人をしてかたをきらせ（ナシ）しめ給つ・いるか（入鹿）
⑧おとろきてたちさはきしに・またあし（又足）をきりつ・いるかみ（入鹿御
⑨かと門）に申ていはく・われなにことのつみといふ事をしりは（侍
⑩へ）らす・その事（こと）をうけたま（給）はらんと申き・御門おほきに

❸ちかつきた（改行）てまつる事のおそれおもひたまふるなり　＝　ちかつきたてまつること恐（改頁）殺入鹿事 思給るなり　❼傍

書「殺入鹿間事」応永本ニナシ。

中・20・オ

❷みかとのくらゐ　＝　御門の御くらゐ　❺大臣おほきにいかりて・　＝　大臣におほき（改行）にいかりて　❽（改行）た（但馬国）ちまのくに〻人ありき・おさなきをんなこをもちたりき・　＝　但馬の国に人ありきおさ（改行）なき女子をもちたりき

人子被取鷲事　但馬国人被取鷲事

①　おとろき給て・いかなることそと〻ひ（問）給しかは・皇子（王）いるかは

②　おほくの皇子（王）をうしなひ・みかとのくらゐをかたふけたて

③　まつらんとすと申たまひ（給）」21ウしかは・みかと（御門）たちてうちへいり給

④　にき・このを（お）りつゐにいるかか（〻）くひをきりてき・その〻ちいるか（其後入鹿）

⑤　か〻（ナシ）はねをち〻（父）の大臣にたまはせしかは・大臣おほきにいかりて・

⑥　みつからいのち（命）をほろほして・大鬼道におち（堕）て・そかの一門

⑦　とき（時）のほとにほろひうせにき・この（此）御とき（時）とそおほえは（侍）へる・

⑧　但馬国人子被取鷲事　たちまのくに〻人ありき・おさなきをんなこをもちたりき・

⑨　そのこ（子）庭にはひありきしほと（程）に〻（に）はかにわし（鷲）いてきた

⑩　りてこ（子）をとりてひんかし（東）をさしてと（飛）ひさりぬ・ち〻は〻（父母）なき

① かなしめともゆきかたをしらす・そのゝち（其後）八年といひし

② に・そのこ（其子）の└22オちゝ（父）ことのゆかりありてたんこ（丹後）のくに（国）へゆき

③ てやとれるいへ（家）にめのわらはあり・井にゆきて水をくむ・

④ このやとれるおとこ（男）井のもとにてあしをあらひてたてる

⑤ ほとに・そのむら（其村）のめのわらはへ（ナシ）ともきたりあつまりて

⑥ みつ（水）をくむとて・ありつるめのわらはのくみたりつるみつ（水）

⑦ をうはひとりけれは・とられしとおしむほとに

⑧ この（此）めのわらはへとも・をのれはわしのくひのこしそか

⑨ し・いかてわれらをはいるかせにはいふへきそとてうち

⑩ しかは・めのわらはなきて・このやとりた└22ウりつるいへ（家）に

❼うはひとりけれは・　＝うはひとりてけれは

中・20・ウ

中・21・オ

❻わしのこそのこゑ（改行）におとろきおそりて　＝　鷲のこの其（改行）こゑにおとろき恐て

① かへ（帰）りぬ・おとこいへ（男家）ぬしにこのめのわらはをわしのく
② ひのこしと申あひたりつるはいかなることそとゝへは・
③ 家あるしそのとしのその月日われき（木）にのほりて
④ はへ（侍）りしに・わし（鷲）おさなきこ（子）をとりてにし（西）のかたより
⑤ きたりてすにおとしいれて・わしのこにかはんとせ
⑥ しほ（程）とに・この（此）○子なくことかきりなし・わしのこそのこゑ
⑦ におとろきおそりてくはさりき・われちこのなくこゑ
⑧ をきゝて・すのもとによりてとりおろしはへ（侍）りしこ（子）
⑨ なり・さてかく申あひたるにこそといひしをきくに・
⑩ わかこ（我子）のわし（鷲）にとられにし月日なり（也）・このこと（此事）をきくに・
」23オ

① あさましくおほえて・なきかなしひて・おやこといふこと
② をしりにき・人のいのち（命）のかきりあること（事）は・あさましく
③ はへる（侍）事なり
④ 一　卅八代　孝徳天皇　　白雉五年十月十日崩　葬河内国刀坂磯長陵
⑤ つき（次）のみかと（御門）孝徳天皇と申き・皇極天皇の御おとゝ（弟）・御母
⑥ 欽明天皇の御むまこ（孫）吉備姫（キヒヒメ）なり（也）・乙巳のとし六月十四日に（ナシ）
⑦ くらゐ（位）につきたまふ（給）・よ（世）をしり給事十年なり（也）・皇極
⑧ 天皇はくらゐをわか御この天智天皇のいまた皇子ときこ（天智天皇固辞不即位給事）
⑨ えしにゆつり（譲）たてまつらんとのたまひ（給）しを・皇子とある
⑩ へきことにはへら（侍）すと」23ウ申給て・かまたり（鎌足）にみかと（御門）ヽかゝること（事）を

❹底本「孝徳天皇」ノ「孝徳」ニ声点アルガ応永本ニナシ。❹付注・白雉五年十月十日崩　葬河内国刀坂磯長陵＝白雉五年十月十日崩治十年（改行）葬河内国刀（ト）坂（サカ）磯（シナカ）長陵（天智天皇固辞不即位給事）❻傍訓「キヒヒメ」応永本ニナシ。❻乙巳のとし＝乙（改行）巳歳（天智天皇固辞不即位給事）❽傍書ノ位置応永本デハ「譲たてまつ（改行）らんとの給しを」トアリ。❽皇極（改行）天皇はくらゐをわか御この天智天皇の＝皇極天皇は位をわか御子天智天（改行）皇の

中・22・オ

①なんのたま（給）はせつるといひあはせたま（給）ひしに・かまたり（鎌足）
②この（此）御かと（門）の御子御をちの皇子をこえたてまつりていかてか
③その（其）さきにくらゐ（位）をつきたまふ（給）へき・よ（世）の人のうけ申さん（む）
④事（こと）もありかたく（難有）侍へしと申給しかは・みこわか御心にかな
⑤ひておほしけれはあなかちに申かへ（返）し給しかは・このみかと（此御門）
⑥にゆつりたてまつ（奉）りたま（給）ひしを・これも又たひ〳〵かへしたて
⑦まつり給き・又天智天皇のこのかみの御こ（子）にゆつ（譲）りたて
⑧まつられしに・みこあるへきこと（事）に侍らすとて出家して
⑨よし野やま（吉野山に）へいり給にき・」24オ ふたりのみこ（御子）あなかちにかくか
⑩へしたてまつりたま（給）ひしかは・つゐにこの（此）御かと（門）はくらゐ（位）

①につきたまひ（給）しなり・かくてかまたり（鎌足）大臣のくらゐに

②〔内臣始事〕なすらへて・内臣（ナイシン）となんはしめて申はへりし・大化二年

③〔宇治橋事〕に道登（タウトウ）といひし物のうちはし（橋）はわたしはしめたりし

④〔智光頼光往生由緒事〕なり・この御時に元興寺に智光頼光といふ二人の僧あり

⑤き・おさなくよりおなしところ（同所）にてかくもん（学文）をす・頼光身

⑥にするつとめもなく・また（又）人にあひてもの（物）なといふ事（こと）も

⑦なし・たゝいたつらにして月日をすくす・智光あやしみを

⑧なしていかにいたつらにておはするそとゝへとも・ふつといらふ

⑨る事なし・かくておほくのとしをへて頼光うせにき・

⑩智光なけき（歎）て」24ウ としころ（年来）のとも（友）なりき・いかなるところ（所）に

❶大臣のくらゐに（改行）〔内臣始事〕なすらへて・＝大（改行）臣の位に〔内臣始事〕なすらへて　❷傍訓「ナイシン」応永本ニナシ。❷申はへりし・大化二年（改行）〔宇治橋事〕に道登（タウトウ）といひし物の　＝　申侍（改行）〔宇治橋事〕し大化二年に道昭といひしものゝ　❸わたしはしめたりし（改行）〔智光頼光往生由緒事〕なり・この御時に　＝　わたしはし（改行）めたりし〔智光頼光往生事〕也此御時に　❹底本「元興寺」ノ「元興」ニ声点アルガ応永本ニナシ。❽いかにいたつらにておはするそ　＝　いかに徒にて（改行）はおはするそ　❾ふつといらふ（改行）る事なし・　＝　ふつといらふることもなし

中・22・ウ

中・23・オ

❼わかうまれたるところ ＝ むま（改行）れたる所

①かうまれ（生）ぬらん・を（お）こなひする事（こと）もなくもの（物）をたにも（ナシ）
②はか〳〵しくいはさりつれは・のちのよ（後世）のありさまいとおほ
③つかなしと思（おもひ）て・二三月のほと頼光かありところ（所）しらせ給
④へとほとけ（仏）にいの（祈）り申しほと（程）に・智光ゆめ（夢）に頼光かゐ
⑤たるところ（所）へゆきて見れは・たとへんかたなくめてたし・
⑥智光これはいかなるところ（所）そとゝへは・頼光これは極楽なり・なん
⑦ち（汝）あなかちにいのりつれは・わかうまれたるところを見
⑧するなり・なんち（汝）かあるへきところ（所）にあらす・とくかへりねと
⑨いふに・智光われ（我）浄土をねかふ身なり・いかてか」25オかへ（帰）らんといふ・
⑩頼光なんち（汝）させるを（お）こなひをせす・しはしもいかてかこの（此）

中・23・ウ

①ところ(所)にとゝまらんといふ・智光なんち(汝)よ(世)にありし時(とき)させ
②る(お)をこなひもしたま(給)はさりき・いかにしてこのところ(此所)には(ナシ)
③むまれ(生)たま(給)へるそといふ・頼光いかてかしり給(知たま)はん・むかし(昔)
④経論を見たまひ(給)しに極楽にむまれ(生)んこと(事)いとかたくお
⑤ほえしかは・ひとへによの事をすてもの(物)いふ事(こと)をとゝめ
⑥て・心の中にみた(弥陀)のさうかう(相好)浄土の荘厳を観しておほ
⑦くのとしをつもりてわつかにむまれて」25ウ侍る(ナシ)なり・なんち(汝)心
⑧みたれ善根すくなくて・浄土へまいるへきほと(程)にいまたいたら
⑨すといふを・智光きゝてなきかなしひ(み)て・いかにしてか決定
⑩して往生すへきとゝ(と)ひしかは・頼光ほとけ(仏)にとひ(問)たてま

中・24・オ

❾あさゆふに＝朝夕

① つれとて・智光をあひくしてほとけ（仏）の御まへにまいりぬ・智光
② ほとけ（仏と）を礼拝したてまつりて・いかなること（事）をしてかこの（此）
③ ところ（所）にまいるへきと申き・ほとけ（仏）智光につけてのたま（給）
④ はく・ほとけ（仏）の相好浄土の荘厳を観すへしと・智光
⑤ この（此）土の荘厳心もまなこ（眼）もをよはす・凡夫はいかてか
⑥ これ（是）を観すへきと申しかは・ほとけみき（仏右）の御て（手）をさゝ
⑦ け給てたなこゝろ（心）のうちにちゐ（い）さき浄土をあらはし
⑧ たまひ（給）き・」26オ智光ゆめさめてこの（此）浄土のありさまを
⑨ うつしかゝせて・あさゆふにこれを観してつゐに
⑩ 極楽へ（に）まいりにき・かゝれは仏道はたゝ心によるへき事（こと）

①　にはへり

②　一　卅九代　斎明天皇　治七年

③　（次）（御門斉）つきのみかと斎明天皇と申き・これは皇極天皇と

④　重祚事 申し女帝の又かへりつき給へるなり・乙卯のとし

⑤　（位）正月三日くらゐにつき給・よをしり給事七年なり・

⑥　（病）（久）二年と申しに鎌足やまひをうけてひさしくなり

⑦　鎌足依維摩経平癒事（御門）給しかは・みかとおほきになけかせ給しに」26ウ・百済国より

⑧　（尼）きたれりしあま法明といひし維摩経をよみて・この

⑨　（病）（御門）（悦）やまひをいのらんと申しかは・みかとおほきによろこひ給

⑩　（此）き・法明この経をよみしにすなはち鎌足の御やまひ

❷斎明天皇（「斎明」ニ声点アリ。）＝ 斉明天皇（セイメイ）（「斉明」ニ声点ナシ。）　❷付注・治七年 ＝ 治七年　年六十八（改行）葬越智太間陵　❹傍書ノ位置応永本デハ「皇極天皇（改行）と申し（重祚事）」トアリ。　❺よをしり給事七年なり・（改行）二年と申しに ＝ 世をしり給事七（改行）年也二年申しに（鎌足依病維摩経□念事）（「□」ノ文字ハ判読ガ難シイ。「畢」ノヨウニモ見エ、「罣」ノヨウニモ見エル。「罣」ハ「懌（＝よろこぶ）」ノ意ヲ示スコトモアルト云ウ。天治本『新撰字鏡』ニハ「罣」ノ注ニ「楽也」トモアリ、尊経閣本『色葉字類抄』デハ「ヨロコフ（ヨロコブ）〈ヨロコヒ（ヨロコビ）〉」ト訓ズルモノトシテ筆頭ニ「悦」ヲ掲ゲテ以下ニ「慶」「怡」「喜」ヲ始メトシテ「懌」ト「楽」モ掲ゲル。ツマリ「悦」＝「懌」＝「楽」＝「罣」トイウコトガ言イ得ルコトニナロウ。本文ニ「御門おほきに悦給き」トアルコトカラスルト「罣」ノ可能性ガアルノカ。）

❼傍書「鎌足依維摩経平癒事」応永本ニナシ。

中・24・ウ

中・25・オ

❷傍書ノ位置応永本デハ「山階寺をた（改行）てゝ維摩会を」（維摩会始事）トアリ。❷底本「智・通」ノ「通」ニ声点アルガ応永本ニナシ。（「通」字ノ声点ノ付シ方不審。「智通・智達」トシテ、「通」字ノ右上隅ノ一ツノ声点ハソノママ残シ、右下隅ノ二ツノ声点ハ「達」字ノ右下隅ニ移シテ、「智通」ヲ「ちつう」、「智達」ヲ「ちだつ」ト訓ズベキカ。尊経閣本『色葉字類抄』デハ、「智音（チイン）」・「智慧（チヱ）」ノ「智」字ノ左下隅ニ声点ヲ一ツ付シ、「流通（ルツウ）」ノ「通」字ニハ左上隅ニ声点ヲ一ツ付スガ、「六通（ロクツウ）」ノ「通」字ニハ右上隅ニ声点ヲ一ツ付シテオリ、「執達（シウタツ）」ノ「達」字ノ右下隅ニ声点ヲ一ツ付ス。専修寺本『水鏡』デモ、「天智天皇」ノ「智」字ノ左下隅ニ声点ヲ二ツ付シ、「敏達天皇」ノ「達」字ノ右下隅ニ声点ヲ二ツ付シテイル。以上ノコトカラ、「智・通」ノ「通」字ニ付サレタ声点ハ、「智」字ニ付スベキモノデハナク、「通」字ト「達」字ニ付スベキモノト考エルコトガデキルノデハナカロウカ。）

❸底本「玄弉三蔵」ノ「玄」「弉」「蔵」ニ声点アルガ応永本ニナシ。❹傍書ノ位置応永本デハ「玄弉（改行）三蔵に」（法相宗事）トアリ。❹この御時 ＝ 此時

①をこたり給にき・さてあくるとし山しなてら（山階寺）をた
②（維摩会始事）てゝ・維摩会をはしめ（始）給しなり・七月に智・通智達と
③いふゝ（ふ）たりの僧をもろこしにつかはして・玄弉三蔵に
④（法相宗事）法相宗をはつたへならはせさせ給しなり・この御時に
⑤義覚といふ僧ありき・百済国よりきたれりし人也（なり）・
⑥なはの百済寺になんすみはへり（侍）し・そのてら（其時）」27オに恵義
⑦といふ僧ありき・夜なかはかりにいてゝ・義覚かある
⑧ところ（所）をよりてみれ（見）は・むろのうち（内）にひかりをはなてり・
⑨恵義あやしくおもひ（思）てひそかにまとのかみをやりて
⑩みれ（見）は・義覚経をよみけるくち（口）よりひかりをはなてる

中・25・ウ

①なり(けり・)○恵義あさましくおもひ(思)てあくるひ(日)なん人〳〵に
②かたり侍し・義覚弟子にかたりしをきゝはへり(侍)しかは・
③(心経不思議事)ひとよ心経をよみたてまつりて百遍(反)はかりになりし
④ほと(程)に・めをあけてむろのうちをみ(見)しかは・めくりにへたて
⑤もさらになくて・には(庭)のあらはにみ(見)えしかは・いかなること
⑥にかとおもひ(思)て・むろをいてゝてら(寺)のうちを見めくりて」27ウ
⑦かへり(帰)たりしかは・もとのことくかへもあり(ナシ)とほそもとち
⑧たりしかは・むろのほか(外)のゆかにゐて・又(ナシ)心経をよみたて
⑨まつりしに・さきにありつるやうにへたてもなくなりにき・
⑩これは般若の不思議(ふしき)なりとなん申し・心に万法みなむな

❸傍書ノ位置応永本デハ「義（改行）覚弟子に(心経不思議事)」トアリ。　❸ひとよ＝ひと夜　❹めをあけて＝めを見あけて

中・26・オ

❸底本「天智天皇」ノ「天智」ニ声点アルガ応永本ニナシ。❸付注・治十年崩　葬山城山科北陵 ‖ 治十年崩（改行）葬山城国山科北陵　❹舒明天皇第二の御子・ ‖ 舒明天皇の（改頁）第二の御子　❺底本「斉明天皇」ノ「斉明」ニ声点アルガ応永本ニナシ。❼十月十三日 ‖ 七（十イ）月十三日　❽傍書ノ位置応永本デハ「十（改行）年也七年と（始任内大臣事）」トアリ。❽傍書「大臣」応永本ニナシ。❾い（改行）てこしなり（給藤原姓於大織冠事）・御姓は中臣と申しを藤原とたまはせき・ ‖ いてこし也御姓は中臣と申しを藤原と（改行）たまはせき（賜藤原姓於大織冠事）

①しと思て観念のいたりけるとおほえてあはれにはへり（侍）し
②事なり
③一　四十代　天智天皇　治十年崩　葬山城山科北陵
④つき（次）のみかと天智天皇と申き・舒明天皇第二の御子・
⑤御母斉明天皇也・孝徳天皇くらゐ（位）に」28オつき給し日・東宮
⑥にたち（立）給き・壬戌のとし正月三日くらゐ（位）につき給・よ（世）を
⑦しり給事十年なり（也）・七年と申し十月十三日鎌足内大
⑧（始任内大臣事）臣になり給・この（此）御時にはしめて内大臣（大臣）といふつかさはい
⑨（給藤原姓於大織冠事）てこしなり・御姓は中臣と申しを藤原とたまはせき・
⑩大織冠となん申し・かゝりしほと（程）に御心地（ち）れいならすおほ

① されしか・まことしくを(お)もり給しときに・みかと(御門)行幸し
② 給ておほしをく事(こと)あらはのたまは(給)せよとおほせ事(仰こと)
③ ありしかは・大臣いまはかきりにはへり(侍)なに事(こと)をかは申
④ 侍る(ナシ)へきと申」28ウ たまひ(給)しをきこしめし(聞食)て・みかと(御門)御
⑤ なみた(涙)にむせひてかへらせおはしまして・御お(を)とゝの
⑥ 東宮(春)を又大臣のいへ(家)におはしてのたまは(給)せよとて・さき〳〵
⑦ のみかと(御門)の御うしろみおほかりしかとも・大臣の心さしに
⑧ くらふへき人さらになし・われひとりかくさりかたく思
⑨ ふのみにあらす・つき〳〵のみかと(御門)大臣のするゑをめくみて
⑩ としころ(ナシ)の恩をかならすむくふへしとのたまは(給)せて・太政

中・27・オ

❶そのとき（改行）申あひたりしかとも・＝そのときの人申（改頁）あひたりしかとも ❹ひかことそとも（改行）十月十六日大織冠薨給事申あひたりしなり・＝ひかこ（改行）十月十六日大織冠薨給事とそとも申あひたりし也

①大臣にあけたてまつり給よしおほせ（仰給）たまふと・そのとき
②申あひたりしかとも・この事（此こと）はたしかにもきゝはへら（侍）
③さりき・内大臣になり（成）給を・太政大臣とはひかことそとも」29オ
④申あひたりしなり・十六日につゐにうせ給にき・十月十六日大織冠薨給事
⑤みかと（御門）なけきかなしひ給事（こと）かきりなし・さきに申
⑥侍りつるやうに・御かと（御門）も皇子と（王）申・大臣もいまたくら（位）
⑦ゐ（ナシ）あさくおはせしに・御くつとりてたてまつり給へり
⑧しはかなかりし御○（心）よせのゝち・くらゐ（位）につき給て・けふ
⑨にいたるまてかたみにふた心（こゝろ）なくおほしかよはし給つ
⑩るに・御とし（年）のほとのいまはいかゝはなとおほしなくさむ

①へきにもあらす・ことし五十六にこそはなり給しか・こと（事）に
②ふれておほしつゝ」29ウくるにけにことはりとみかと（御門）の御心
③のうちをしはかられ侍し（侍り）こと（事）なり・大臣は大中臣美気祜
④卿のこ（子）におはす・十年と申し正月五日御門の御こ（子）に大
⑤伴（友）土子と申しを・太政大臣になしたてまつり給き・
⑥二十（廿）五にそなり給し・東宮なとにそたち（立）給へかりし
⑦を・みかと（御門）の御おと（を）ゝの東宮にてはおはしましゝかはかくな
⑧り給へりしにこそ・九月にみかと（御門）れいならすおほされ
⑨しかは・東宮をよひたてまつりて・わかやまひ（病）をもくな
⑩りに（ナシ）たり・いまはくらゐ（位）」30オゆつりたてまつりてんとの

中・27・ウ

❸美気祜＝美気祜（ミケコ）

中・28・オ

❺傍書ノ位置応永本デハ「(改行)東宮出家入吉野山給事 仏道をおこなはん」トアリ。

❻傍書ノ位置応永本デハ「(改行)大伴太政大臣立東宮給事 大伴太政大臣は」トアリ。但シ、底本「友」ハ「伴」トアリ。

① たま(給)はせしかは・東宮あるへき事(こと)にも侍らす・身にやま(病)

② ひおほく侍り・きさきのみや(后宮)にくらゐ(位)をゆつり(譲)たてま

③ つりたまひ(給)て・おほとも(大友)の太政大臣を摂政とし給へきなり・

④ われみかと(御門)の御ために仏道をゝ(お)こなはんと申給て・やかて

東宮出家入吉野山給事

⑤ かうへをそりてよしの山(吉野山)にいり(入)給にき・さて十月にそ

大友太政大臣立東宮給事

⑥ 大伴太政大臣は東宮にたち給し・十二月三日みかと(御門)御馬

⑦ にたてまつりてやま(山)しなへおはして・はやしのなか(中)に

⑧ いり(入)てうせ給ぬ・いつくにおはすといふことをしらす・たゝ

⑨ 御くつのおちたりしをみさゝきにはこめたてまつり

⑩ しなり(也)」30ウ

①一四十一代天武天皇治五十〇年（五）　葬大和国檜隈大内陵
②つき（次）のみかと（御門）天武天皇と申き・舒明天皇の第三の御
③子御母斉明天皇也・天智天皇の御世七年二月に東宮
④にたちたまふ（給）・癸酉のとし二月廿二日（七）にくらゐにつき
⑤たまふ（給）・世をしり給事十五年なり・このみかと（御門）うち
⑥まかせてはくらゐ（位）をつき給へ〇（か）りしかとも・又ありかたく
⑦してつきたまひ（給）しなり・よ（世）をのかれ給しこと・天智
⑧天皇の御事の中に申はへり（侍）ぬ・天智天皇十二月
⑨大友皇子即位事　三日うせさせ給にしかは・おなしき（同）五日大伴（友）王子くら（位）
⑩ゐをつきたまひ（給）て・あくるとしの五月になをこのみ」31オ

❶底本「天武天皇」ノ「天武」ニ声点アルガ応永本ニナシ。❶付注・治五十〇（五）年　葬大和国檜隈大内陵＝治十五年崩年（改行）葬二大和国檜（ヒノ）隈（クマノ）大（ヲホ）内（ウチノ）陵一　❹二月廿二日（七）にくらゐに＝二月廿七日（改行）位に　❾傍書ノ位置応永本デハ「大友（改頁）大友王子即位事　王子位をつき給て」トアリ。但シ、底本「皇」ハ「王」トアリ。❾十二月（改行）大友皇子即位事　三日うせさせ給にしかは・＝十二月三日にうせ給にしかは　❿なをこのみ（改頁）出家入吉野宮給事　かとをうたかひ＝なをこの（改行）御門をうたかひ

中・29・オ

❶傍書「出家入吉野宮給事」応永本ニナシ。

①かとをうたかひたてまつりて・出家してよし野（の）ゝみや（宮）に
出家入吉野宮給事
②いり（入）こもらせ給へりしを・左右の大臣もろともにつは
③物（もの）をおこしてよしのゝみや（吉野の宮）をかこみたてまつらんとはか
④りしほと（程）に・このこと（此事）もりきこえにき・みのお（を）はりのく（国）
⑤にゝ（に）天智天皇のみさゝきをつくらんれうとて・人夫を
⑥そのかすめすに・みなつは物の（ものゝ）くをもちてまいるへき
⑦よしおほせ（仰）くたさる・このこと（此事）さらにみさゝきの事（こと）に
⑧あらす・かならす事（こと）のおこりはへる（侍）へきにこそ・このみや（宮）
⑨をにけさりたまは（給）すは」31ウあしかりなんとつけ申人あり・
⑩又あふみの京よりやまとの京まてところ〳〵にみなつは

①ものをゝ（を）きてまもらしめはへ（侍）りなと申人もありき・

②大伴王子の御めはこのみかとの御むすめなりしかは・み

③そかにこの事のありさまを御せうそく（消息）にてつけ申〔皇女為大友皇子室被奉告子細於父天皇間事〕

④給へりけり・よしのゝみや（吉野の宮）にはくらゐ（位）をゆつりよ（世）をのか

⑤るゝことはやまひ（病）をつくろひいのち（命）をたもたんた

⑥めとこそおもひつるに・おもはさるにわか身をうしな

⑦ふへからんにはいかてかは（ナシ）うちとけてもあるへきとおほして・

⑧皇子たちをひきくしたてまつりて・ものにものり

⑨たまはすしてひんかしくにのかたへいり（入）給しみち〔天皇令向東国間事〕

⑩に・」32オ県（アカタ）犬（イヌ）養（カヒ）大伴といひしものあひたてまつりて・馬に

❷大伴王子の御めはこのみかとの御むすめなりしかは・み（改行）そかにこの事のありさまを〔皇女為大友皇子室被奉告子細於父天皇間事〕＝（改行）大伴の王子の御めはこの御門の御むすめなりしかは（改行）みそかに此ことのありさまを〔皇女為大友王子室故奉告子細於父天皇事〕　❽ものにものり（改行）たまはすしてひんかしくにのかたへ〔天皇令向東国間事〕＝物にものり給は（改頁）すして東国のかたへ〔天皇令向東国事〕　❿傍訓「アカタイヌカヒ」応永本ニナシ。

中・30・オ

❹勉田（ツトメタ）＝勉田（ツトメダ）（傍訓「ツトメダ」トアリ、「タ」ニ濁点「〻」ヲ付ス。）❿あまてる御神（改頁）を＝（改行）あま（天皇大友）
王子合戦事
てる御神を

① のせたてまつりてき・又きさきのみや（后宮）をこしにのせ
② たてまつりて・御ともには皇子二人をのことも廿余
③ 人をんな（女）十余人そつきたてまつりたりし・
④ その日勉田（ツトメタ）といふところ（所）におはしつきたりしに・
⑤ かり人廿余人したかひたてまつりにき・又よねおほせ
⑥ たる馬卅疋はかりあひたてまつりたりしを・その（其）
⑦ よねをおろしすてゝ・かちにて御とも（供）にさふらふ人をみ
⑧ なのせたまひて・よ中（夜なか）はかりにいかのくにゝ（国に）おはしつきて・
⑨ くに（国）のいくさあまたしたかひたてまつりにし（ナシ）」32ウをあひ
⑩ くして・あくる日いせ（伊勢）のくにゝおはして・あまてる御神

① を拝したてまつり給き・くに（国）のかみ（守）五百人のいくさ

② をおこして・すゝかのせき（ナシ）をかため・大伴皇子三千人の

天皇大伴皇子合戦事

③ いくさをひきゐて・ふはのせきをかたむ・みかと（御門）ふはの

④ みや（宮）におはして・くに／＼のいくさをおこしたまひ（給）しに・

⑤ つは物（もの）そのかす（数）をしらす・かくて七月六日よりところ／＼（所ゝ）に

⑥ して・大伴皇子（大友王子）とたゝかひ給ふ（ナシ）・廿一日にせたにせめより

⑦ 給しに・大友皇子（王）左右大臣あひともにはし（橋）のにし（西）にちん（陣）

⑧ をはりてたゝかふ・こなたかなたのいくさくもかすみ（雲霞）」33オ

⑨ のことくにしてその（其）かすをしらす・やのくたることあめ（雨）

⑩ のことし・かゝりしほと（程）に皇子のかたのいくさやふれて・

❸傍書「天皇大伴皇子合戦事」応永本ニナシ。

中・30・ウ

中・31・オ

❷うしなひしかは・　＝　うしなひてしかは　❸たてまつり○（て）し・　＝　たてまつりし　❹傍書ノ字句ト位置応永本底本ニ同ジ。　❻傍書ノ位置応永本デハ「つ（改頁）被行勧賞事かさ位どもを」トアリ。

① 皇子も大臣もわつかにいのち（命）をのかれて山にいり（入）にき・
② 廿三日に皇子身（み）つからつゐにいのち（命）をうしなひしかは・
③ 右大臣被誅左大臣配流事 廿六日にそのくひをとりてふはのみやこにたてまつり○（て）し・
④ 廿七日に右大臣ころされ・左大臣なかされにき・そのほか（其外）の人〱
⑤ つみをかふるおほくはへり（侍）き・やかてその（其）日そいくさにちから
⑥ 被行勧賞事 をいれたる人〱」33ウつかさくらゐ（位）ともをたまはせし・みかと（御門）
⑦ は皇子の御をちにておはせしうへに・御しうとにても
⑧ おはしましゝそかし・かた〱したかひたてまつり給（給）
⑨ へかりしを・あなかちにかつにのりたまへりしことの
⑩ ほとけかみ（仏神）もうけ給はすなりにしにこそはへ（侍）めれ・

①八月にみかと（御門）野上（カミ）のみや（宮）にうつりたまひ（給）たりしに・
②つくしよりあし（足）み（三）つありしす（る）ゝめのあかきをたて
③まつれりしかは・年号を朱雀元年とそ申侍（ナシ）（侍り）し・あくる
④とし三月に備後国よりしろき（き）ゝしをたてまつり
⑤たりしかは・朱雀といふ年号を白鳳とそかへられにし・
⑥三月にかはらてらにてはしめて一切経をか」34オゝしめ
⑦給（ナシ）ひき・九年と申し十一月にきさい（后）のみや（宮）御やまひ（病）に
⑧よりて・薬師てら（寺）をたてさせ給しなり・○十三年と申し
⑨にみかと（御門）れいならすおはしまして・東宮をはしめたてま
⑩つりて・百官大安寺にまうてゝみかと（御門）この寺にして

依瑞物年号事（②傍書）　同事（③傍書）　始書一切経事（⑥傍書）　被造薬師寺事（⑧傍書）

❶傍訓「ノカミ」応永本ニナシ。❷傍書「依瑞物年号事」応永本ニナシ。❸たて（改行）まつれりしかは・年号を＝たてまつれりし（改行）かは年号を（依瑞改年号事） ❹傍書「同事」応永本ニナシ。❹あくる（改行）とし三月に＝あくる（改行）としの（同事）三月に ❺かへられにし・＝かそへられにし ❻傍書「始書一切経事」応永本ニナシ。❻はしめて一切経を＝（改行）はしめて一切経を（始／一切経書事） ❽傍書「被造薬師寺事」応永本ニナシ。

中・32・オ

❹みかとの御ゆめに ＝ 御門（改頁）御夢に（「御門」ト「御夢」トノ間ニ「の」ナシ。）❽傍書ノ位置応永本デハ「あか
きき（改行）〔依瑞相改元事〕しをたてまつれりき」トアリ。但シ、底本「物」ハ「相」トアリ。

① 法会をゝ（お）こなはんとおほす御願あるをはたしとけ給は
② すしてやみなんとす・たとひ定業なりとも三年の御いの
③ ちをのへたてまつり給へ・この（此）大願をとけさせたてまつらんと
④ いの（祈）り申しに・みかとの御ゆめに御いのち（命）のひたま（給）ふよし
⑤ 御覧（らん）せられて・御やまひ（病）」34ウをこたらせ給にしかは・三年のあひ
⑥ た仏をあらはし経をうつして・ほい（本意）のことく供養したて
⑦ まつり給き・十四年と申し十月廿三日てんもん（む）こと（こと）〳〵くに
⑧ 〔依瑞物改元事〕みたれ・ほし（星）のおつる事あめ（こと雨）のことくは（侍）へりき・十五年と
⑨ 申しにやまとのくにゝあかきゝ（き）しをたてまつれりき・
⑩ さて朱鳥元年と年号をかへられにき・あくるとし大伴

① 皇子の子ちゝ（父）のゝ（の給）たまはせをきしによりて・三井てら（寺）をは

② つくりたまひ（給）しなり　」35オ

③ 一四十二代　持統天皇　大宝二年十二月十日崩　年
葬大内陵天武同陵此後火葬

④ つきのみかと持統天皇と申き・天智天皇の第二御むすめ（女）・

⑤ 天武天皇のきさき（后）なり（也）・御母山田大臣石川麻呂（麿）女越智（エチ）姫（ヒメ）也・

⑥ 丁亥の年（とし）を元年として・第四年に位につき給て・世をし

⑦ り給こと（事）十年なり・七年と申し正月にそ踏哥ははしまり　（踏哥事）（初有太上天皇号事）

⑧ はへりし・十年と申しに位をさり給て太上天皇と申侍き

⑨ 一四十三代　文（モン）武（フ）天皇　治十一年　崩　年廿五
葬大和国檜前安昌岡上陵

⑩ つきのみかと（御門）文武天皇と申き・天武天皇の御子に草壁　」35ウ

中・32・ウ

❸持統天皇（「持統」ニ声点アリ。）＝持（チ）統（トウ）天皇（「持統」ニ声点ナシ。）❺傍訓「エチヒメ」応永本ニナシ。❼傍書ノ位置応永本デハ「世をしり給事十年（初有太上天皇号事）（改行）なり（踏哥事）」トアリ。❽傍書「初有太上天皇号事」応永本ニナシ。❽はしまり（改行）はへりし・＝はし（改行）まり侍し　❾文（モン）武（フ）天皇（「文武」ニ声点アリ。）＝文（モン）武（ム）天皇（「文武」ニ声点ナシ。）
❾付注・治十一年　崩　年廿五（改行）葬大和国檜前安昌岡上陵＝慶雲四年崩　年廿五（改行）葬大和国檜前安呂岡上陵

中・33・オ

❸傍書ノ位置応永本デハ「(改行)役行者を伊豆国へ」トアリ。但シ、底本「伊豆」ハ「伊豆国」トアリ。❻傍書ノ位置応永本デハ「(改行)大和国の人」トアリ。❻(改行)このかつらきやまに　＝　此かつらき山に　❽さま〳〵の[け]んをほとこしき・(コノ部分墨ノ掠レガ目立ツ。)　＝　さま〳〵のけむをほとこしき　❿いはゝしわた(改頁)せと・　＝　いはゝしをわたせと

（傍書：役行者流伊豆国事／役行者所行事／役行者所行事）

① 皇太子(ナシ)と申し皇子の第二子・母元明天皇也・丁酉のとし

役行者流伊豆事

② 八月一日くらゐ(位)につきたまふ(給)・御年十五・世をしり給事

③ 十一年・三年と申し五月に・えの行者(役行者)を伊豆国へなかしつか

④ はしてき・その(其)行者はやまとのくに(大和国)の人なり・ひろくもの(物)

⑤ をならひ・ふかく三宝をあふきて・卅二といひしとしより

役行者所行事

⑥ このかつらきやまにこもりゐて・卅余年のほと(程)ふちのかは

⑦ をきもの(物)とし・まつ(松)のかはをくひもの(物)として・孔雀の神呪を

⑧ たもちて・さま〳〵の[け]んをほとこしき・五色の雲にのり(乗)

⑨ て仙宮にいたり・鬼神をつかひて水をくませたきゝを」36オ

⑩ とらす・又みたけとこのかつらきのみねとにいはゝしわた

①　せと・この鬼神ともにいひしかは・よる〳〵いはほ(ナシ)をはこひて
②　けつりと〻のへてすてにわたしはしめしほと(程)に・行者心
③　もとなかりて・ひるもた〻かたちをあらはしてわたせと
④　せめしを・ひとことぬしのかみ(神)わ(か)か〻たちのみにくき
⑤　ことをはちて・なをよる〳〵はかりわたしはへり(侍)しかは・
⑥　行者いかりて神呪をもちてこの(此)ひとことぬしの神をし
⑦　はりてたにそこになけいれてき・その〻ち(其後)ひとこと
⑧　ぬしの神みかと(御門)にちかくさふらひし人につきて・われは
⑨　みかと(御門)の御ためにあしき心をおこす」36ウ人をしつむるもの
⑩　なり・役(エノ)行者みかと(御門)をかたふけたてまつらんとはかると申

❺なをよる〳〵はかり　＝　なを〳〵よる〳〵はかり　❼たにそこに　＝　たにのそこに　❿底本「役(エノ)行者」ノ「行者」ニ声点アルガ、応永本ニハ声点及ビ傍訓「エノ」トモニナシ。

中・33・ウ

中・34・オ

❸傍書ノ位置応永本デハ「宣旨を（改行）くたして」（役行者罪科事）トアリ。❸つか（改行）（役行者罪科事）ひかへりまいりて ＝ （改行）つかひ帰まいりて

① しかは・宣旨をくたして行者をめしにつかはしたりしに・
② 行者そらにとひ（飛）あかりてとらふへきちからもをよはて・つか
③ （役行者罪科事）ひかへりまいりてこ（此）のよしを申しかは・行者のはゝ（母）をめし
④ とられたりしおり・すちなくてはゝ（母）にかはらんかために
⑤ 行者まいれりしを・伊豆のおほしま（大嶋）へはなかしつかはし
⑥ たりしに・ひるはおほやけにしたかひたてまつりて・
⑦ そのしま（其嶋）にゐ・よるはふしのやま（山）にゆきてを（お）こなひき・
⑧ 六月にみかと（御門）丈六の仏像を」37オつくりたてまつらんとて・仏師の
⑨ よからんをもとめ給しに・その人なかりしかは・みかと（御門）
⑩ 大安寺に行幸ありて・ほとけ（仏）のみ（御）まへにたなこゝろ（心）を

①あはせ願をおこし給て・よき仏師にあひてこのほとけ(此仏)

②をつくりたてまつらんと申給しに・その(其)夜の御ゆめ(夢)

③に一人の僧ありて・このてら(此寺)のほとけ(仏)をつくりたてまつり

④しは化人也・又きたるへきにあらす・たとひ(い)よき仏師に

⑤あひたまふ(給)とも・なを(を)おのゝつまつきあるへし・たとひ(い)よ

⑥き絵師にあひたまふとも・いかてかふて(筆)のあやまりなか」37ウ

⑦覽(らん)・たゝおほきならんかゝみを仏のみまへにかけて・その

⑧うつりたまへ(給)らんかけ(影)を礼したてまつりたまへ(給)・かける

⑨にもあらすつくれるにもあらすして・三身具足し給はん(ナシ)・

⑩そのかたちをみる(見)は応身(神)の体なり・そのかけをうかゝふは

中・34・ウ

❻よ（改行）き絵師にあひたまふとも・ ＝ よき絵□にあひ給とも（「□」ハ「翁」カ。）

中・35・オ

❷これにすきたるなかるへしと ＝ これにすきたるはな（改行）かるへしと ❸みかとは ＝ 御門 ❸応し給事（改行）帝依御夢告懸大鏡於仏前請五百僧供養事をよろこひたまひて・おほきなるか〻みを仏前にかけて・（改行）五百人の僧を ＝ 応し給ことを悦給ておほきなるか〻み帝依御夢告懸於大鏡仏前事（改行）を仏前にかけて五百人の僧を ❺供養 ＝ 供粮（「養」ト「粮」ハ同字。）

① 化身の相也・そのむなしき事（こと）を観するは法身の理なり（也）・
② 功徳のすくれたる○（こと）これにすきたるなかるへしとまし（申）き・
③ みかとは御ゆめ（夢）さめたまひ（給）て・如来の御願に応し給事

帝依御夢告懸大鏡於仏前請五百僧供養事

④ をよろこひたまひて・おほきなるか〻みを仏前にかけて・
⑤ 五百人の僧を請して供養したてまつりたま（給）ひき・
⑥ 真実の功徳とおほえ侍し事也（ことなり）」38オ・このころもこのおもひ（此思）を
⑦ なしてする人はへ（侍）らはいかにめてたきことに侍らん・四年と申し
⑧ 三月に道昭和尚と申し人のむろのうちに〻（に）はかにひかり（光）
⑨ みちてかうはしき事（こと）かきりなかりき（し）・道昭弟子をよひてこの
⑩ ひかりをみ（見）るやと〻ひしに・弟子みゆ（見）るよしをこたへしかは・

①道昭もの（物）ないひそといひしほと（程）に・むろよりひかり（光）いてゝ・寺の

②には（庭）にめくりて・やゝひさしくて・そのひかりにしをさして

③ゆきさりてのち・道昭縄床に端坐して・いのち（命）をはりにし

④かは・弟子ともひをもちてはふりて・その（其）骨をとらんと世しに・」38ウ

⑤にはかに風（かせ）ふきて・はゐ（い）たにもなくふきうしなひてき・

道昭和尚遺骨始火葬事

⑥日本に火葬はこれになんはしまり侍し・五年と申し正月

不比等一日中任中納言大納言事

⑦に不比等中納言になり給て・やかてその（其）日大納言になり給

⑧にき・その月とそおほえはへ（侍）る役の（ナシ）行者伊豆国よりめし

⑨かへされて・京に（へ）いりてのちそらへとひのほりて・わか（我）身は草座

役行者自伊豆帰京後居草座渡唐事

⑩にゐ・はゝのあまをは鉢にのせて・唐へわたりはへ（侍）りにき・

❷やゝひさしくて・＝やゝひさしくして　❹弟子ともひをもちて＝弟子共火もちて　❹とらんと世しに・（「せ」字虫損。）＝とらんとせしに　❻傍書ノ位置応永本デハ「命を（改頁）はりにしかは弟子共」（道昭和尚遺骨始火葬事）トアリ。❼傍書ノ位置応永本デハ「（改行）不比等中納言になり給て」（不比等一日任中納言大納言　事）（「大納言」ト「事」トノ間ニ一字分ノ空白アリ。）トアリ。但シ、底本「一日中」ノ「中」ヲ欠ク。❿傍書ノ位置応永本デハ「（改行）伊豆国よりめしかへされて」（役行者自伊豆国帰京後居草座渡唐事）トアリ。但シ、底本「自伊豆」ハ「自伊豆国」トアリ。❿はゝのあま＝母の尼

中・36・オ

❹（改行）かたり給・〔二月丁未日釈奠始事〕＝（改行）かたり給〔釈奠始事〕　❻傍書ノ位置応永本デハ「（改行）〔大宝年号事〕銀をまいらせ」トアリ。❾傍書ノ位置応永本デハ「七月より（改行）〔皇子達乗馬被止九重□出入事〕そ御子たち馬にのりて」（「□」ハ「織」ノヨウニモ見エルガ、「織」デハ意味ヲナスカドウカ。判読ガ難シイ。）トアリ。但シ、底本「同二年」ハ応永本ニナシ。❾大極殿の西の楼＝大（改行）〔慶雲年号事〕極殿の西の楼　❿底本「慶雲《ケイウン》」ニ声点アルガ、応永本ニハ声点及ビ傍訓「ケイウン」トモニナシ。❿底本「慶雲《キヤウ》」ニ声点アルガ、応永本ニハ声点及ビ傍訓「キヤウ」トモニナシ。

① さりなからも本所をわすれかたくして・三年に一度この（此）
② かつらき山とふしのみねへとはきたりたまふ（給）なり・とき〱（ナシ）
③ はあひ申はへり（侍）」39オ・唐にては第三の仙人にておはするよしそ
④ 〔二月丁未日釈奠始事〕かたり給・二月丁未日釈奠はゝ（は）しまるとうけたまはり侍き・
⑤ 三月廿一日につしま（対馬）よりはしめてしろかね（銀）をまいらせたり
⑥ 〔大宝年号事〕しかは・大宝元年と年号を申き・このゝち（後）より年号はあひ
⑦ つゝきてけふまてたえすはへる（侍）にこそ・二年と申し七月
⑧ よりそ・御子たち馬にのりてこゝのへのうちにいていり（入）給
⑨ 〔同二年皇子達乗馬被止九重城出入事〕事はとゝまりにし・四年と申し五月五日大極殿の西の楼のうへ
⑩ に慶雲《ケイウン》みえ（見）しかは・」39ウ年号を慶雲《キヤウ》とかへられにき・二（三）年と

① 申しによの中のこゝちおこりてわつらふ人おほかりし
② かは・追儺といふことははしまれりしなり（追儺始事）（ツイナ）
③ 一　卌四代　元明天皇 養老五年十二月四日崩　年六十一 葬大和国添上郡椎山陵
④ つきのみかと元明天皇と申き・天智天皇の第四の御むすめ・（次）
⑤ 御母蘇我大臣山田石川麻呂のむすめ嬪　姪娘なり・このみ（麿）（ヨメイ、）（也）（御）
⑥ かとは文武天皇の御母におはします・文武天皇いまた三十に（門）（卅）
⑦ たにをよひ給はてうせさせおはしましにし・いとこゝろう（心）
⑧ かりし事なり・その時聖武天皇はいまたいとけなくおは（こと也）（其）
⑨ しましき・八歳にやならせ給けん・このころこそ二三」40オ
⑩ にてもくらゐにつかせおはしますめれ・そのほとまてはさる（位）（其程）

❶よの中のこゝち＝世中心地　❷傍書「追儺始事」応永本ニナシ。❷傍訓「ツイナ」応永本ニナシ。❸卌四代＝四十四代　❸元明天皇（「元明」ニ声点アリ。）＝元明天皇（ケンメイ）（「元明」ニ声点ナシ。）❸付注左行・添上郡＝添上郡（ソウノカンノ）
❹第四の御むすめ・（「御」字虫損。）＝第四（改行）の御女　❺傍訓「ヨメイヽ」応永本ニナシ。

中・37・オ

❷七月十七日にくらゐにつきたまふ ＝ 七月十七日（改行）位につき給 ❸五年正月十一日に ＝（改行）五年正月十一日（和銅年号事）に ❹傍書「武蔵国始献銅仍改和銅事」応永本ニナシ。❹あかゝね ＝ 銅 ❻まいれり（不比等大臣謁新羅使給事）（改行）しに・不比等（不比等大臣謁新羅使給事） ＝ まいれりにしに（改行）不比等 ❼傍書ノ位置応永本デハ「三（改行）月不比等右大臣に」トアリ。

① 事な○（か）りしかは・御母にてくらゐ（位）につかせ給へ（ナシ）りしなり・
② 慶雲四年七月十七日にくらゐにつきたまふ御とし卌（年卌）六・
③ よ（世）をしり給事七年なり（也）・五年正月十一日にむさし（武蔵）より
（武蔵国始献銅仍改和銅事）
④ あかゝねをはしめてたてまつりしかは・年号を和銅とか
⑤ へられにき・三月に（ナシ）不比等右大臣になりたまふ（給）・同二年
⑥ 五月に新羅のつかひ（使）さま〱の物をあひくしてまいれり
（不比等大臣謁新羅使給事）
⑦ しに・不比等そのつかひ（其使）に（こと）あひたまひ（給）にき・むかし（昔）より
⑧ 執政の大臣のあふ事はいまたなき事なり・しかれとも
⑨ この国のむつましきことをあらはすなりとのたまひ（給）し
⑩ かは・└40ウ つかひ（使）とも座をさりて拝したてまつりて・うるはしく

①又座につきて・つかひ（使）ともは本国のいやしきものともなり（也）・
②王のおほせ（給）をかふりて・いまみやこにまいれり・さひはひ（さいはい）の
③はなはたしきなり・しかるにかたしけなくあひまみえ
④たてまつりぬ・よろこひ（悦）おそるゝ事かきりなしと申き・
⑤国王大臣も時（とき）にしたかひてふるまひたまふ（給）へきにこそ・
⑥この（此）ころならはかたおもふ（む）きに異国の人にいち（ち）の人のあ
⑦ひ給なき事（こと）なりなとそゝ（そ）しり申さまし・同三年三月に
⑧（自難波遷幸平城事）難波」41オよりやまとの平城の京へみやこうつりて・左右京の
⑨条坊をさため給き・これよりさき〳〵も代こつねにみやこ
⑩うつりは（侍）へりしかとも・ことならぬをは申は（侍）へらす・この

❻いちの人（ち）＝一の人　❽傍書ノ位置応永本デハ「あひ給なきことな（改行）りなとそそしり」（自難波迁平城事）（「迁」ハ「遷」ノ俗字。因ミニ観智院本『類聚名義抄』・鎮国守国神社本『三宝類聚名義抄』ヲ閲スルニ、二書トモ「遷」「迁」ノ両者ニ共通スル和訓トシテ「カヘル」「シリソク」「メクル」ヲ見出スコトガデキル。）トアリ。但シ、底本「遷幸」ハ「迁（遷）」トアリ。
❽やまと＝大和

中・38・オ

❸傍書ノ位置応永本デハ「（改行）ならの京にうつし［被記諸国郡名并所出物等事］」トアリ。但シ、底本「同六年」ヲ欠キ、底本「所出乃貢等」ハ「所出物等」トアリ。❸もののとも ＝ 物とも　❺傍書ノ位置応永本デハ「もく（改行）ろくせさせしめ［興福寺維摩会移行事］」トアリ。但シ、底本「同七年十月」ヲ欠キ、底本「被移行」ハ「移行」トアリ。❺この会 ＝ 此会　❽氷高内親王とき（改行）こえしに ＝ 氷高内親王ときこえ給しに　❾卌五代 ＝ 四十五代　❾元正天皇（「元正」ニ声点アリ。）＝ 元正（ゲンセイ）天皇（「元正」ニ声点ナシ。傍訓「ゲンセイ」トアリ、「ケ」ニ濁点「〵」ヲ付ス。）　❾付注右行・天平廿年四月廿一日崩　年六十九 ＝ 天平廿年四月廿一日　年六十九

①　月に不比等興福寺をやましなよりならの京にうつした
②　てたまひき（給）・同六年くに〳〵（国〻）のこほり（郡）のな（名）をしるし・さま〳〵　［同六年被記諸国郡名并所出乃貢等事］
③　のいてくるものとものかすを目六（もくろく）せさせしめ給き・
④　同七年十月維摩会をやましな寺（山階寺）にうつしをこなひ（お）　［同七年十月興福寺維摩会被移行事］
⑤　給き・この会は九ところにてをこなはれしに（お）・その事
⑥　なか（中）たえてことし四十二年にそなり（ナシ）侍し・同八年九月
⑦　三日くらゐ（位）を御むすめの元正天皇の氷高内親王とき
⑧　こえしにゆつりたてまつり（奉）〔41ウ〕たまひ（給）き
⑨　一　卌五代　元正天皇　天平廿年四月廿一日崩　年六十九　葬佐保山陵
⑩　つき（次）のみかと元正天皇と申き・文武天皇の御あね・

①　これも元明天皇の御はらにおはします・元明天皇くら（位）

②　ゐをさり給し時（とき）・聖武天皇を東宮と申しかは・くら（位）

③　ゐをつきたまふ（給）へかりしかとも・そのとし（其）そ御元服し

④　たまひ（給）て・御とし（年）十四になりしたまひ（給）しに・猶（なを）いまた

⑤　いとけなくおはしますとて・このみかと（此御門）は御をはにてゆつり（譲）

⑥　をえたまひ（給）しなり・和銅八年九月三日くらゐ（位）につき給ふ・（ナシ）

⑦　御年卅五・よをしり給事九年也・年号かはりて霊亀と」42オ

⑧　申き・三年と申し九月にみかと（御門）のゝくに（国）ふはのやま（山）の

⑨　（帝行幸美濃国不破山湯浴温泉者令白髪為玄髪癒諸病事）いてゆに行幸ありき・そのゆをあみし人しらかゝ（か）へり

⑩　てくろくなり・めくらかりしものたちまちにあきらか

中・38・ウ

❼年号かはりて霊亀と（改行）申き・　＝　年号（改行）かはりて霊亀と申き（帝行幸美乃国不破山出湯事）　❾傍書「帝行幸美濃国不破山湯浴温泉者令白髪為玄髪癒諸病事」応永本ニナシ。　❾そのゆ　＝　其ゆ　❿くろくなり・　＝　くろくなりき

中・39・オ

❸傍書ノ位置応永本デハ「(改行)〔不比等被撰献律令事〕二年と申しに」トアリ。❺傍書ノ位置応永本デハ「御門に(改行)〔百官始持笏事〕たてまつり給き」トアリ。❺同四年八月三日＝(改頁)〔不比等薨給事〕同四年八月三日　❻傍書「養老四年八月三日不比等薨御事」応永本ニナシ。❻うせ(改行)〔養老四年八月三日不比等薨御事〕たまひにき・九月に＝うせ給にき九月に　❾傍書ノ位置応永本デハ「大隅日(改行)〔大隅日向中凶徒等以宇佐宮祢宜被追罰畢依之諸国放生会始事〕向の国におほやけにしたかひたてまつらぬものとも」トアリ。但シ、底本「大隅日向国中有凶徒等」「追討」「因茲」ハ「大隅日向中凶徒等」「追罰」「依之」トアリ。❾うち(改行)〔大隅日向国中有凶徒等以宇佐宮祢宜被追討畢因茲諸国放生会始事〕たひらけてき・そのときにうさのみやたくせんした(改行)まひて・＝うちたいらけてきその(改行)ときに宇佐の宮の詫宣し給て

①になり・いたきところをあらひしかはすなはちいえ（へ）にき・か
②くてみかと（御門）かへり給て十一月七日年号を養老とかへられ
③〔不比等被撰献律令事〕にき・二年と申しに不比等律令をえらひてみかと（御門）にたて
④まつり給き・同三年と申し二月に百官をはしめ（めし）て笏を
⑤〔百官始持笏事〕もつ事ははしまり侍し（侍り）なり（也）・同四年八月三日不比等うせ
⑥〔養老四年八月三日不比等薨御事〕たまひにき・九月におほすみひうか（大隅日向）のくにゝ（国に）おほやけにし」42ウ
⑦たかひたてまつらぬものともありしかは・うさのみや（宇佐宮）のねき
⑧〔大隅日向国中有凶徒等以宇佐宮祢宜被追討畢因茲諸国放生会始事〕宣旨をうけたまはりて・いくさをおこしてこれ○（ら）をうち
⑨たひらけてき・そのときにうさのみやたくせんした
⑩まひて・たゝかひのあひた（間）おほくの人をころせり・これに

① よりて放生をすへしとのたまはせしかは・これ（是）より諸国
② の放生会はしまりしなり・同五年八月三日みかと太上
③ 天皇もろともに不比等の御はてにやましな（山階）てら（寺）のうちに
同五年八月三日相当不比等周関帝太上天皇興福寺中被立北円堂事
④ 北円堂をたてたまひき・同八年二月四日みかとくらゐを東
⑤ 宮にゆつり（譲）たてまつりたまひ（給）て・太上天皇と申き 」43オ
⑥ 一 卌六代 聖武天皇 天平勝宝七年五月二日崩年五十七 葬佐保山陵
⑦ つきのみかと聖武天皇と申き・文武天皇の御子・御母
⑧ 不比等の御むすめ（女）皇太后宮こ子なり（也）・養老八年二月
⑨ 四日くらゐ（位）につきたまふ（給）・御年廿五・よをしり（世）給事
⑩ 廿五年なり（也）・年号を神亀とかへられにき・二年と申

❶放生をすへし ＝ 放生会をすへし（底本「放」字ノ偏ノ崩シ方ハ「弓」ノヨウニモ見エ「弢」ノ可能性モアル。尊経閣本『色葉字類抄』ハ「放」ヲ「ハナル」「ハナツ」ト訓ズルモノトシテ掲ゲ、更ニ「ハツス（ハヅス）」ト訓ズルモノノ筆頭ニ「弾」ヲ掲ゲテ「弛」ヤ「放」トトモニ「弢」モ掲ゲル。シカシ、「放生」ハ生キ物ヲハナツコトデアルカラ、ココハヤハリ「弢」デハナク「放」デアロウ。）
❹傍書ノ位置応永本デハ「放生会は（改行）はしまりしなり同五年八月三日みかと」（相当不比等周忌帝太上天皇興福寺中被立北円堂事）トアリ。但シ、底本「同五年八月三日」ヲ欠キ、底本「周関」ハ「周忌」トアリ。 ❹（改行）北円堂をたてたまひき・同八年二月四日みかとくらゐを（同五年八月三日相当不比等周関帝太上天皇興福寺中被立北円堂事） ＝ （改行）北円堂をたて給き同八年二月四日御門位を ❻卌六代 ＝ 四十六代 ❻聖武天皇（「聖武」ニ声点アリ。） ＝ 聖（シヤウ）武（ム）天皇（「聖武」ニ声点ナシ。） ❻付注右行・天平勝宝 ＝ 天平聖宝 ❻付注右行・年五十七 ＝ 年五十二（七イ） ❿二年と ＝ （改行）二年と（柑子始種事）

中・40・オ

❶傍書「神亀二年自震旦柑子種始持来事」応永本ニナシ。❶底本「柑子」ニ声点アルガ応永本ニナシ。❹傍書「同三年興福寺中帝立東金堂給事」応永本ニナシ。❹やましなてら＝山階（改頁）寺　❹底本「東金堂」ニ声点アルガ応永本ニナシ。❺底本「行基菩薩」ノ「行基」ニ声点アルガ応永本ニナシ。❻傍書「同年行基菩薩造山崎橋供養事」応永本ニナシ。❽傍書「四年三月供養長谷寺以行基菩薩為導師事」応永本ニナシ。❾傍書「天平五年七月盂蘭盆始事」応永本ニナシ。

① しにもろこしより柑子のたねをもてきたれりき・これ ［傍書：神亀二年自震旦柑子種始持来事］

② よりはじめてこのくにゝ（此国に）はいてきそめしなり・三年と

③ 申し七月に太上天皇れいならすおはしましゝ御いのり（祈）に・

④ みかとやましな」43ウてらのうちに東金堂をはたてたまひ（給）し ［傍書：同三年興福寺中帝立東金堂給事］

⑤ なり・そのとし行基菩薩やまさきのはし（橋）をつくりて・その

⑥ うえへに法会をまうけて供養したまひ（給）しに・ゝ（に）はかに ［傍書：同年行基菩薩造山崎橋供養事］

⑦ おほみ（水）ついてゝなかれしぬる人おほかりき・四年と申し

⑧ 三月廿日はつせは供養せられしなり・行基菩薩そ導 ［傍書：四年三月供養長谷寺以行基菩薩為導師事］

⑨ 師にておはせし・天平五年七月にうらんほむ（ん）ははしま ［傍書：天平五年七月盂蘭盆始事］

⑩ りしなり（也）・同六年正月十一日に光明皇后御はゝ（母）のたち（橘）

①はなの氏の御ためにやましなてら（山階寺）のうちに西金堂を
②たてたま（給）ひき・同七年吉備の大臣もろこしにと〻めら
③れて日月をふんしたりけれは十日はかりよのなか（世中）く
④らくなりにけり・この事（此こと）をうらなはしめけるに・
⑤日本国の人をと〻めてかへさ〻るによりて・秘術をもち
⑥て日月（月日）をかくせるなりと申けれは・このくに（此国）へかへり
同十二年少弐広継率万人軍兵欲傾朝家爰東人賜万七千人勇士追討事
⑦きた○りしなり（れ）（也）・同十二年九月に大宰少弐ひろつき（広継）
⑧と申し人は・宇合の子におはす・その人一万人のつ
⑨はものをおこして・みかと（御門）をかたふけたてまつらんと
⑩はかりたてまつるといふ事きこえて・東人といふ人に

中・40・ウ

❶うちに（ち）＝うちに　❼傍書「同十二年少弐広継率万人軍兵欲傾朝家爰東人賜万七千人勇士追討事」応永本ニナシ。　❼大宰少弐ひろつき（広継）＝大宰少弐広継

中・41・オ

❼傍書ノ位置応永本デハ「京中の条こ（改行）にいゐふりて」（日夜京中飯下事）トアリ。但シ、底本「同十三年六月戊寅」ヲ欠ク。❽信楽（改行）京にて＝信（改行）楽京にて（陸奥赤雪降事）❾同十七年八（改行）月廿三日に＝同十（改行）七年八月廿三日に（於信楽東大寺大仏始建立事）

① くに〳〵のいくさ一万七千人をあひくして・やはた（八幡）の宮
② にいのり（祈）申てたゝかはしめにつかはす・十一月に
③ みかと（御門）［44ウ］伊勢太（大）神宮に行幸したまひ（給）てこの（此）事を
④ いのり（祈）申たまひ（給）しに・この月十一日に肥前国まつらの
⑤ こほり（郡）にて少弐しつまりたまひ（給）しところなり・いま
⑥ かゝみのみや（宮）とておはします・同十三年六月戊寅日夜京
⑦ 中の条こにいゐ（ナシ）ふりてはへり（侍）き・同十四年十一月に陸奥に（同十三年六月戊寅日夜京中飯下事）
⑧ あかき雪ふりて侍き・十五年十月十五日あふみの信楽
⑨ 京にて東大寺の大仏をはしめたまひ（給）き・同十七年八
⑩ 月廿三日に東大寺の大仏の座をつきはしめたまふ（給）・同

① 十九年九月廿九日大仏をいたてまつり給・同廿年正月に
② 陸奥よりこかね九百両をたてまつれりき・日本国に
③ こかね(金)いてくる事(こと)これよりはしまれりき・これによ」45オ
④ りて四月十八日に年号を天平感宝元年とかへられに
⑤ き・されともこの年号はやかて又かはりにしかは・年代記
⑥ なとにはいりはへ(侍)らさなり(さる也)・七月二日くらゐ(位)をさりて
⑦ 御くしおろして太上天皇とそ申はへり(侍)し・御年
⑧ 五十にならせたまひ(給)しなり
⑨ 一　四十七代　孝謙天皇(ナシ)
⑩ つきのみかと(ナシ)孝謙天皇と申き・聖武天皇の御むすめ(女)・

❶同廿年正月に ＝ 同廿一年正月に(「正」字ノ左側ニ「二イ」トアリ。) ❷こかね九百両を ＝ こ(改頁)陸奥献沙金九百両事かね九百両を
❾底本「一　四十七代　孝謙天皇」(「孝謙」ニ声点アリ。)ト記シテ改行シタ後、「つきのみかと孝謙天皇と申き・聖武天皇の御むすめ・」ト天皇紀ノ本文ヲ続ケルガ、応永本ハ「一　四十七代」ト記シテ一文字分ノ空白ヲ置イテ直チニ「孝謙天皇と申き聖武天皇(改行)の御女」(「孝謙」ニ声点ナシ。)ト天皇紀ノ本文ヲ続ケル。

中・42・オ

❶光明皇后におはす・ ‖ 光明皇后にお（改行）はします ❸東宮をはしまし〵かとも・ ‖ 東（改行）宮おはしまし〵かとも〔神亀五年帝弟東宮二歳薨給事〕 ❺天平感宝元年十月廿四日に ‖ （改行）天平感宝元年十月廿四日に〔東大寺大仏奉鋳給事〕 ❿東大寺供養侍き・ ‖ （改行）東大寺供養侍き〔東大寺供養事〕

① 御母不比等の御むすめ光明皇后におはす・天平感宝
② 元年七月二日位につき給・御年卅一・世をしり給事十
③ 年也・御おと（を）〵に東宮をはしまし〵かとも・神亀五年に
④ 御年二歳にてうせ給にしかは・このみかと（此御門）位をつきおはし
⑤ まし・天平感宝元年十月廿四日に東大寺の大仏をい
⑥ たてまつりをはりにき・三年のほと（程）八度といふに事（こと）はて
⑦ にしなり（也）・十一月にやはたのみや（八幡の宮）たくせんしたまひ（給）て・
⑧ 十二月につくしより京へうつりおはしましき・なし（ふち）
⑨ はらにみやつくりしていはひたてまつりし也（なり）・七日丁亥
⑩ 東大寺供養侍き・行幸ありき・又聖武天皇は太上天皇

①　とておなしくこ（此）の供養にあはせたま（給）ひき・やはたのみ

②　やもおはしましきめてたく侍し事ともなり・みな」46オ

③　人しり給へる事也・天平勝宝四年三月十四日に東大

④　寺の大仏にはしめてこかねをぬりたてまつりき・四

⑤　月九日万僧を請して供養したてまつり給き・今年そか

⑥　し道鏡うちへまいりて如意輪法を（お）こなひし（程）ほとに・

⑦　やう〳〵み（御）か（門）との御おほえいてきはしまりしかは・ゆけの

⑧　法皇と申しはこ（此）の人なり・宝字二年みかと位を東

⑨　宮にゆつりたてまつり給（ナシ）て・太上天皇と申き」46ウ（9行目マデ）

中・42・ウ

❶やはたのみ（改行）や＝八（改頁）幡の宮　❸しり給へる事也・＝しり給へる事ともなり　❸三月十四日に東大（改行）寺の大仏に＝三月（改行）十四日に東大寺の大仏に 始奉泥金於大仏事　❺供養したてまつり給き・今年そか（改行）し＝供養したて（改行）まつり給き今年そかし 道鏡参内行如意輪法事

下・1・オ

応永本ノ第一丁オモテノ現状ヲ次頁ニ掲ゲテ底本トノ異ナリヲ示ス。

①　水鏡巻下

②　廃帝　称徳天皇 女帝 孝謙之重祚

③　光仁天皇　桓武天皇

④　平城天皇　嵯峨天皇

⑤　淳和天皇　仁明天皇

① 水鏡巻下

② 廃帝 天平宝字六　称徳天皇 天平神護二 神護景雲三 女帝 孝謙重祚

③ 光仁天皇 宝亀十一 天応一　桓武天皇 延暦廿四

④ 平城天皇 大同四　嵯峨天皇 弘仁十四

⑤ 淳和天皇 天長十　仁明天皇 承和十四 嘉祥三

底本第一丁ウラハ白紙ニツキ割愛スル。尚、応永本ノ第一丁ウラモ白紙デアル。

【応永本・下・1・オ】

下・2・オ

❶底本「廃帝」ニ声点アルガ応永本ニナシ。❶付注・天平宝字九年十月崩 年卅三 葬淡路国（改行）三原郡 ＝ 天平宝字九年十月崩年卅三（改行）葬淡路国三原郡 ❷傍書「諱大炊」応永本ニナシ。❷底本「廃(ハイ)帝(タイ)」ニ声点アルガ、応永本ニハ声点及ビ傍訓「ハイタイ」トモニナシ。❸頭注「皇代記云上総守当麻老女云ゝ」応永本ニナシ。❸舎人 ＝ 舎人(トネリ) ❸御母上総守老（改行）之女 ＝ 御母上総の（改行）守老之の女 ❽傍訓「ニヰタヘ」応永本ニナシ。❾聖（改行）武天皇うせさせたまひて ＝ 聖武天皇（改行）うせさせ給て（東宮不義事）

① 一　卅八代　廃帝　天平宝字九年十月崩 年卅三 葬淡路国 三原郡

② つきの御門(みかど)　廃(ハイ)帝(タイ)と申き・天武天皇の御子に一（諱大炊）

③ 品舎人親王と申し第七の御子也(なり)・御母上総守老（皇代記云 上総守当 麻老女云ゝ）

④ 之女也・天平宝字元年四月に東宮にたちたまふ(給)

⑤ 御年廿五・同二年八月一日位につきたまふ(給)御年廿六・

⑥ 位にて六年そおはしましゝ・この御門東宮にたちたま(立給)

⑦ ひしおりはゆゝしき事とも侍き・孝謙天皇の御

⑧ 時・東宮は新田部(ニヰタヘ)親王子道祖王とておはせしに・聖

⑨ 武天皇うせさせたまひて諒闇にてありしに・

⑩ この(此)東宮このほとをもはゝかりたま(給)はすをんなのか 」2オ

①たにのみみたれたま(給)へりしかは・孝謙天皇おりふし
②もしりたま(給)はすかくなおはせそと申させたま(給)ひ
③しかともつゆそのことにしたかひたまはさりし
④かは・天平勝宝九年三月廿九日大臣以下こ(此)の東宮は
⑤聖武天皇の御すゝめにてたて〳〵まつりき・しか
⑥るにその事(こと)をもおもひしりたま(給)はす・かくみたり
⑦かはしき心のしたまへるをはいかゝしたてまつるへ
⑧きとのたまはせしに・人〳〵みなたゝおほせことに
⑨したかふへしと申しかは・」2ウ東宮をとりたてまつ
⑩りたまひて・四月に大臣以下をめして東宮にはた

❾東宮をとりたてまつ（改行）りたまひて ＝（改頁）東宮をとりたてまつり給て［改東宮事］

下・2・ウ

下・3・オ

❹傍訓「フルマロ」応永本ニナシ。

①れをかたて〳〵まつるへきとさため申へきよしお
②ほせことありしに・右大臣豊成式部卿永手(平)は・さき
③の東宮の御あに塩焼(シホヤキ)の王たち給へしと申き・摂
④津大夫珍努左大弁古麿(フルマロ)は・池田王たち給へしと申
⑤き・大納言仲麻呂(麿)は臣をしるは君にはしかす・子をし
⑥るは父にはしかす・たゝみかと(御門)の御心にまかせたてま
⑦つるとをの〳〵おもひ〳〵に申しかは・みかとのゝ(の)たまは
⑧く御子たちの」3オ中に舎人・新田部・このふたりはむ
⑨ねとおはせし人なれは・新田部親王の子を東宮に
⑩たてたりつれとも・かくおし(を)へにしたかひ(給)たまはすな

①りぬれは・いまは舎人親王の子をたて申へきに・をの〳〵
②とかともおはす・そのなか（中）に大炊王はとしわかくおはせ
③とさせるとかきこえす・この人をたてんと思いかゝあ
④るへきとのたまはせき・大臣以下みなおほせことにし
⑤たかふへきよし申き・このさためよりさきに・仲麿
⑥の大納言この大炊王をむかへとりたてまつりてわかい（家）へ
⑦にすへたてまつりし（ナシ）たりしかは・」3ウ内よりの御つかひそ
⑧のとのにまいりてむかへたてまつりて東宮にはたちた（
⑨まひ（給）しなり・大炊王と申はすなはちこ（此みかと）の御門にお
⑩はします・かくてのちこの東宮にえらひすてられた（

下・4・オ

❶又心さし＝（改行）又心さし皇子謀叛事 ❾天平宝字二（改行）年八月廿五日仲丸＝天平宝字二（改行）年八月廿五日仲丸仲麿任大保同日任大将事

❿大将になりて・も（改頁）との藤原の姓にゑみといふゝたもしを仲麿依帝寵愛姓上被加恵美二字事＝大将になり（改行）同藤原姓加恵美事

てもとの藤原の姓にゑみといふふたもしを

①まひつる王たち・又心さしある人〳〵あまたより給（へ）

②あひてみかと東宮をかたふけたてまつり・仲麿

③をうしなはんとすといふ事をのつからもりきこ（こと）（聞）

④えしかは・なかまろ内にまいりてこのよしを申し

⑤かは・さま〳〵のつみをおこなはれき・そのほとのこと（程）

⑥ともをしはかり給へしこのほとは道鏡もいまたほ（ゝ）」4オ

⑦ひろかにまいりつかうまつらさりしかは・このなかま

⑧ろ御かとの御おほえならひなかりき・天平宝字二

⑨年八月廿五日仲丸大保になりにき・これは右大臣

⑩をかく申しなり・やかてその日大将になりて・も（其）

①仲麿依帝寵愛姓上被加恵美二字事
との藤原の姓にゑみといふゝたもしをくはへたま
②はせき・これらもみな太上天皇の御おほえならひ
③なくてせさせ給しなり（也）・ゑみといふ姓も御覧す（らん）
④仲麿改押勝事
るたひにゑましくおほすとてたまはするとそ申
⑤あひたりし・又なかまろといふな（名）をかへてをしか押勝
⑥路頭被栽菓木事
つとそ申し・同三年六月二日みちのほとりにくた」4ウ
⑦もの（物）ゝ（の）木をうふへきよしおほせくたされき・この
⑧事（こと）は東大寺の普昭法師と申人の申を（お）こなひ
⑨侍しなり・そのゆへはくに〳〵のたみゆき〳〵たゆる
⑩事（こと）なし・そのかけにやすみそのみをとりてつか

❶傍書ニツイテハ前頁⑩行ノ校異ヲ参照。　❷ならひ（改行）なくて　＝　ならひなくて（「ら」ノ右側ニ傍書「ラ」アリ。）
❹たまはするとそ申（改行）あひたりし・　＝　た（改行）まはするとそ申あひたりし　❻をしか（改行）つとそ申し・同
三年六月二日みちのほとりに　＝　をしかつとそ申し同三年六月（改行）二日みちのほとりに

下・4・ウ

下・5・オ

❷八月三日鑑真和尚 ＝ 八月三日（改行）鑑真和尚 ❸傍書「被立招提寺事」応永本ニナシ。 ❸招提寺をたて給き・ ＝
招提寺建立事
太上天皇令出家給事
招提（改行）寺をたて給き ❹あま（改行）になりたまひて ＝ あまに（改行）なり給ひて ❻かやうにいはるへき身に
太上天皇出家為尼事
道鏡任少僧
はあ（改行）らす・ ＝ かやうにいはるへ（改行）き身にはあらす ❾世をおこなひたまひき・同七年九（改行）月に道
太上天皇治世事
都依太上天皇殊寵事
道鏡任少僧都事
鏡少僧都になりて ＝ 世をおこなひたまひ（改行）き同七年九月に道鏡少僧都に成て ❿つねに太上天皇の（改頁）御か
同人為寵臣事
たはらに ＝ つねに（改行）太上天皇の御かたはらに

① れをさゝへんとなり・いみしき功徳とおほえ侍し事
② なり・八月三日鑑真和尚と申し人・聖武天皇の御た
被立招提寺事
③ めに・招提寺をたて給き・同六年六月太上天皇あま
太上天皇出家為尼事
④ になりたまひてのたまはく・われ菩提心をゝ（お）こし
⑤ てあまとなりぬれともみかとことにふれてうや〳〵し 」5オ
⑥ きけ・さらにおはせす・かやうにいはるへき身にはあ
⑦ らす・よ（世）のまつり事（こと）のつねの小事をはおこなひた（給）
⑧ まへ・よの大事賞罰をはわれを（お）こなはんとのたま
⑨ はせて・この（此の）ゝち世をおこなひたまひき・同七年九
道鏡任少僧都依太上天皇殊寵事
⑩ 月に道鏡少僧都になりてつねに太上天皇の

①御かたはらにさふらひて・御おほえならひなくなり
②しかは・ゑみの大臣みかとをうらみたてまつる心
③やう〳〵いてきにき・同八年九月二日ゑみの大臣わた（恵美大臣権行政事）
④くしに太（大）政官の印（ヲシテ）をさして事（こと）をおこなふとい
⑤ふことを・大外記比良麻呂（ヒラマロ）」5ウしのひやかに申たりし
⑥かは・十一日に太上天皇少納言をつかはして鈴印を
⑦おさめさせしめたまひ（給）しを・ゑみの大臣きゝつけ
⑧て・そのみちにわかこの宰相といひしをやりてうは
⑨ひとゝめさせしかは・又太上天皇人をつかはして
⑩いころさしめたまひ（給）しに・大臣のつかひ又あひ

❸傍書「恵美大臣権行政事」応永本ニナシ。　❸同八年九月二日ゑみの大臣　＝　同八年九月（改行）二日ゑみの大臣（仲麿悪逆并没落事）　❺比（ヒ）良（ラ）麻（マ）呂（ロ）　＝　比良麿　❻鈴印　＝　鈴（スヽ）印（イン）

下・5・ウ

下・6・オ

❷傍書「天下政違乱間事」応永本ニナシ。　❷くらゐ＝位　❼とまれりしに・＝と（改行）まれりしに（星落屋上事）

①たかひにいころしてき・かゝるよ（世）のみたれいてきて大
②臣（天下政違乱間事）つかさくらゐとられ・せき（関）をかため・いくさをゝ（お）
③こしてうたしめむ（ん）としたまひ（給）しかは・大臣そのよ（夜）
④にけてあふみのくに（国）へゆきしに・みかたのいくさ
⑤ほかのみちよりさきにいたりてせたのはし（橋）をやき」6オ
⑥てき・大臣これをみ（見）てたかしまのこほりのかたへに
⑦けて・小領といふものゝいへ（家）にとまれりしに・ほし（星）の
⑧おほきさもたゐのほとなりしかそのやのうへにお
⑨ちたりしいかなる事（こと）にてか侍けん・さてゐちせむ（越前）
⑩のくにゝ（国に）ゆきてあひくしたりし人〳〵をこれはみ

①かとにおはす・これはかん（む）たちめなりなといつはり
②いひて・人の心をたふろかしき・御方のいくさを
③ひいたりてせめしかは・大臣又あふみのくに（国）へかへ（帰）
④りてふね（船）にのりてにけんとせしほとに・あしきか（風）
⑤せふき（吹）ておほゝれなんとせしかは・ふね（船）よりおり 」6ウ
⑥てあひたゝかひしほとに・十八日に大臣うちとられ 恵美大臣被誅伝首於京都事
⑦にき・そのかうへをとりて京へもてまいれりしに
⑧こそ・おなし大臣と申せともよ（世）のおほえめてたくおは
⑨せし人のときのまにかくなりたまひぬるあはれに
⑩侍し事（こと）なり・又心うきこと侍き・その大臣のむ

❻おり（改行）てあひたゝかひしほとに・十八日に 恵美大臣被誅伝首於京都事 ＝ おりてあひたゝかひし程（改行）に十八日に 仲丸大臣被討事

下・6・ウ

下・7・オ

❺傍書「恵美大臣女子女御有千人会合相事」応永本ニナシ。

① すめおはしきいろ（色）かたちめてたくよ（世）にならふ人
② なかりき・鑑真和尚のこ（此）の人千人のおとこにあひ
③ たまふ（給）相おはすとのたまはせしを・たゝうちあるほと
④ の人にもおはせす・一二人のほとたにもいかてかと思（おもひ）」7オ
⑤ しに・ちゝの大臣うちとられし日・みかたのいくさ千人（恵美大臣女子女御有千人会合相事）
⑥ こと〳〵くにこの人をおか（ゝ）してき・相はおそろしきこと
⑦ にそはへる・廿日太上天皇のたまはく・なかまろさき
⑧ の東宮のこのかみのしほやきの王をくらゐ（位）につけ
⑨ んといふことをはかりて・官のをしてをさしてくに（国）〳〵
⑩ につかはして・人の心（こころ）をたふろかし・せきをかため

①つはものをおこしつみもなかりけるこのかみの
②豊成の大臣をさむ（ん）し申て・くらゐ（位）をしりそけ
③たりけり・この事仲丸かいつはれる事としり」7ウ
④給ぬ・とよなりをもとのことく大臣のくらゐにお
⑤さめたまふ（給）・又この禅師あさゆふにつかうまつ
⑥れるありさまを見るにいとたうとし・われかみを
⑦そりて仏の御けさをきてあれとも・よ（世）のまつり
⑧事（こと）をせさるへきにあらす・仏も経に国王位につ
⑨き給はんおりは・菩薩戒をうけよとこそときを
⑩きたまひ（給）たれ・これをおもへはあまとなりてもよ（世）

❸仲丸かいつはれる事としり（改行）給ぬ・ ＝ 仲丸かいつはれること（改行）くしり給ぬ ❹とよなりをもとのことく

豊成如元為大臣事

＝ とよなりをももとのことく ❹大臣のくらゐに ＝ 大臣（改行）の位に

道鏡忠勤事

下・8・オ

❸出家して（改行）あらん大臣もあるへしと（道鏡任大臣事）＝ 出家してあらん大臣も（改行）あるへしと（道鏡為大臣禅師）　❺十月九日太上天皇 ＝（改行）十月九日太上天皇（太上天皇囲内裏給事）　❿傍書「廃帝間事」応永本ニナシ。　❿位をゝろしたてまつるよし ＝（改行）位をおろしたてまつるよし（奉下位事）

① のまつりことをせむ（ん）になにのさはりかあるへき・し
② かれはみかとの出家していませむ（ん）に又出家して
③ （道鏡任大臣事）あらん大臣もあるへしと」8オおもひ（思）て・この道鏡禅
④ 師を大臣禅師とくらゐをさつけたてまつると
⑤ のたまはせて・十月九日太上天皇つはものをおこし
⑥ て内裏をかくみたまひ（給）しかは・宮のうちに候し人〳〵（と）
⑦ みなにけうせにしかは・みかと御はゝ（母）又そのつかまつ
⑧ り人二三人はかりをあひくして・かちにて図書寮
⑨ のかたにおはしてたちたまへ（給）りしにこそは・小（少）納言
⑩ （廃帝間事）むかひたてまつりて・位をゝろしたてまつるよし

①の宣命をはよみかけ（ナシ）たてまつりしか・その御ことは
②には位をたもちたまふ（給）へきうつはものにおはせ
③ぬにあはせて・仲丸とおなし心にてわれをそこな」8ウ
④はんとはかりたまひけり・しかれはみかとのく（位）
⑤らゐをしりそけたまひ（給）て・親王の位をたまふと
⑥てあはちの国へなかしたてまつりたまひ（給）てき・心
⑦うくはへりし事（こと）なり
⑧一 四十九代 称徳天皇 神護景雲三年八月四日崩 年五十二 葬添下郡陵
⑨孝謙天皇重祚事 つきの御門称徳天皇と申き・これは孝謙天皇
⑩の又かへりつきたま（給）へりしなり・天平宝字八年十

❹はかりたまひけり・しかれは ＝ はかりたまひ（改行）けりしかれは 廃帝奉流淡路国事 ❽称徳天皇（「称徳」ニ声点アリ。）＝ 称徳（ショウトク）天皇（「称徳」ニ声点ナシ。）❽付注・神護景雲三年八月四日崩 年五十二（改行）葬添下郡陵 ＝ 神護景雲三年八月四日崩（改行）年五十二葬添下郡陵 ❾傍書「孝謙天皇重祚事」応永本ニナシ。❾御門 ＝ みかと

下・8・ウ

下・9・オ

❶よをしりたま（改行）ふこと五年なり・＝世をしり（改行）給こと五年なり　❷傍書「依廃帝呪咀旱魃大風事」応永本ニナシ。❷国土をのろ（改行）ひたまふに＝国土（改頁）をのろひ給に　❹十月（改行）に廃帝＝（改行）十月に廃帝　❼傍書「廃帝早世給事」応永本ニナシ。❼うせたまひに（改行）き・閏十月二日＝うせ給（改行）にき同十月二日　❽太政大臣になりき・十（改行）一月に大嘗会ありしに・＝太政大臣に（改行）なりき十一月に大嘗会ありしに
❿つかはるへきよし＝つか（改行）はるへきよし

（傍注：依廃帝呪咀旱魃大風事／旱風餓死事／廃帝崩御事／道鏡任太政大臣事／道鏡任太政大臣事／大嘗会出家人相交事／大嘗会出家人相交可奉仕之由事／西大寺建立事）

①月九日くらゐ（位）につき給御年（とし）四十七・よをしりたま
②依廃帝呪咀旱魃大風事　ふこと五年なり・同九年に淡路廃帝国土をのろ
③ひたまふ（ひ）によりて・日てり大風ふき（吹）てよのなか（世中）わろ　9オ
④くてうへしぬる人おほかりきと申あひたりき・十月
⑤に廃帝うらみのこゝろ（心）にたへすしてかきをこえ
⑥てにけたま（給）ひしを・国守つはものをおこしてとゝめ
⑦廃帝早世給事　申しかはかへりたまひ（ひ）てあくる日うせたまひに
⑧道鏡任太政大臣事　き・閏十月二日大臣禅師道鏡太政大臣になりき・十
⑨大嘗会出家人相交事　一月に大嘗会ありしに・われ仏の御弟子（てし）となれり
⑩とて出家の人もあひましりてつかはるへきよし

① 西大寺四天王一体不被鋳間依帝御誓被鋳事
仰られき・今年西大寺をつくりたまひ(給)て金銅
② の四天王をいたてまつりたまひ(給)しに・三体はなり
③ たまひ(給)ていま一体のなゝたひまていそこなは」9ウ
④ れたまひしかは・みかとちかひたまひ(給)て・もし
⑤ 仏とくによりてなかくおんな(を)の身をすてゝ仏
⑥ となるへくは・あかゝねのわくにわかて(手)をいれん・
⑦ このたひいられたまへ(給)・もしこのねかひかなふ
⑧ へからすはわかてやけそこなはるへしとのたまひ
⑨ しに・御手にいさゝかなるきすなくして天王
⑩ の像(ぞう)なりたまひ(給)にき・神護景雲二年十月廿日

❶傍書「西大寺四天王一体不被鋳間依帝御誓被鋳事」応永本ニナシ。❹いそこなは（改行）れたまひしかは・みかと＝いそこなは（改行）れ給しかはみかと　❿神護景雲二年十月廿日（改頁）道鏡に法皇の位を＝神護（改行）景雲二年十月廿日道鏡に法皇の位を

（傍書：天皇御手入銅湯中誓給事／道鏡授法皇位事／道鏡被授法皇位事）

下・9・ウ

下・10・オ

❶傍書ニツイテハ前頁⑩行ノ校異ヲ参照。❶さつけたまひき・神護景（改行）雲三年七月に＝さ（改行）つけさせ給き
❶傍書　幡宮託宣事／天皇御夢事／清麿姉尼疑言事／和気清麿姉尼偽称八
神護景雲三年七月に　❻やはたの宮＝（改行）やはたのみや

①道鏡に法皇の位をさつけたまひき・神護景（傍書：道鏡授法皇位事）
②雲三年七月に和気清麿かあねのあまいつはり（傍書：清麿姉尼疑言事）
③てやはたの宮の御託宣といひて・道鏡を位につけ
④たまひたらは世の中をたしくよかるへきよし（世中）（10オ）
⑤を申き・道鏡この事をきゝてよろこふ事かき（此）（こと）
⑥りなかりしほとに・やはたの宮みかとの御ゆめに（程）
⑦見え給て・わかくにはむかしよりたゝ人を君と（給ひ）（国）（昔）
⑧することはいまたなき事なり・かくよこさまな（こと）
⑨る心あらむ人をはすみやかにはらひのくへし（ん）
⑩とのたまはせしを・道鏡おほきにいかりをなし

① 清麿為勅使参宇佐宮事 て・みかとをすゝめたてまつり（奉）て・清麿を御つか

② ひとして宇佐宮へたてまつりてこの（此）事を申

③ こはしめたてまつりしに・託宣したまひし

④ 事（こと）・みかと（御門）の御ゆめにいさゝ」10ウかもたかはさりしか

⑤ は・清麿この事きはまりなき大事なり・託宣は

⑥ かりは信しかたかるへし・なを（猶）そのしるしをあ

⑦ らはしたまへといのり（祈）申しかは・すなはちかたち

⑧ をあらはしたまひき・御たけ三丈はかりにても

⑨ つき（月）のことくにてひかりかゝやきたま（給）へり・清丸（麿）

⑩ きもたましゐもうせてえみたてまつらさりき・

下・10・ウ

❶傍書ノ位置応永本デハ「すゝめ奉り（改行）て清麿を御つかひ」（清麿為御使参宇佐宮事）トアリ。但シ、底本「勅使」ハ「御使」トアリ。❽あらはしたまひき・ ‖ （改行）あらはしたまひき（宇佐宮神体顕御事） ❿えみたてまつらさりき・ ‖ 見たてまつらさりき

下・11・オ

❶このときにかさねて　＝　この時（改行）にかさねて（同託宣事）　❽仏像をつくり・　＝　仏僧（像歟）をつくり

①　このときにかさねて詫（託）宣したまはく・道鏡へつら
②　へる幣帛（ナシ）をさま〱の神たちにたてまつりて・
③　世をみたらんとす・われあまのひつきのよはくな
④　りゆくことをなけき・あしきともからのを（お）こりい」11オ
⑤　てんとする事（こと）をうれふ・かれはおほくわれはすく
⑥　なし・ほとけ（仏）の御ちからをあふきて・みかとのするゑ
⑦　をたすけたてまつらんとす・ゝ（す）みやかに一切経を
⑧　かき・仏像をつくり・最勝王経一万巻をよみたて
⑨　まつり・ひとつの伽藍をたてゝ・このあしき心ある
⑩　ともからをうしなひたまへと申へし・この事（此こと）

①ひとことはもおとすへからすとのたまはせき・清丸
②かへりまいりてこのよしを申しかは・道鏡おほ
清麿処罪科配流大隅国事
③きにいかりて・清丸かつかさをとりおほすみのく
④にへなかしつかはして・よをろすちをたちてき・」11ウ清
（宇佐の宮）
⑤丸かなしひをなしてこしにのりて宇佐宮へま
⑥いりしに・ゐのしゝ三万はかりいてきたりてみち
⑦の左右にあゆみつらなりて十里はかりゆきて・
⑧山の中へはしりいりにき・かくて清丸宇佐にま
⑨いりつきて拝したてまつりしに・すなはちもとの
（託）
⑩ことくたちにき・詫宣したまひて神封のわた八

❸傍書「清麿処罪科配流大隅国事」応永本ニナシ。❸おほすみのく（改行）にへなかしつかはして・＝おほすみの（改頁）くにへなかしつかはして（清麿流罪事） ❹清（改行）丸かなしひをなして＝（改行）清丸かなしひをなして（清丸参宇佐宮事） ❿「たちにき」ノ応永本ノ現状ハ「たちにけり」（き）ト、「け」ト「り」ノ中間ニ補訂記号「ミ」ヲ付ス。記号「ミ」ハ一ツシカ付サレテイナイガ、「けり」二文字ヲ「き」一文字ニ訂シタモノデアロウ。

下・11・ウ

下・12・オ

❶底本「八（改頁）万余屯」ノ現状ハ「八〈改頁〉万餘屯」トアリ。応永本ノ現状ハ「八万余屯（餘トン）」トアリ。❶同四年三月十五日に　＝　同四年三（改行）月十五日に（由義宮行幸事）　❷道鏡ひにそへて　＝　道（改行）鏡日にそへて（道鏡増日被寵事）　❷「さかり（改行）にて」ノ応永本ノ現状ハ「さかりて」（に）ト、「り」ト「て」ノ中間ニ補訂記号「ミ」ヲ付ス。「り」ト「て」ノ間ニ「に」ヲ補入シタモノデアロウ。❸百川　＝　百川（モヽカハ）　❻たてまつれたりしに・　＝　た（改行）てまつれたりしに（天皇御悩事）

① 万余屯をたまはせき・同四年三月十五日に御門由義
② 宮に行幸ありき・道鏡ひにそへて御おほえさかり
③ にて世中すてにうせなんとせしを・百川うれへ
④ なけきしかともちからもお（を）よはさりしに・道鏡 ⌊12オ
⑤ 御門（みかと）の御心をいよ〳〵ゆかしたてまつらむ（ん）とて・お
⑥ もひかけぬもの（物）をたてまつれたりしに・あさまし
⑦ きこといてきて・ならの京へかへらせおはしまし
⑧ てさま〳〵の御くすりともありしかともそのし
⑨ るしさらに見えさりしに・あるあま一人いてき
⑩ たりていみしき事（こと）ともを申てやすくおこた

①りたまひなんと申しを・百川いかりてをひいた（女帝不諒間事）
②してき・みかとつゐにこのことにて八月四日うせ
③させたまひ（給）にき・こまかに申さはおそりもはへ（侍）
④り・このことは百川の伝にそこまかにかきたる
⑤とうけたまはる・このみかとたゝ人にはおはしま
⑥さゝりしにこそ・かやうの事（こと）もよ（世）のするゑをいま
⑦しめむ（ん）のためにやおはしましけんとそおほえ
⑧侍し
⑨一　五十代　光仁天皇　天応元年十二月廿三日崩　年七十三　葬広岡陵
⑩（追号田原天皇）つき（次）の御門（みかと）光仁天皇と申き・天智天皇の御子

❶傍書「女帝不諒間事」応永本ニナシ。❷つゐにこのことにて＝（改行）つゐにこのことにて（天皇崩御事）❾光仁天皇（「光仁」ニ声点アリ。）＝光（クワウ）仁（ニン）天皇（「光仁」ニ声点ナシ。）❾付注・天応元年十二月廿三日崩　年七十三（改行）葬広岡陵＝天応元年十二月廿三日崩年（改行）七十三（「葬広岡陵」ナシ。）❿頭注「追号田原天皇」応永本ハ行間ニ傍注トシテアリ。次頁①行の校異ヲ参照。

下・13・オ

❶弛基皇子と申し第六におはす・ ＝ 施基皇子と申し第六子におはす（底本ノ「弛」ト解シタ文字ハ全体ガ崩サレテオリ、偏ノ部分ハソノ崩シ方カラ「弓」ト解スルノガ穏当ト思ワレル。尚、「弛」ハ「弛」ノ別体字デアルガ、コノ「弛」ハ応永本ノ「施」ト通ジテイタト思ワレル。天治本『新撰字鏡』ニ「弛」ハ「弓波豆須」トアリ、尊経閣本『色葉字類抄』ハ「ハツス（ハヅス）」ト訓ズルモノトシテ筆頭ニ「弾」ヲ掲ゲテ「弛」モ掲ゲル。又、尊経閣本『色葉字類抄』ハ「ユルフ」「ユルナリ」ト訓ズルモノノ筆頭ニ「緩」ヲ掲ゲテ「施」ト「弛」モ掲ゲル。ソシテ、観智院本『類聚名義抄』ハ「弛」「弛」ノ和訓ニ声点ヲ付シテ「ハヅル（ハヅス）」「ユルフ」ヲ掲ゲ、「施」ノ和訓ノ中ニハ声点ヲ付シタ「ユルフ」ト「ハヅス」ガ見ラレル。）追号田原天皇

❺こ（改行）の事をさため給しに・天武天皇 ＝ このこ（改行）とをさため給しに天武天皇　❽つけたま⃞つら（改行）ん（「⃞つ」ノ字体ハ「へ」トモ解スルコトガデキルガ、思ウニ「つけたてまつらん」トアルベキトコロデ、「て」ヲ脱シタモノデアロウ。） ＝ つけたまへらん

女帝崩給後可即帝位人大臣以下被計定事
帝位評定事

① に弛基皇子と申し第六におはす・母贈太政大臣
② 紀諸人のむ（女）すめ贈皇后橡姫也・神護景雲四年
③ 八月四日称徳天皇うせさせおはしましにしかは・
④ 位をつき給へき人もなくて・大臣以下をの〳〵こ 」13オ
⑤ の事をさため給しに・天武天皇の御子に長 女帝崩給後可即帝位人大臣以下被計定事
⑥ 親王と申し人のこに大納言文屋淨三と申人
⑦ を位につけたてまつらむ（ん）と申人〳〵ありき・又白璧（壁）
⑧ 王とてこのみかとのおはしましゝをつけたま⃞つら
⑨ んと申人〳〵もありしかとも・なを淨三をと申
⑩ 人のみつよくてすてにつき給へきにてありし

下・13・ウ

①にこのきよみわかみ（身）そのうつはものにかなはすとあ
②なかちに申給しかは・その（其）おとゝの宰相大市と申
③しをさらは」13ウつけ申さむ（ん）と申に・大市うけひき
④給しかは・すてに宣命をよむへきになりて・百川
⑤永手良継この人〳〵心をひとつにて目をくはせ
百川永手良継等卿相議即位事
⑥てひそかに白壁王を太子とさため申よしの
⑦宣命をつくりて・宣命使をかたらひて・大市の
⑧宣命をはまきかくしてこの宣命をよむへきよ
⑨しをいひしかは・宣命使（吏）にはか（ナシ）にたちてよむをき
⑩くに・ことにはかにあるによりて諸臣たちはから

❻傍書「百川永手良継等卿相議即位事」応永本ニナシ。　❻白壁王　＝　白壁王

下・14・オ

❽はかりたまへり（改行）〔道鏡配流下野国事〕しなり・廿一日に＝はかり給へりしなり（改行）〔道鏡流罪事〕廿一日に❿なか（改行）〔大納言弓削清人配流土佐国事〕しつかはす・大納言ゆけのきよ人を＝なかしつかはす大納言（改行）〔大納言弓削清人流罪事〕ゆけのきよ人を

① く・白璧（壁）王は諸王のなかにとしたけたま（給）へり・又

② 先帝の功あるゆへに」14オ太子とさためたてまつる

③ といふよしをよむをきゝて・この大市をたてんと

④ いひつる人〳〵あさましくおもひてとかくいふ

⑤ へきかたもなくてありしほとに・百川やかてつかさ

⑥ をもよを（ほ）して白璧（壁）王をむかへたてまつりてみ

⑦ かとゝ（と）さためたてまつりてき・こ（此）のみかとの位に

⑧ つきたまふ（給こと）事はひとへに百川のはかりたまへり

⑨ 〔道鏡配流下野国事〕しなり・廿一日に道鏡をはしもつけ（下野国）のくにへなか

⑩ 〔大納言弓削清人配流土佐国事〕しつかはす・大納言ゆけのきよ人をとさへなかし

①つかはす・このきよ人（此）は道鏡かおと〻なり・十一月一

②日位につきたまふ（給）」14ウ御年六十二よをしりたまふ

③立粉河寺事 こと十二年なり・こかはてらはことしたてられし

④帝与后博奕間事 なり・宝亀三年にみかと・ゐかみのきさき（后）と博

⑤奕したまふ（給）とてたはふれたまひ（給）て・われまけな

⑥はさかりならむ（る）おとこをたてまつらむ（ん）・きさき（后）まけ

⑦たまひ（給）なはいろ（色）かたちならひなからむ（んを）おんなを

⑧え（見）させたま（給）へとのたまひ（へ）てうちたまひしに

⑨みかとまけたまひ（給）にき・〻さき（后）まめやかにみか

⑩とをせめ申たまふ（給）・みかとたはふれとこそおほ

❶十一月一（改行）日 ＝ 十一月十一日 ❷御年六十二よをしりたまふ（改行）立粉河寺事 こと十二年なり・ ＝ 御（改行）粉河寺建立事 年六十二世をしり給事十二年なり ❸こかはてらはことしたてられし（改行）帝与后博奕間事 なり・宝亀三年に ＝ こかはてら（改行）天皇与后博奕事 はことしたてられしなり宝亀三年に

下・14・ウ

下・15・オ

❷傍書「桓武天皇為親王時合通継母后給事」応永本ニナシ。　❷この事＝このこと

①しつるに・ことにかりておもひわつらひたま(給)ふほと(程)
②(桓武天皇為親王時合通継母后給事)に・百川この事をきゝて・山部親王をきさき(后)にた
③てまつりたま(給)へとみかとにすゝめ申き・この山部
④親王と申は桓武天皇なり・さて百川又親王の御
⑤もとへまいりて・みかとこのことを申たまはんすら
⑥んあなかしこいなひ申給な・おもふやうありて
⑦申はへるなりと申しほ(程)とに・みかと親王をよひ
⑧たてまつりたま(給)ひてかゝる事(こと)なんある・きさ(后)
⑨きの御もとへおはせと申たまひしに・親王おそ
⑩れかしこまりてあるへき事(こと)には(侍)へらすと申て

①　まかり（かり）いてたま（給）ひしを・たひ〳〵しゐ申たま（給）ひし
②　かともな（猶）をうけたまはりたまはさりしかは・孝と
③　いふはち」15ウゝのいふことにしたかふなり・われとしを（お）
④　い（ひ）てちからたへすすみやかにきさき（后）のもとへま
⑤　いりたまへとせめのたま（給）はせしかは・えのかれた（給）
⑥　まはすしてつゐにきさきの御もとへまいり給
⑦　にき・さて后この親王をいみしきもの（物）にしたて
⑧　まつり給しいとけしからす侍し事也（ことなり）・こ（此）の后
⑨　御年五十六になり給き・この御はらの他（ヲサ）戸（ヘ）の親
⑩　王はみかとの第四の御子にて御年（とし）なともいまたい

❺えのかれ＝みのかれ（「み」ハ「三」ノ草体。「衣」ノ草体ヲ誤ッタモノデアロウ。）❻つゐにきさきの御もとへ＝つゐに（改行）山部親王犯継母后事 后の御もとへ　❾傍訓「ヲサヘ」応永本ニナシ。

下・15・ウ

下・16・オ

❸傍書「他戸親王超兄等立太子事」応永本ニナシ。

①とけなくおはしましてことし十二にそなりたま（給）
②ひ（）しかとも・この后の御はらにておはせしかはあ
③にたちを〻きたてまつりてこその正月に東宮に（他戸親王超兄等立太子事）」16オ
④たち給しそかし・后御年もたけ東宮の御母
⑤なとにていみしくおも〳〵しくおはすへかりしに・
⑥この山部親王御ま〻こにて御年なともことのほか
⑦にあひたまは（給）す・ことし卅六になり給しを又なき
⑧ものと思申給へりしいと見（み）くるしくこそ侍しか・
⑨つねにこの親王をのみよひたてまつり給て・みかと
⑩をうとくのみもてなしたてまつりたま（給）へは・みかと

①はちうらみたまふ（給）御心やうく〳〵いてきけり・百川
②このほとの事ともをうかゝひ見るに・后ましわ
③さをして御井にいれさせ給き・みかとをとく
④うしなひたてまつりて・我御子の東宮を位につ
⑤けたてまつらんといふ事とも也（なり）・その為（井）にいれた
⑥る物（もの）をある人とりて宮のうちにもてあつかひし
⑦かは此事みな人しりにき・百川みかとに此事
⑧すてにあらはれにたり・又后宮の人八人このこ
⑨ろよこさまなる事（こと）をのみつかうまつりて・よ（世）の
⑩人たふへからす・人のめをうはひてやかてその

（②傍書 后呪咀帝入厭物於井間事　③16ウ）

❷傍書「后呪咀帝入厭物於井間事」応永本ニナシ。❷事とも ＝ こと（改頁）とも　❸御井にいれさせ給き・ ＝ 御井に（改行）いれさせ給き（傍書 后呪咀天皇事）　❽又后宮の人八人 ＝ （改行）又后宮の人八人（傍書 后宮人悪行事）

下・16・ウ

下・17・オ

❽いかりておはして・おいくちは ＝ いかりて（改行）おはしておいくちは　后奉罵詈天皇給事

①おとこのまへにてゆゝしきわさをして見（み）せ・又
②そのおとこをころし・かやうの事（こと）申つくすへから
③す・この八人をとらへさしめて人のうれへ」17オをし
④つめむ（ん）と申しかは・みかと申しまゝにゆるし
⑤たまひ（給）しかは・百川つはものをつかはしてめしとり
⑥しほとに・その八人をうちころしてき・そのつか
⑦ひかへりてこのよしを申に・后みかとのおはし
⑧ますところ（所）へいかりておはして・おいくちはをのれ
⑨かおいほれたるをはしらすして・我宮人ともをは
⑩いかてころさするそとのり申たまひ（給）しかは・百川こ

① の事をきゝてあさましく侍事也・后をしはし
② ぬい（ひ）とのれうにわたしたてまつりてころしめ
③ たてまつらむ（ん）・又東宮もあしき御心のみおはす
④ 〔依百川申状廃后事〕世のためいと〱（ゝ）」17ウ不便に侍と申しかは・みか（ナシ）とよか
⑤ らんさまにおこなふへしとのたま（給）ひしかは・三月
⑥ 四日后の位をとりたてまつりていてたま（給）ふへき
⑦ よしけいせしかとも・后さらにいて給はすして・
⑧ しのひやかにかんなきともをめしよせてさま〱
⑨ の物ともをたまはせて・みかとをすそしたてま
⑩ つりたま（給）へりしを・百川きゝつけてかんなきを

下・17・ウ

❹傍書「依百川申状廃后事」応永本ニナシ。 ❼后さらにいて給はすして・ ‖ 后さら（改行）にいて給はすして〔后呪咀給事〕

下・18・オ

❾傍書「后呪咀帝事」応永本ニナシ。

①　たつねめさしめしに・かんなきにけうせにしかは・
②　そのかんなきのしたしかりしもの（物）をめしてさら
③　におそ（と）りをなすへからす・ありのまゝにこの事（こと）を
④　申さは・我かならす位を申さつくへしといひし」18オ
⑤　かは・すなはちこのよしをかのかんなきにつけいひし
⑥　かは・かむ（ん）なきはかられて申ていはく・君をあやま
⑦　ちたてまつらんとはかれるつみはのかれかたかるへき
⑧　事也（ことなり）后呪咀帝事・后宮われらをめしてさま〳〵のもの（物）をたま
⑨　はせたりしかともいかにすへしともおほえ侍らて・
⑩　たゝみかとの御ためにかへりて寺こに誦経にし

① て・あしきこゝろ(心)つゆおこさすなり侍(侍り)にきといひ
② き・この(此)よしを百川つふさにみかとに申しかは・」18ウ
③ そのかんなきともをめしよせてかさねてとは
④ しめさせ給(給ひ)しに・をの〳〵みなおちふしにき・み
⑤ かとこの事(此こと)をきこしめしてなみたをなかし給(たまふ)
⑥ て・われきさき(后)のためにいさゝかもお(を)ろかなる
⑦ 心(こゝろ)なかりつるに・いま此事(このこと)ありいかにすへき事(こと)
⑧ そとおほせ事(こと)ありしかは・百川申ていはくこの(此)
⑨ 事世中の人みなきゝ侍(はへり)にたり・いかてかさては
⑩ おはしますへきと申しかは・みかとまことにいかて

下・19・オ

❼百川いつはりて　＝　百川（改行）いつはりて（偽作宣命事）　❽太政官にして　＝　（改行）太政官にして（退后及東宮事）

① かはたゝもあらんとの給はせ（さ）て・后のみふなとみ
② なとゝめ給へりしかとも・」19オ后さらにはゝかりたまふ（給）
③ けしきなくて・たゝみかとをさま〳〵のあさまし
④ きことはにてみたりかはしくのり申給ことよりほ（外）
⑤ かになし・百川東宮を（ナシ）もしはししりそけた
⑥ てまつ（奉）りて心をしつめたてまつらんと申しかは・
⑦ みかとゆるし給き・百川いつはりて宣命をつく
⑧ りて人〳〵（と）をもよを（ほ）して太政官にして宣命を
⑨ よましむ・皇后をよひ皇太子をはなち（し）をひたて
⑩ まつるよしなり・この事（此こと）をある人みかとに申に・

① みかとおほきにおとろき給（給ひ）て・百川をめして后（きさき）
② なをこり給はす・しはし東宮をしりそけむ（ん）と
③ 」19ウ こそ申こひつるに・いかにかゝることはありけるそ
④ とのたまふ（給）に・百川申ていはくしりそくとはな
⑤ かくしりそくる名也（なゝり）・母（はゝ）つみあり・子を（お）これり・ま
⑥ ことにはなちお（を）はんにたれる事也（ことなり）とすこしも
⑦ わたくしあるけしきなく・ひとへに世（こ）のためと思（おもひ）
⑧ たる心かたちにあらはれて見えしかは・みかとかへ
⑨ りて百川○（に）を（お）ち給（給ふ）てともかくものたま（給）はせすし
⑩ て・うち〳〵になけきかなしみ給事（こと）かきりなかり

下・20・オ

❸お（改行）はしましゝなり・同四年正月十四日に＝おはしませしなり（改行）おなし四年正月十四日に ❺ひとへに百川のちからなり・＝ひとへに（改行）百川のちからなり

（傍注：桓武天皇立太子事／山部親王立東宮事／百川為東宮有忠事）

①き・これも百川のはかりことにて位につき給へりし
②くらうのはかりもなかりしかは・たゝ申まゝにてお
③はしましゝなり・同四年正月十四日に山部親王の
④なかつかさ卿と申ておはせし東宮にたち給・
⑤この事ひとへに百川のちからなり・等定と申し
⑥僧を百川梵釈寺にこめて・この親王を位につけ
⑦たてまつらんといふことをいのり申さしめき・そ
⑧の僧親王の御たけの寸法をとりたてまつりて
⑨梵天帝釈をつくりたてまつりておこなひたて
⑩まつりき・大臣已下御門に申ていはく・まうけの

（傍注：②行頭「桓武天皇立太子事」、①行「」20オ」、④「なか（中）」「つかさ（務）」「たち（立）」、⑤「この事（此こと）」、⑥「この（此）」、⑦「たてまつらん（奉）」「なし（ナシ）」、⑩「已（以）」「御門（みかと）」）

① きみはしはしもおはせすしてあるへき事(こと)なら
② す・ゝ(す)」20ウみやかにたて〱(たて)まつりたま(給)へと申ゝ(し)かは・みか
③ とたれをかたつへきとのたまはせしかは・百川すゝ
④ みて第一御子山部親王をたて申給(ナシ)へし(き)と申
⑤ き・みかとおほせらるゝやう山部は無礼の親王な
⑥ り・我いかにいふともいかてきさき(后)をは(お)かすへき
⑦ そとのたま(給)はせしを・百川申ていはくこ(此)のおほせ
⑧ 事(こと)いはれなく侍り・ちゝのいふことをたかへさる
⑨ を孝子とはいふなりとおほせ事(こと)ありしかはこそ・
⑩ 親王はおほせにしたかひ給(たまひ)しか・はしめすゝめ

下・21・オ

❸傍書「可立太子親王議定事」応永本ニナシ。　❻第二御子薭田親王＝第二の御子薭田親王

①　たまふ（給）もみかとにおはします・のちにきらひ給も
②　みかと也（なり）・いかにかくはおほせ事（こと）あるそと申に・浜成」21オ
③　申ていはく山部親王は御母いやしくおはすいかてか（可立太子親王議定事）
④　位につきたま（給）はんと申しかは・みかとまことにさる事（こと）
⑤　也（なり）・酒人内親王をたて申さむ（ん）との給き・浜成又申（ナシ）
⑥　ていはく第二御子薭田親王御母いやしからすこの
⑦　親王こそたち給へ（ナシ）けれと申ゝ（し）を・百川めをいからか
⑧　したちをひきくつろけて浜成をのりていはく・
⑨　位につき給人さらに母のいやしきたふ（う）ときを
⑩　えら（し）ふへからす・山部親王は御心めてたくよ（世）の人も」21ウ

①みなしたかひたてまつる心あり・浜成申こと道理
②にあらす・我いのちをもおしみ侍らす又ふた心なし・
③たゝはやくみかとの御ことはりをかうふり侍らんと
④せめ申ゝかは・みかとゝもかくものたまはてたちて
⑤うちへいり給にき・百川この事をうけたまはりきら
⑥んとて・はをくひしはりてすこしもねふらす
⑦して・四十余日たてりき・みかと百川か心のつよく
⑧ゆるはさる事を御覧して・さらはとく山部親王
⑨のたつへきにこそとしふ〳〵におほせいたしたま
⑩ひしを・御ことはいまたおはらさりしに・ははにをり

下・21・ウ

❼すこしもねふらす（改行）して・四十余日たてりき・＝すこしもねふらすし（改行）て四十余日たてりき

下・22・オ

❺傍書「桓武天皇立坊間事」応永本ニナシ。❾傍書「井上皇后化龍事」応永本ニナシ。❾井上の后うせ給にき＝井上后現身成龍失給事（改行）の后うせ給にき

① て手をうちよろこふこゑおひたゝしくたかくし
② て人〱（と）みなおとろきさはき（つ）ゝ・百川やかてつかさ〱
③ をめして・山部親王の御もとへたてまつりて・太子に
④ たて〱まつりにき・みかとあはたゝしくおほして
⑤ あきれ給へるさまにてそおはしましゝ・浜成い（色）（侍り）　桓武天皇立坊間事
⑥ ろをうしなひくちたる木なとのことくに見え侍き・
⑦ 百川君（きみ）の御ためにちからをつくし身をすつる
⑧ 事（こと）いにしへもかゝるためしなしと人〱（と）申あへり
⑨ き・同六年四月廿五日井上の后うせ給にき現身に　井上皇后化龍事　」22ウ
⑩ 龍になり給にき・おさへの親王もうせ給にきとい

①ふことよ（世）にきこえ侍き・同七年九月にはつかはかり（見）みし
②よ（夜）ことに・かはら・いし（石）・つちくれふりき・つとめて
③かはやのうへにふりつもれりき・同八年冬あめ（雨）
④もふらすしてよの中（世中）の井の水みなたえて・うち
⑤かは（川）の水すてにたえなんとする事侍き・十二月に
⑥百川かゆめ（夢）によろひかふとをきたるもの百よ人
⑦きたりてわれをもとむとたひ〳〵見えき・又みか
⑧と東宮の御ゆめにもかやにみ（見）えさせ給てなやま
⑨しくおほされき・これみな井上の后おさへの親王」23オ
⑩の霊とおほしてみかとふかくうれへ給て・諸国の

（③ 冬雨不降井水断事　⑩ 諸国〻分寺奉読金剛般若事）

❶同七年九月に　＝（改行）瓦石塊降事 同七年九月に　❸傍書「冬雨不降井水断事」応永本ニナシ。❸ふりつもれりき・同八年冬　＝ふりつもれり（改行）不雨降事 き同八年冬　❹みなたえて・　＝（改行）宇治川水欲絶事 みなたえて　❺たえなんとする事侍き・　＝たえなんとする（改行）百川夢事 事侍き　❽かやに　＝かやうに　❿傍書「諸国〻分寺奉読金剛般若事」応永本ニナシ。

下・23・オ

❶諸国の（改頁）国分寺にて金剛般若を　＝　諸国の国分（改行）寺にて金剛般若を 於諸国〻分寺令読金剛般若事 ❷同九年二月に　＝（改行）同九年二 他戸親王事 月に　❿いさゝかつゝかも（改頁）なくて　＝　いさゝかの（改行）つゝかもなくて

①　国分寺にて金剛般若をよましめさせ給へりき・
②　同九年二月におさへの親王いまた世におはすといふ
③　ことをある人みかとに申き・みかとこの親王を東
④　宮にかへしたてんの御心もとよりふかゝりしかは・
⑤　人をつかはして見（み）せしめたまひしに・百川御つか
⑥　ひをよひよせてなんちあなかしこまことを申
⑦　事（こと）なかれ・もし申ては国はかたふきなんするそ・や
⑧　すくいけらむ（ん）ものと思なといひしかは・この御つかひ 」23ウ
⑨　おちわなゝきなからゆきて見（み）るに・うせ給にきと
⑩　きこえたまひ（給）しおさへの親王はいさゝかつゝかも

①なくておはするものか・あさましく思なからこの
②御つかひかへりまいりて百川にをち（お）おそりてひか
③ことに侍り・あらぬ人なりと申ゝ（し）を親王のめのと
④つかうまつり人あつまりまいりて御つかひ（使）とかた
⑤みにあらそひ申に・御つかひ（使）ちかことをたてゝも
⑥しいつは（わ）れる事（こと）を申さはふたつのめぬけをち
⑦侍へしと申しかは・人みなひかことゝ思て親王を
⑧を（ゝ）ひうて申てのちいくはくのほ（程）」24オともなくて・その御
⑨つかひ（使）のめふたつなからぬけをち（お）侍にしあらたに
⑩（東宮詣太神宮給事）あさましく侍しことなり・十月に東宮伊勢太

❻ふたつのめぬけをち（改行）侍へしと ＝ ふた（改行）つのめぬけおち侍へしと（依偽誓両眼抜落事）❿傍書ノ位置応永本デハ「あさましく（改行）（東宮詣大神宮給事）侍しことなり」トアリ。但シ、「太神宮」ハ「大神宮」トアリ。

下・23・ウ

下・24・オ

❹傍書「伝教大師於大安寺行表許出家事」応永本ニナシ。❹ことしとそおほえ侍る＝ことしとそ（改行）（伝教大師事）おほえ侍る
❼（改行）（安倍仲丸於唐早世事）もとあふみの国の人におはしき・＝もとあふみ（改行）（安倍仲麿於唐死去事）のくにの人におはしき　❿傍書「同後家給絹百疋綿三百屯事」応永本ニナシ。

①神宮へまいり給き・すきぬる春のころ御やまひを
②もくてさま〳〵にせさせ給しかともそのしるしな
③かりき・その時（とき）の御願にておこたり給てのちまいら
④（伝教大師於大安寺行表許出家事）せ給しなり・ことしとそおほえ侍る伝教大師大
⑤安寺に行表と申し僧の弟子になりて法師にな
⑥り給しはとし十二になり給とそうけ給はりし・
24ウ
⑦（安倍仲丸於唐早世事）もとあふみの国の人におはしき・同十年五月にあ
⑧へのなかまろもろこしにてうせにけりときこえ
⑨侍き・いへ（家）ともしく（ナシ）してのちの事なとかなはすとみ
⑩（同後家給絹百疋綿三百屯事）かときこしめして・きぬ百疋わた三百屯をなん

①（仲丸於唐詠哥事）たまはせしこの人なり・もろこしにて月のいつ
②るを見てこの国のかたをおもひいたしてみかさ
③の（山）やまにいてし月かもとよめりき・七月五日ある
④かんなき百川にこの月の九日ものいみかたくすへ
⑤しあなかしこといひしかは・百川つねにゆめみ
⑥さはかしきことをおもひあはせて」25オ・かんなきの事（こと）
⑦をたのみて九日になりてとをさしかためて
⑧こもりゐたるほとに・泰隆といふ僧は（ナシ）としころ
⑨百川かいのりをしてあひたのめりしもの也（なり）・そ
⑩（依夢告百川物忌事）の僧のゆめに井上の后をころすによりて・百川

❶傍書「仲丸於唐詠哥事」応永本ニナシ。❶わた三百屯をなん（改頁）たまはせし（仲丸於唐詠哥事）＝わた三百屯（改行）をなん給はせし ❸七月五日ある（改行）かんなき＝（改行）七月五日あるかんなき（百川頓死子細事） ❿傍書「依夢告百川物忌事」応永本ニナシ。

下・24・ウ

下・25・オ

❺傍書「百川卒去事」応永本ニナシ。

①かくひをきる人ありと見ておとろきさめてすな
②はち百川かもとへはしりゆきてこのことをつけ
③んとするに・百川かむ（ん）なきのおし（を）へにしたかひて
④この泰隆にあはす・泰隆つまはしきをしてかへ
⑤りにき・この（此）日百川にはかにうせにき・とし卅（冊）八にな（百川卒去事）（」25ウ）
⑥んなりし・わたくしのこゝろ（心）なくよ（世）のためとてこ
⑦そは申（お）をこなへりしかとも・つゐにかく又なりにし・
⑧凡夫の心はいかに侍へきにか・みかとわか位をたも
⑨てることはひとへに百川かちからなり・なかくその
⑩かたちをも見（み）るましきことゝの給つゝけてなき

① なけかせ給ことかきりなかりきさらなり・又東宮
② の御なけきおほしやるへし・御かたちもかはる
③ ほとにならせ給しかはみたてまつる人いかにかく
④ ならせ給へるそと申しかは・百川わかために身
⑤ をもおしますち」26オから（力）をつくせりき・われさせる
⑥ むくゐ（ひ）なし・いまはからさるにいのち（命）をうしなひ
⑦ つ・この事（こと）をおもふにかくなれるなりとのたまひ
⑧ しまことにことはりとおほえ侍し事（こと）なり・天応
⑨ （天皇譲位於東宮事）元年四月三日みかと位を東宮にゆつりたてま
⑩ つり給て・太上天皇と申き

❾傍書「天皇譲位於東宮事」応永本ニナシ。

下・25・ウ

下・26・オ

❶桓武天皇（「桓武」ニ声点アリ。）＝桓（クハン）武（ム）天皇（「桓武」ニ声点ナシ。）❷傍書「諱山部」応永本ニナシ。❷次の＝つきの　❽うさの宮＝（改行）うさの宮（宇佐宮託宣事）

①　一　五十一代　桓武天皇　延暦廿五年三月十七日崩　年七十　葬柏原陵

②次のみかと桓武天皇と申き（諱山部）・光仁天皇の御子御

③母贈正一位乙継女皇大夫人高野新笠也（ナシ）・宝亀四

④年正月十四日東宮にたち（立）給御年卅七・そのほとの

⑤事百川かちからをいれたてまつりしさま・光仁

⑥天皇の御事（こと）の中に申侍ぬ・天応元年四月廿五

⑦日位につき給御年四十五よ（世）をしり給事廿四

⑧年なり・延暦元年五月四日うさの宮たくせむ（託宣）

⑨し給やう・われ無量劫のなかに三界に化生し

⑩て方便をめくらして衆生をみちひく・な（名）をは

①大自在王菩薩となんいふとのたまひきたふと
②く侍事也（ことなり）・同三年五月七日かへる三万はかりあつ
③蝼蟈三万許集事まりて三丁はかりにつらなりて難波より天王
④寺へいりにき・この事みやこ（都）うつりのあるへき」27オ
⑤相なりと申あへりしほとに・廿六日にやましろのな
⑥かをかに京たつへしといふことといてきて人〳〵（と）をつ
⑦かはしてそのところをさためさせ給き・六月に
⑧遷都於長岡京事 在子細なかをかの京に宮つくりをはしめさせ給・諸国
⑨の正税六十八万束を大臣已（以）下参議已上に給て
⑩空星騒事長岡の京の家をつくらしめ給・十一月八日のい

❷同三年五月七日かへる三万はかり ＝ 同三年五月七（改行）日かへる三万はかり蛙三万許自難波入天王寺事 ❸傍書「蝼蟈三万許集事」応永本ニナシ。❺申あへりしほとに・廿六日に ＝ 申あへりし程（改行）に廿六日に山城長岡京事 ❼さためさせ給き・ ＝ さためさせ給にき
❽傍書「遷都於長岡京事 在子細」応永本ニナシ。❽なかをかの京 ＝ 長岡の京 ❿傍書「空星騒事」応永本ニナシ。
❿つくらしめ給・ ＝ つくられしめ給

下・27・オ

❶い（改頁）ぬの時より＝（改行）いぬの時より　❶はしりさはき（改行）き＝はしり（改行）さはきゝ　❷同四年七月（改行）中の十日ころに＝（改頁）同四年七月中の十日ころに　❹十九にそなり給し・八月に＝十九にそなり（改行）給し八月に　❺みやこなかをかに＝みや（改行）こなか岡に　❻傍書「斉宮自奈良京立太神宮給事」応永本ニナシ。❻なを＝猶　❾傍書「中納言種継為早良親王被射殺事」応永本ニナシ。❾早良＝早（改行）良

傍書：星走騒事／伝教大師登山事／長岡京遷都事／伝教大師比叡山住始給事／南都行幸事／斉宮事

①　ぬの時よりうしのとき（時）までそらのほしはしりさはき
②　き・十一日戊申長岡の京にうつり給・同四年七月
③　中の十日ころに伝教大師ひえのやま（山）」27ウにのほりてす
④　みはしめ給き生年十九にそなり給し・八月にな
⑤　らの京へ行幸侍き・こそみやこなかをかにうつりに
⑥　しかとも斉宮はなをならにおはしましゝかは伊勢
⑦　へくたらせ給へ（ナシ）きほとちかくなりて行幸ありし也（なり）・
⑧　長岡の京には中納言種継留守にて候しを・みか
⑨　との御おとゝの早良の親王東宮とておはせしか（お）
⑩　人をつかはしていころさしめ給てき・ことのをこ

傍書：伝教大師登山事（③）／斉宮自奈良京立太神宮給事（⑥）／中納言種継為早良親王被射殺事（⑨）

①　りはみかとつねにこゝかしこに行幸し給てよ（世）の
②　まつりことを東宮にのみあつけたてまつり
③　給（ナシ）しかは・天」28オ応二年に佐伯今毛人といひし人を
④　宰相になさせ給たりしをみかとかへらせ給たり
⑤　しに・この種継佐伯の氏のかゝることはいまた侍（侍ら）
佐伯今毛人止参議叙三位事
⑥　すとみかとに申しかは・宰相をとり給て三位をせ
⑦　させ給てしを・東宮よにくちを（お）しきことにおほ
⑧　して種継をたまらんと申給しをみかとむつ
⑨　かり給てさらにきゝ給はすして・このゝ（後）ち東宮に
被止春宮政務事　在子細
⑩　まつりことをあつけたてまつり給事（こと）なくなり

❻傍書「佐伯今毛人止参議叙三位事」応永本ニナシ。❻みかと＝御（改行）門　❿傍書「被止春宮政務事　在子細」応永本ニナシ。

下・28・オ

❷かくし給つる（改行）なり〔行幸還御七ケ日事〕・みかと ‖ かくし（改行）給へるなり〔自南都還幸七日事〕〔○当〕みかと（傍書ハ「自南都還幸七日事」ト「当」字ヲ補入スル。）❺このころはいむ（改行）なと申とかや・ ‖ 此（改行）比はいむなと申とかや〔東宮被押籠又被流事〕❾傍書「東宮配間早世給事 在子細」応永本ニナシ。❾うせさせ給にき・延暦（改行）四年に ‖（改行）うせさせ給にき延暦七年に〔五ケ月不雨降天皇依祈禱〔請〕給忽有其験事〕（傍書ハ「五ケ月不雨降天皇依祈禱〔請〕給忽有其験事」トアリ、「禱」字ノ右側ニ「請」ト傍書ヲ付ス。）

①にしをやすからすおほして・そのひまをとしころ
②うかゝひ給つるによきおりふしにてかくし給つる」28ウ
③なり〔行幸還御七ケ日事〕・みかとならよりかへり給にき・丙戌日行幸
④はありてけふはみつのえたつの日なれは七日といひ
⑤しにかへり給へりとそおほえ侍る・このころはいむ
⑥なと申とかや・かくて十月に東宮をおとくにてら
⑦にこめたてまつり給へりしに・十八日まてそのいの（命）
⑧ちたえたま（給）はさりしかは・あはちの国へなかしたて
⑨まつり給しに〔東宮配間早世給事 在子細〕・山さきにてうせさせ給にき・延暦
⑩四年にこそのふゆ（冬）よりことしの四月まていつゝき

①　のほとあめ（雨）ふらてよ（世）の人この事（こと）をなけきしに・
②　みかと御ゆとのありて御身をきよめてにはに
③　おりていのりこひ給しかはしはしはかりあ（有）りて
④　そらくらかりくもいてきてたちまちにあめ（雨）く
⑤　たりてよ（世）の人よろこふ事（こと）かきりなかりき・ことし
⑥　伝教大師ひえの山に根本中堂をたて給き生
⑦　年廿二に（ナシ）そなり給し・やかてことしとそおほえ
⑧　侍（侍る）弘法大師讃岐より京へのほり給き生年十五
⑨　にそなり給し（ナシ）・同十年八月辛卯日の夜ぬす人
⑩　伊勢太神宮をやきたてまつりきいまもむかし

（傍書：②「自去冬及四月雨不下天皇自御祈精事」、②末「」29オ」、⑥「伝教大師立中堂事」、⑩「太神宮盗人焼事」）

❸傍書「自去冬及四月雨不下天皇自御祈精事」応永本ニナシ。❸にはに（改行）お（自去冬及四月雨不下天皇自御祈精事）りていのりこひ給しかは ＝ にはにおりて祈こひ給しかは　❻傍書「伝教大師立中堂事」応永本ニナシ。❻根本中堂をたて給き ＝（改行）（比叡山根本中堂建立事）根本中堂をたて給き　❼なり給し・やかてことしとそ ＝ なり（改行）（弘法大師自讃岐上洛事）給しやかてことしとそ　❾同十年八月辛卯日の夜 ＝（改行）（伊勢太神宮盗人奉焼事）同十年八月辛卯日の夜　❿傍書「太神宮盗人焼事」応永本ニナシ。

下・29・オ

❶人の心はかりゆゝしきものは ＝ 人の心（改頁）はかりゆゝしきものは[東宮詣太神宮給事] ❷傍書「東宮参太神宮事」応永本ニナシ。❹（改行）同十二年に[造平安京宮城事] ＝（改行）同十二年に[作今京之宮城事] ❹同十三（改行）年十二月廿二日[遷都於平安京事] ＝ 同十（改行）三年十二月廿二日[同遷都賀茂社行幸事] ❻傍書「行幸賀茂社事」応永本ニナシ。❻同十五年（改行）にみかと[造東寺事] ＝ 同十（改行）五年にみかと[東寺建立事] ❼藤原伊勢人と（改行）いひし人[伊勢人立鞍馬事] ＝ 藤原伊（改行）勢人といひし人[鞍馬寺建立事] ❾同十七年三月に勅使を（改行）あはちの国へ[早良親王骨事] ＝ 同十七年（改行）三月に勅使をあはちの国へ[早良親王骨被移大和国八嶋陵事]

①　も人の心はかりゆゝしきものは侍らす・十月に東宮

②　伊勢へまいらせ給き御やまひのおりの御願とそう[東宮参太神宮事]　」29ウ

③　け給し・この東宮と申は平城天皇におはします・

④　同十二年にいまの京の宮城をつくり給き・同十三[造平安宮城事]

⑤　年十二月廿二日辛酉長岡の京よりいまの京にう[遷都於平安京事]（今）

⑥　つり給て・かものやしろに行幸ありき・同十五年[行幸賀茂社事]（社）

⑦　にみかと東寺をつくり給・ことし又藤原伊勢人と[造東寺事]

⑧　いひし人きふねの明神の御をしへにてくらまを[伊勢人立鞍馬事]

⑨　はつくりたてまつりし也・同十七年三月に勅使を（なり）

⑩　あはちの国へつかはして早良の親王の骨をむかへ[早良親王骨事]　」30オ

①たてまつりてやまとの国八嶋のみさゝきにおさめ
②給き・この親王なかされ給てのちよの中（世中）こゝち
③おこりて人おほくしにうせしかは・みかとおとろき
④たまひ（給）て御むかへにふたゝひまて人をたて
⑤まつり給しみなうみにいり（入）なみにたゝよひて
⑥いのち（命）をうしなひてき・第三度に親王の御をひ
⑦の宰相五百枝をつかはしき・ことにいのり（祈）こひて
⑧たひらかにゆきつきてわたしたてまつりし也・
⑨田村麿造清水寺事
七月二日田村の将軍きよみつの観音をつくり
⑩たてまつり・又わかいへ（家）をこほちわたして堂にたて」30ウ

❼五百枝 ＝ 五百枝（イヲエタ） ❽わたしたてまつりし也・（改行）田村麿造清水寺事 七月二日田村の将軍 ＝ わた（改行）清水寺建立事 したてまつりしなり七月二日田村の将軍

下・29・ウ

下・30・オ

❷傍書「早良親王奉号崇道天皇事」応永本ニナシ。❸傍書「井上内親王贈皇太后宮事」応永本ニナシ。❻傍書ノ位置応永本デハ「わけの（改行）ひろよたかおの〔高雄法花会始事〕」トアリ。❼傍書「伝教大師入唐事」応永本ニナシ。❼九月二日伝教大師も〔維摩会於興福寺可被行事〕ろこしへわた（改行）り給て ＝ （改行）〔伝教大師令渡唐可伝天台教文之由被下宣旨事〕九月二日伝教大師もろこしへわたり給て ❾宣旨を（改行）くたされ侍し也・十月に維摩会をもとのやう（改行）に ＝ 〔維摩会如元於山階寺可行之由被下宣旨事〕宣旨をくたされ（改頁）侍りし也十月に維摩会をもとのやうに

① き・同十九年七月己未日みかと思ところありとの給

② 〔早良親王奉号崇道天皇事〕て・前東宮早良親王を崇道天皇と申・又井上内

③ 〔井上内親王贈皇太后宮事〕親王を皇太后とすへきよしおほせられき・をの〳〵

④ おはしまさぬあとにもうらみの御心をしつめた

⑤ てまつらんとおほしめしけるにこそ侍めれ・同廿一年

⑥ 〔高雄法花会始事〕正月十九日わけのひろよたかを（お）の法華（花）会をおこ

⑦ 〔伝教大師入唐事〕なひはしめき・九月二日伝教大師もろこしへわた

⑧ り給て天台の教文つたふへきよしの宣旨を

⑨ 〔維摩会於興福寺可被行事〕くたされ」31オ侍し也・十月に維摩会をもとのやう

⑩ にやましなてらにてを（お）こなひて・なかくほかに

① てをこなふへからさるよし宣旨をくたさる・これ
② よりさきにはなかをかにしておこなはるゝ事
③ もありき・又ならの法華（花）寺にてもおこなはれ
④ し也・同廿二年閏十月廿三日伝教大師つくしに
⑤ おはしてもろこしへたひ（い）らかにわたり給はん
⑥ 伝教大師入唐祈於竈門寺造薬師事
の御いのりにかまとの山寺にて薬師仏四体を
⑦ つくり給き・おなしき（同）廿三年五月十二日弘法大
⑧ 師生年卅一（三十）と申ゝ（し）に唐へわたり給き・七月に伝
⑨ 伝教大師帰朝天台法文流布事
教大師おなしく唐へわたり給き・同廿四年六月 」31ウ
⑩ に伝教大師もろこしよりかへり（ナ）給て（シ）天台の法

❹おこなはれ（改行）し也・同廿二年閏十月廿三日 ＝ おこなはれし（改行）なり同廿二年閏十月廿三日 ❻わたり給は
伝教大師入唐祈於竈門寺造薬師事　伝教大師於築紫作薬師四体事
ん（改行）の御いのりにかまとの山寺にて ＝ わたり給はん（改行）の御祈にかまとの山寺にて ❽七月に伝（改行）教
伝教大師渡唐之事　弘法大師渡唐事　竈門　伝教大
師帰朝天台法文流布事
大師おなしく唐へわたり給き・ ＝（改頁）七月に伝教大師おなしく唐へわたり給き ❾同廿四年六月（改行）に ＝ 同（改
同帰朝天台法文弘始事
行）廿四年六月天台の

下・30・ウ

下・31・オ

①　文これよりひろまりしなり

②　一　五十二代　平城天皇　天長元年七月七日崩　年五十一　葬楊梅陵

③　諱安殿　次のみかと平城天皇と申き・桓武天皇の御子御母

④　内大臣藤原良継女皇后乙牟漏（オトムロ）也・延暦元年十一

⑤　月廿五日に東宮にたち（立）給御年十二・早良親王の

⑥　御かはりなり・同六年五月に御元服ありき・大同

⑦　元年五月廿八日に位につき給御年卅二よ（世）をし

⑧　り給事四年也（なり）・御心さとく御さえかしこくお

⑨　天台受戒始事　はしましき・十一月に天台の受戒はしまりき・」32オ

⑩　ことし崇道天皇の御ためにやましなに八嶋

❷底本「平城天皇」ノ「平城」ニ声点アルガ応永本ニナシ。❸傍書「諱安殿」応永本ニナシ。❸次＝つき　❹藤原良継女＝藤原良継か女　❹傍訓・オトムロ＝ヲトムロ　❾傍書ノ位置応永本デハ「天（改行）台の受戒」トアリ。❿崇道天皇の御ためにやましなに＝崇道天皇の御（改行）ためにやましなに　（傍書：天台受戒始事／八嶋寺建立事）

①寺をたて（立）給て諸国の正税の上分をたてま
②つりていのり（祈）しつめたてまつり給き・みかと
③位につきたまひ（給）し日御おとゝのさかのみかとを
④東宮にたて申させ給たりしを・みかとすてたて
⑤まつらんの御心ありしに・ふゆつきの東宮の
⑥傳にておはせしかかゝる事（こと）なんとつけ申給し
⑦かは・東宮を（お）ちおそり給ていかゝせむ（ん）するとの
⑧給はせしかは・冬嗣この事（こと）けふあすゝ（す）てに侍へき
⑨ことにこそ・人の力のお（を）よふへきにあ」32ウらす・ちゝみか
⑩とのみさゝきにいのり（祈）申給へきなりと申給し

下・31・ウ

❸さかのみかとを ＝ さかの（改行）欲改東宮事みかとを

下・32・オ

❶たてまつりてにはにお（改行）りて　＝　たてまつり（改行）てにはにおりて［東宮拝柏原方被愁申事］　❸にはかにけふり　＝　（改行）にはかにけ［煙満世間為如夜中事］ふり　❻傍書「天下三日如暗夜令成事在子細」応永本ニナシ。　❽傍書「弘法大師帰朝東寺仏法流布事在子細」応永本ニナシ。　❽同二年十月廿二日に（改行）弘法大師もろこしより　＝　同二年十月（改行）廿二日に弘法大師［弘法大明帰朝東寺仏法始事］もろこしより

❿この大師あらはに　＝　この（改行）大師あらはに［同大師筆跡奇特事］

①　かは・東宮日の御さうそくたてまつりてにはにお
②　りて○［はるかに］かしははらの方を拝してあめしつくとな
③　きうれへ申させ給しに・にはかにけふり世の中（世中）に
④　みちてよるのことくになりにしかは・みかとおとろき
⑤　おの（を）〻き給てみうらありしに・かしははらの御た〻
⑥　りとうらなひ申しかはみかとおほきにおとろき給［天下三日如暗夜令成事在子細］
⑦　てこのことをみさ〻きにくひ申させ給しかは三日
⑧　ありてけふりやう／＼うせにき・同二年十月廿二日に［弘法大師帰朝東寺仏法流布事在子細］
⑨　」33オ弘法大師もろこしよりかへりたま（給）へりき・東寺の仏
⑩　法これよりつたはれりしなり・この大師あらはに

①権者とふるまひ給き・御手ならひなくかゝせ
②給しかはもろこしにても御殿のかへのふたまは(弘法大師権者事)
③へるなるに義之といひしてかきのものをかき(侍)
④たりけるか年ひさしくなりてくつれにけれは・
⑤又あらためられてのち大師にかき給へともろこ
⑥しのみかと申給けれは・いつゝのふてを御く
⑦ちひたりみきの御あしてにとりてかへにとひ(ナシ)
⑧つきて一度にいつくたりになんかき給ける・この」33ウ(南門額弘法大師書給事)
⑨国にかへり給て南門の額はかき給しそかし・
⑩さて又応天門の額をかゝせ給しにかみのまろな(弘法大師書応天門額間不思議事)

❷傍書「弘法大師権者事」応永本ニナシ。❹年ひさしくなりて＝ことしひさしくな（改行）りて　❾傍書「南門額弘法大師書給事」応永本ニナシ。❿傍書「弘法大師書応天門額間不思議事」応永本ニナシ。

下・33・オ

❼思いたさ（改行）る〻事をかたはし申なり・十一月に中務卿伊与（改行）親王＝思いたさる〻ことをかた（改頁）は中務
伊与親王有謀反同母儀夫人共処罪事
卿伊与親王依謀叛之聞被押籠自食毒失給事
し申なり十一月に中務卿伊与親王

①　るてんをわすれ給て門にうちてのちみつけ給て
②　おとろきてふてをぬらしてなけあけ給しかはその
③　ところにつきにき・見る人てをうちあさむことかき
④　りなく侍き・たゝそらにあふきて文字をかき給
⑤　しかはそのもしあらはれき・これのみならすことに
⑥　ふれてかやうのことおほく侍と・たゝいま思いたさ
伊与親王有謀反同母儀夫人共処罪事
⑦　る〻事をかたはし申なり・十一月に中務卿伊与
⑧　親王みかとをかたふけたてまつらむ（ん）とはかりたて」34オ
⑨　まつるといふことききこえて・母の夫人ともにかはら
⑩　てらのきたなりしところにこめられ給へりしに・

①みつからとくをくひてうせ給にき・その親王管
②絃のかたすくれ給へりきそのゝち世の中心ちを（其後よ）（お）
大嘗会延引事
③こりて・大嘗会とゝまりにき・同三年慈覚大師
慈覚大師登山為伝教大師弟子事
④生年十五にてひえのやまにのほり給て伝教大
⑤師の御弟子になり給し也（なり）・もとはしもつけの国の
⑥人におはす・いまたしもつけにおはせしに伝教大
⑦師をゆめにみたてまつりてあけくれいかて大師
⑧の御もとへまいらむ（ん）と思給しに・つゐに人につき」34ウ
⑨てのほり給て・山にのほりてみたてまつり給しに・
⑩ゆめの御すかたにいさゝかたかひ給はさりき・同

❷すくれ給へりき＝すく（改行）れ給へりき 大嘗会停止事 ❸傍書「大嘗会延引事」応永本ニナシ。 ❸大嘗会とゝまりにき・＝大嘗会（改行）とゝまりにき 慈覚大師事 ❹傍書「慈覚大師登山為伝教大師弟子事」応永本ニナシ。 ❹ひえのやま＝ひえの山

下・33・ウ

下・34・オ

①　四年にみかとはるのころよりれいならすおほされて
②　おこたり給はさりしかは位を御おとゝの東宮にゆ
③　（高岳親王立東宮給事）つりたてまつりて・太上天皇と申き・御子の高岳
④　親王を東宮にたて申給
⑤　一　五十三代　嵯峨天皇　承和九年七月十五日崩　年五十七　葬嵯峨西山陵
⑥　（諱賀美能）つきのみかと嵯峨天皇と申き・桓武天皇の第二
⑦　の御子平城天皇のひとつ御はら也（なり）」35オ・大同元年五月
⑧　十八日に東宮にたち給御年廿一・同四年四月十
⑨　三日に位につき給御年廿四・弘仁元年正月に太上
⑩　天皇ならの宮こ（都へ）にうつりすみ給・中納言種継の

❸傍書「高岳親王立東宮給事」応永本ニナシ。❺底本「嵯峨天皇」ノ「嵯峨」ニ声点アルガ応永本ニナシ。❺付注・承和九年七月十五日崩　年五十七（改行）葬嵯峨西山陵　＝　承和九年七月十五日崩年（改行）五十七葬嵯峨西山陵　❻傍書「諱賀美能」応永本ニナシ。❽同四年四月十（改行）三日に位につき給　＝　同四年四月（改行）十三日に位につき給（太上天皇移住南都給事）

①むすめに内しのかみと申し人をおほしめしき・
②そのせうとの右兵衛督仲成心おちゐすしてい
③もうとの威をかりてさま〳〵のよこさまの事を
④のみせしかとも・世の人はゝかりをなしてとかくいは
⑤さりき・内しのかみも心さましつまり給はさ」35ウ
⑥りし人にて・太上天皇にことにふれて位をさ
⑦り給にし事(こと)のくちを(お)しきよしをのみ申きか
⑧せしかは・くやしくおほすこゝろ(心)やう〳〵いてき給
⑨しほとに・九月に内しのかみ太上天皇をすゝめ
平城天皇可重祚事
⑩たてまつりて位にかへりつきてわれきさき(后)に

❶おほしめしき・(改行)そのせうとの ＝ おほし(改行)めしきそのせうとの 右兵衛督仲成不穏便事 ❸よこさまの事を(改行)のみせしかとも・ ＝ よこさ(改行)まのことを見せしかとも ❾傍書「平城天皇可重祚事」応永本ニナシ。❾ほと ＝ 程

下・35・オ

❷傍書「平城尚侍解官并仲成配土佐国事」応永本ニナシ。❷ほと＝程　❺畿内のつはものを＝（改行）畿内のつはも（太上天皇召兵事）のを　❼傍書ノ位置応永本デハ「大将と申（改行）しをにはかに」（田村麿任大納言事）トアリ。但シ、底本「田村丸」ハ「田村麿」トアリ。❽傍書「平城乱事」応永本ニナシ。❾い（改行）さませさせ給しにこそ・＝いさませさせ（改行）（太上天皇起兵事）給しにこそ

① たゝむ（ん）といふことといてきて世中しつかならすさゝ
② 平城尚侍解官并仲成配土佐国事 めきあへりしほとに・みかと内しのかみのつかさ位
③ をとり給・仲成を土左（佐）国へなかしつかはすよし宣
④ 旨をくたさせ給しに・太上天皇おほきにいかりた（給）
⑤ まひて・十日丁未畿内のつはものをめしあつめ
⑥ 給しかは・みかと関をかためしめ給て・田村麿の
⑦ 田村丸任大納言事 中納言の大将と申ゝ（し）」36オをにはかに大納言になし給て
⑧ 平城乱事 き・ことすてにおこりにしかはかねて将軍の心をい
⑨ さませさせ給しにこそ・さて十一日に太上天皇
⑩ いくさをゝ（お）こして内しのかみとひとつ御こしにた

①てまつりて東国のかたへむかひ給しに・大外記上
②毛頴人ならよりはせまいりて・太上天皇すてに
③諸国のいくさをめしあつめて東国へいり給ぬ
④とみかとに申（し）かは・大納言田村麿宰相綿麻呂（麿）を
⑤つかはしてそのみちをさいきりて・仲成をいころ
⑥してき・太上天皇の御方のいくさにけうせにし」36ウ
⑦かは・大上天皇すちなくてかへり給て御くしを
⑧ろして入道し給てき御年（とし）卅七なり・内しの
⑨かみ身（み）つからいのち（命）をうしなひてき・おそろし
⑩かりし人の心なり・太上天皇の御子の東宮をす

❹傍書「仲成被射殺事在子細」応永本ニナシ。❻にけうせにし（改行）かは・大上天皇（「大上天皇」ノ「大」ハ「太」ノ「丶」ヲ打チ忘レタモノデアロウ。）＝にけうせ（改行）にしかは太上天皇（傍書「太上天皇御出家事」）❼御くしを（改行）ろして＝御くし（改行）おろして（傍書「掌侍自害事」）

下・35・ウ

下・36・オ

❷傍書「平城天皇方人多処罪事」応永本ニナシ。❹（改行）おほかりき〔青馬始事〕・同二年正月七日＝おほか（改行）りき同二〔正月七日青馬始〕年正月七日〔御覧事〕　❹御覧（改行）しき〔豊楽院射芸事〕・廿三日に＝御（改行）覧しき〔於豊楽院弓射給事〕廿三日に　❾傍書「田村丸外孫親王射芸殊勝事在子細」応永本ニナシ。

①てたてまつりて・みかとの御おとゝの大伴親王とて
②淳和天皇のおはしましゝを東宮にたて申させ〔平城天皇方人多処罪事〕
③給き・すへて太上天皇の御方の人つみをかうふる
④おほかりき・同二年正月七日はしめて青馬を御覧〔青馬始事〕
⑤しき・廿三日に豊楽院にいて給てゆみあそはし〔豊楽院射芸事〕
⑥て親王以下いさせたてまつ（奉）らせ給しに・みかとの」37オ
⑦おほんおとゝの葛井親王はいまたおさなくおはし
⑧てゆみいたまふ（給）うちにもおほしよらさりしを・みか
⑨とたはふれて親王おさなくともゆみやを（ナシ）とり給へ〔田村丸外孫親王射芸殊勝事在子細〕
⑩き人なり・いたまへとのたまはせしに親王たちはし

① りてい給しにふたつのやみなまとにあたりに
② き生年十二にそなり給し・はゝ方(かた)のおほちにて
③ 田村麻呂(麿)大納言その座に侍ておとろきさはきよ
④ ろこひてえしつめあへすして座をたちてむ
⑤ まこの親王をかきいたきたてまつりて・まい(ひ)かな
⑥ てゝみかと(御門)」37ウに申ていはく・田村麻呂(麿)むかしおほくのい
⑦ くさの将軍としてえ(ゑ)ひすをうちたひらけ侍し
⑧ はたゝみかとの御威なり・つわ(は)ものゝみちをならふ
⑨ といへともいまたきはめさるところおほし・いま
⑩ 親王の年(とし)いとけなくしてかくおはする・田村麿

下・37・オ

❸さてほと（改行）なく五月廿三日に〔田村将軍薨事〕＝さて程なく（改行）五月廿三日に〔田村麿薨去同形体事〕

❺傍書「同人容体事」応永本ニナシ。

❻かけたること（改行）し・＝かけ（改行）たるかことし

① さらにお（を）よひたてまつるへからすと申き・いまもむ

② かしも子孫をおもふ心はあはれに侍事也（なり）・さてほと

③ 〔田村将軍薨事〕なく五月廿三日に田村丸うせにき年五十四にな

④ んなりし・かたちありさまゆゝしかりし人也（なり）・た」38オ

⑤ 〔同人容体事〕け五尺八寸むねのあつさ一尺二寸目はたかのまな

⑥ このことくひけはこかねのいとすちをかけたること

⑦ し・身をお（を）もくなすときは二百一斤・かろくなす

⑧ おりは六十四斤・心にまかせておりにしたかひし

⑨ 也（なり）・いかれるおりはまなこをめくらせはけたもの（物）み

⑩ なたふれ・わらふときはかたちなつかしくおさな

①　き子もをち（お）おそれすいたかれき・たゝ人とは見え
②　御斉会内論義始事
侍らさりし也・同四年正月に御斉会のうち論議（義）
③　はしまりし也（なり）・ことし冬嗣やましなてらのう
④　被立南円堂以後藤氏繁昌事
ちに南円堂を立給き・その時藤氏の人わつかに
⑤　三四人おはせしをなけきて・氏のさか（へ）えを願し
⑥　てたて給へりし也（なり）・まことにそのしるしと見えは（侍
⑦　へ）めり・神武天皇よりのちみかとの御うしろみ
⑧　代こにおはすれとも・子孫あひつきてけふあす
⑨　まてかくおはするはこの藤氏（氏藤）こそはおはすめれ・
⑩　被停止病人出道路事
六月一日官府をくたし給てやまひ人をみちの

❷傍書ノ位置応永本デハ「（改行）御斉会内論義始事 御斉会のうち論義」トアリ。❸ことし冬嗣やましなてらのう（改行）被立南円堂以後藤氏繁昌事 ちに南円堂を立給き・＝こと（改行）山階寺内南円堂建立事 し冬嗣やましなてらのうちに南円堂をた（改頁・以上38ウ）て給き ❿（改行）被停止病人出道路事 六月一日官府をくたし給てやまひ人を＝六月一日（改行）病人不可捨路傍之由被下官符事 官符をくたし給てやまひ人を

下・38・オ

❾わたり給しおりの願をとけんとてつくし（改行）へおはして仏をつくり〔伝教大師於鎮西造仏写経事〕＝わたり（改行）給しおりの願をとけんとて〔伝教大師依渡唐立願於筑紫作仏写経事〕つくしへおはして（改行）仏をつくり

①ほとりにいたしすつる事をとゝめさせ給き・たふ
②ときもいやしきもいのちをゝしむ心はかはる事（お）
③な○をき・よの人いけるおりはくるしめつかひて・や（き）（世）
④まひつきぬれはすなはちおほちにいたす・あつかひ
⑤やしなふ人さらになけれは・つゐにうゑしぬ・なか（へ）〔39オ〕
⑥くこのことをとゝむへしとおほせくたされしこそ
⑦めてたきくとくとおほえ侍しか・このころもやす
⑧くありぬへき事也・五年の春伝教大師もろこ（なり）
⑨しへわたり給しおりの願をとけんとてつくし
⑩へおはして仏をつくり経をうつし給・又うさの〔伝教大師於鎮西造仏写経事〕

① 同大師於宇佐宮講法花経間有詫宣事
宮の神宮寺にてみつから法華経を講し給し
② に・大菩薩詫（託）宣し給てわれひさしくのりをき
③ かさりつ・いまわかためにさま〳〵のくとくをおこなひ
④ 給いとうれしき事也（ことなり）・わかもてるころもありと」39ウ
⑤ 同大師給宇佐纏頭事
の給て・詫宣の人御殿に入てむらさきの七条
⑥ の御けさ一帖むらさきのふすま一領を大師に
⑦ たてまつり給き・ねきはうりなとむかしより
⑧ かゝることをいまた見きかすと申侍き・その
⑨ 御けさふすまいまにひえのやまにあり・五月八
⑩ 皇子給源氏始事
日皇子たち源といふ姓をたまはり給き・同七年

❶又うさの（改頁）宮の神宮寺にてみつから法華経を講し給し（改行）に・大菩薩＝又うさの宮の神宮寺（改行）にて
（同大師於宇佐宮講法花経間有詫宣事）（同大師於）
（宇佐宮神宮寺講法華経之時有託宣賜袈裟襖等事）
みつから法花経を講し給しに大菩薩　❺傍書「同大師給宇佐纏頭事」応永本ニナシ。❺詫宣＝託宣　❾五月八（改行）皇
（皇子賜源姓事）（弘法大師定入定所事）
（子給源氏始事）
日皇子たち＝（改行）五月八日皇子たち　❿たまはり給き・同七年（改頁）弘法大師＝たまは（改行）りき同七年弘法
大師

下・38・ウ

下・39・オ

❷傍書「弘法大師入定高野山事」応永本ニナシ。❸傍書ノ位置応永本デハ「高野（改行）の山にさため給き」（伝教大師入滅事）トアリ。❹傍書「譲位於東宮事」応永本ニナシ。❺傍書「立太子事」応永本ニナシ。

① 弘法大師入定のところを高野の山にさため給き
② （弘法大師入定高野山事）御年四十三・同十三年六月四日伝教大師うせ給に
③ （伝教大師入滅事）き生年五十六になんなり」40オ給し・同十四年みかと
④ （譲位於東宮事）位を御おとゝの東宮にゆつりたてまつりて・やかて
⑤ （立太子事）その御子の治部卿親王恒世を東宮にたて申
⑥ 給しを・親王あなかちにのかれ申（ナシ）給てこもりゐ
⑦ て御つかひをたにかよはし給はさりしかは・仁明
⑧ 天皇の御子にておはしましゝを東宮にたて申
⑨ たまひ（給）き・位をこそ東宮にておはしませはかきり
⑩ ありてゆつりたてまつり給はめ・わか御子のお

①はしまさぬにてもなきに・おとゝの御子を東宮に

②さへたて〳〵まつらんとし給し御心はありかた

③かりし事也(ことなり)」40ウ

④一　五十四代　淳和天皇　承和七年八月　日崩　年五十五　葬物集陵

⑤次御門淳和天皇と申き・桓武天皇の第三御（諱大伴）

⑥子・御母参議百川女　旅子也・弘仁元年九月に東（旅子＝タヒノコ）

⑦宮に立給御年廿五・平城天皇の御子高岳親王

⑧の御かはり也(なり)・同十四年四月廿八日に位につきたまふ(給)

⑨御年卅八世をしり給こと(事)十年也(なり)・天長二年十（嵯峨法皇四十御賀事）

⑩一月四日丙申みかとさかの法皇の卌御賀し給

❹底本「淳和天皇」ノ「淳和」ニ声点アルガ応永本ニナシ。❹付注右行・承和七年八月　日崩　年五十五＝承和七年八月日崩年五十五　❺傍書「諱大伴」応永本ニナシ。❺（改行）次御門（諱大伴）＝（改行）つきのみかと　❻傍訓「タヒノコ」応永本ニナシ。❾傍書ノ位置応永本デハ「さかの（改行）法皇の卌御賀」（嵯峨法皇四十御賀事）トアリ。

下・40・オ

❶かへれりし也・＝（改行）かへれりし也〔傍書：浦嶋子帰来事〕　❷傍書「浦嶋子帰事　三百四十七年」応永本ニナシ。❻同四（改行）年に智〔傍書：智証大師自讃岐国上洛事〕証大師生年十四にて＝同（改行）四年に智証大師生年十四にて〔傍書：智証大師自讃岐国上洛登山事〕　❾傍書「弘法大師可移住高野由申給事」応永本ニナシ。❿申給し（改頁）かは・太上天皇＝（改行）申給しかは太上天皇〔傍書：弘法大師弘福寺賜事〕

①き・ことしうらしまのこはかへれりし也・もたりし
②たまのはこをあけたりしかはむらさきの雲にしさ〔傍書：浦嶋子帰事　三百四十七年〕
③まへまかりてのちいとけなかりけるかたちたちま」41オ
④ちにおきなとなりて・はか〱しくあゆみをたにも
⑤せぬほとになりにき・雄略天皇のみよにうせてこと
⑥し三百四十七年といひしにかへりたりし也（なり）・同四
⑦年に智証大師生年十四にてさぬきのくに（国）よりの〔傍書：智証大師自讃岐国上洛事〕
⑧ほり給てひえの山へのほり給き・はゝは弘法大師
⑨の御めいなり・同九年十一月十二日に弘法大師た〔傍書：弘法大師可移住高野由申給事〕
⑩かをより高野へかへりゐ給へきよし申給し

① かは・太上天皇弘福寺たまはせき高野よりみや（都）
② こに（へ）かよひ給はんみちのやとりところにし給へと
③ その給はせし・弘福寺は天武天皇の御願也（なり）・同
④ 十年二月廿八日にみかと位を御をいの東宮にゆつ
⑤ り申給て・西院にうつりおはしましき　天皇遊移住西院事
⑥ 一　五十五代　仁明天皇　嘉祥三年三月　日崩　年四十一　葬深草山陵
⑦ つきのみかと仁明天皇と申き・嵯峨天皇の第二　諱正良
⑧ 御子・御母太皇大（太）后橘嘉智子也・弘仁十四年東
⑨ 宮にたち給御年十五・天長十年三月六日位に
⑩ つきたまふ（給）御年廿四世をしり給事十七年・

❶弘福寺＝弘福寺（クフク）　❺傍書「天皇遊移住西院事」応永本ニナシ。　❻仁明天皇（「仁」ニ声点アリ。）＝仁明天皇（ニンミヤウ）（「仁」ニ声点ナシ。）　❻付注・嘉祥三年三月　日崩　年四十一（改行）葬深草山陵＝嘉祥三年三月廿一日崩年卌（改行）一葬深草山陵　❼傍書「諱正良」応永本ニナシ。

下・41・オ

❶十七年・(改頁)御さえかしこく＝十七(改頁)年〔天皇才芸超古事〕御さえかしこく❹ならひたてまつる(改行)〔慈覚大師書如法経給事〕人なかりし也・＝〔慈覚大師書如法経給事〕ならひ(改行)たてまつる人なかりしなり❺かき給(改行)〔行幸淳和院事〕き・承和元年正月二日淳和院へ＝かき給き承和元年正月二(改行)〔朝覲行幸事〕日淳和院へ❼ことしより後(改行)〔後七日御修法始事〕七日御修法＝ことしより後(改行)〔後七日御修法始事〕後七日御修法❼弘法大師定(改行)〔弘法大師入定事〕に入給にき＝(改行)〔弘法大師入定事〕弘法大師定に入給き❾傍書ノ位置応永本デハ「同四年(改行)〔慈覚大師渡唐事〕六月十七日」トアリ。但シ、底本「入唐」ハ「渡唐」トアリ。❿同五年十二月十九日に(改行)〔御仏名始事〕仏名はゝしまりし也・＝(改頁)〔仏名始事〕同五年十二月十九日に仏名ははしまりし也❿この月に小野篁を＝こ(改行)〔小野篁流罪事〕の月に小野篁を

①　御さえかしこく管絃のかたもいみしくおはしま
②　しき・すへて御身のゝ(の)ういにしへのみかとにもす
③　くれ給て・くすしのかたなとさへならひたてまつる
④　〔慈覚大師書如法経給事〕人なかりし也・ことし慈覚大師如法経をかき給
⑤　〔行幸淳和院事〕き・承和元年正月二日淳和院へ朝覲行幸侍き・弘
⑥　法大師の申おこなひ給しによりてことしより後
⑦　〔後七日御修法始事〕七日御修法はしまりし也・三月廿一日に弘法大師定
⑧　〔弘法大師入定事〕に入給にき生年六十二也・同四年六月十七日慈覚
⑨　〔慈覚大師入唐事〕大師もろこしへわたり給き・同五年十二月十九日に
⑩　〔御仏名始事〕仏名はゝしまりし也・」42ウこの月に小野篁を隠岐

① 小野篁配隠岐事 国へなかしつかはしき・たひ〳〵もろこしへつかはさ
② んとせしかとも身にやまひ侍よしなと申て
③ まからさりしにあはせて・もろこしへつかはし
④ けるふみに（の）ことはのつゝきにひかされてよのた
⑤ めによからぬ事（ことゝ）ともをかきたりけるを・さかの法
⑥ 皇御覧しておほきにいかり○給てなかしつかはさせ
⑦ 給し也（なり）・同六年正月にそたかむらおきへまか
⑧ りし
⑨ 同和哥事 わたのはらやそしまかけてこきいてぬと人に
⑩ はかたれあまのつり舟とはこのときによみ侍し（ナシ）」43オ

❶傍書「小野篁配隠岐事」応永本ニナシ。❾傍書「同和哥事」応永本ニナシ。❾応永本和歌ハ二行書キニシテ、地ノ文ト分カツ。

下・41・ウ

下・42・オ

❷傍書ノ位置応永本デハ「同七年四月八（改行）日はしめて」トアリ。〔灌仏始事〕〔小野篁帰京依無位著黄衣事〕❷（改行）六月に小野篁めしかへされて＝六月（改行）には小野篁めしかへされて〔灌仏始事〕❸傍書「小野篁被召返事」応永本ニナシ。❹傍書「著黄衣事」応永本ニナシ。❺傍書ノ位置応永本デハ「京へはいれ（改行）し同九年七月十五日に」トアリ。〔嵯峨法皇崩御事〕❼御せうそくを＝御せ（改行）うそくを〔東宮謀叛事〕

① 也（なり）・同七年四月八日はしめて灌仏はおこなはれし也（なり）・
② 〔灌仏始事〕六月に小野篁めしかへされていまた位もなかり
③ 〔小野篁被召返事〕しかはきなるうへのきぬをきてそ京へまい（は）れり（ナシ）
④ 〔著黄衣事〕し・同九年七月十五日に嵯峨法皇うせさせ給に
⑤ 〔嵯峨法皇崩御事〕き・当代の御ちゝにおはします・十七日平城天皇の
⑥ 御子に阿保親王と申し人・嵯峨（さか）のおほきさきの
⑦ 御もとへ御せうそくをたてまつりて申給やう・
⑧ 東宮のたちはきこはみねと申ものまてきて・太上
⑨ 法皇」43ウすてにうせさせ給ぬ・世中のみたれいてき侍
⑩ なんす・東宮を東国へわたしたてまつらんと申

① よしをつけ申たまひ（給）しかは・忠仁公の中納言と申
② ておはせしを・きさきよひ（后）申させ給て・阿保親
③ 王の文をみかとにたてまつり給き・この事こはみ
④ ねと但馬権守橘逸勢とはかれりける事（こと）にて・
⑤ 東宮はしり給はさりけり・廿四日に事あらは
⑥ 天下依事出来橘逸勢配伊豆事 れて廿五日に但馬権守を伊豆国へつかはし・こ
⑦ はみねをおきへつかはす・又中納言よし野（の）宰相あ
⑧ きつなとなかされにき・此（この）但馬権守と申はよの
⑨ 人〻配国〻事 」44オ 人きせいとそ申す神になりておはすめり・東
⑩ 宮おそりを（お）ち給て太子をのかれんと申給し

❺廿四日に事あらは（改行）天下依事出来橘逸勢配伊豆事 れて廿五日に但馬権守を ＝ 廿四日に事事あらはれて（改行）諸臣等流罪事 廿五日に但馬権守を ❾傍書
「人〻配国〻事」応永本ニナシ。

下・42・ウ

下・43・オ

❺ことし十六になり給し・八（改行）月三日 ＝ ことし十（改行）六になり給し八月三日（行幸冷泉院之時東宮謀叛露顕事）　❻れせゐん ＝ れいせいん　❼傍書「行幸冷泉院東宮行啓間有落書事」応永本ニナシ。

① かは・みかとこのことは（此事）こはみねひとりか思たちつる
② 事也（ことなり）・東宮の御あやまりにあらす・とかくおほす
③ ことなかれとて・たゝもとのやうにておはしまさせき・
④ 東宮と申は淳和天皇の御子也・みかとには御いとこ
⑤ にておはしましゝ也・ことし十六になり給し・八
⑥ 月三日みかとれせゐんに行幸ありてすゝませ給
⑦ しに・東宮もやかてまいらせ給たりしに・いつかたよ（行幸冷泉院東宮行啓間有落書事）
⑧ りともなくてふみを」44ウなけいれたりき・こはみねか
⑨ 東宮をゝしへたてまつりたることゝもありしかは・
⑩ にはかに東宮の宮つかさたちはきおもと人なと百

①余人とらへられて・東宮を淳和院へかへしたてま
②つりて・四日当代の第一親王を東宮にたて申（承和九年壬戌八月四日立東宮）
③給き・文徳天皇これにおはします・嘉祥元年三
④月廿六日に慈覚大師もろこしよりかへり給・も
⑤ろこしにおはせしあひた・悪王にあひたてまつ
⑥りてかなしきめともをみたまへりし也（なり）・ほと
⑦け経をやきうしなひ・あま法師を還俗せさ」45オ
⑧せしめ給しおりにあひて・この大師もおとこ
⑨になりてかしらをつゝみておはせしなり・同三
⑩年三月にみかと御やまひをもくならせ給て

下・43・ウ

❷かへしたてま（改行）つりて・四日当代の（承和九年壬戌八月四日立東宮） ＝ かへしたてまつ（改行）りて四日当代の（第一親王立東宮事） ❸東宮にたて申（改行）給き・
文徳天皇これにおはします・ ＝ 東宮にたて申（改行）給き文徳天皇これにおはします（慈覚大師於唐還俗帰朝事）

下・44・オ

❷応永本ハ45丁ウラ6行目デ「うせおはしまし（改行）きとて」ト天皇紀ヲ終エルガ、約十字分ノ空白ヲ置イテ、同ジ6行目ノ末ヨリ「この申すことは見き（改行）きしことはかりなれは」ト仙人ノ詞ニ続ク。

① 御くしおろしてなか一日ありてこと（うせ）おはしまし
② きとて
③ この申ことは見きゝ（き）しことはかりなれは大切な
④ ることゝもおほくを（お）ち侍ぬらん・これはたゝお
⑤ ほやうのありさまをおほしあはせさせむ（ん）と
⑥ 思給ふるはかり也（なり）・この申つゝけつる事ともあ
⑦ かつき（月）のねふりのほとの夢にいつこかたかひは
⑧ へりたる・いつら」（45ウ）はめてたかりし世中いつらはわ
⑨ ろかりし事・たとひ神武天皇のみよゝり
⑩ いける人ありとも・我身にて思になかきゆめ（夢）

①（み）見たる人にてそはへらん・ましてこのころ（比）人
②（命）いのちなかから（ゝ）ん定七八十也とてもかくてもあ
③りぬへし・おほかた世の中の滅劫のするゑ・仏の
④滅後に小国のなかにむまれて・（み）見きく事
⑤のわろからんこそまことのことはりなれとて
⑥もとのみちさまへかへりまかりにき・いまかく
⑦かたり申もな（猶）を仙人の申しこと十か一を
⑧そ申らん・その（其）中になをひかことおほくよ」46オ
⑨の人みなしりおこかましきことゝもにてこ
⑩そ侍らめ・いたつらにいをねんよりは・御めを

下・44・ウ

❸世の中 ＝ □中（「□」ノ文字墨ガ擦レタト覚シク判読ガ難シイ。） ❿侍らめ ＝ 侍らしめ

下・45・オ

❿かきをきたるにはみて　＝　かきをきたるにまはみて（「まはみて」ノ「ま」ハ「さ」ノヨウニモ見エナクモナイガ、上巻2丁オモテ10行末ノ「いつこよりまい（改頁）りたまへるそ」〈底本上巻2丁オモテ⑩行〉ノ「まいり」ノ「ま」ト同ジ字体デアル。）

①　もさましたてまつらむ（ん）とてあさましかりし
②　ことのありさまをかたり申也・御心のほかにち
③　らしたまふ（給）なとてよあけかたになりしかは・
④　又所作なとして京へかならすおはせとちきり
⑤　てまかりいてにき・そのゝちゆきかたをしらす
⑥　たつねてきたることもなし・ほいなき事
⑦　かきりなし・こゝろ（心）よりほかにはといひしかとも・」46ウ
⑧　此事をけちてやまむ（ん）くちを（お）しくてかきつけ
⑨　侍也・世あかりさえかしこかりし人の大かゝみ
⑩　なといひてかきをきたるにはみてことはいや

①しくひかことおほ（多）くして見（み）ところなく・もしお
②ちゝりてみ（見）ん人にそしりあさむかれんことう
③たかひなかるへし・紫式部か源氏なとかきて
④侍るさまはたゝ人のしわさとやはみゆる・され
⑤ともそのときには日本紀（記）の御つほねなとつけ
⑥てわらひけりとこそは・やかて式部か日記にはかき
⑦てはへ（侍）めれ・ましてこのよ（此世）の人」47オのくちかねてを
⑧しはかられてかたはらいたくおほゆれとも・人
⑨のためとも思侍らす・たゝわかくよりかやのこ
⑩とのこゝろ（心）にしみならひておこなひのひまにも

下・45・ウ

❸う（改行）たかひ ＝ うたた（改行）かひ　❾かやの ＝ かやうの

下・46・オ

❸よも侍らし・　＝　よもをよひ侍らし

① すてかたけれはわれひとり見(み)んとてかきつけ侍ぬ・

② 大鏡巻も凡夫のしわさなれは・仏の大円鏡智

③ のかゝみにはよも侍らし・これも(も)ゝし大かゝみに思(おもひ)

④ よそへは・その(其)かたちたゝしく見えすとも・なとか

⑤ みつ(水)かゝみのほとは侍(侍ら)さらんとてなん(む)

」47ウ（10行目マデ）

専修寺本『水鏡』声点語彙一覧

この一覧は専修寺本『水鏡』において声点の付されている語・語句のすべての用例を、本文に従って順次掲げたものである。尚、傍書・傍訓の存するものは（　）内にそれを示した。

上2オ② 龍蓋寺
上2オ⑥ 初夜
上2オ⑦ 通夜
上2オ⑧ 修行者
上2ウ⑤ 後世

上3オ② をかてら（岡寺）
上3オ⑩ 善知識
上4ウ⑤ 鬼魅（クヰミ）
上4ウ⑥ 仙人
上5ウ⑤ 執心（シフシム）

上6オ⑧ 内典（テン）

上6オ⑨ 生死（シヤウシ）

上6ウ⑦ 小劫

上6ウ⑧ 中劫

上6ウ⑨ 成劫

上6ウ⑨ 中劫

上7オ③ 極光浄

上7オ③ 大梵王

上7オ⑦ 有情

上7オ⑧ 住劫

上7オ⑧ 中劫

上7ウ⑩ 壊劫（ヱコフ）

上8オ④ 業（コフ）

上8オ④ なをつきぬ衆生

上8オ⑤　三千界

上8オ⑥　風輪

上8オ⑨　空劫

上8ウ②　成住壊空

上8ウ⑤　水火風災

上9オ③　減劫（ケン）

上9ウ①　因果

上10ウ②　神武天皇

上11オ④　日前

上11オ⑧　涅槃

上11ウ②　綏靖天皇（スヰセイ）

上11ウ⑧　諒闇（リヤウアン）

上12ウ②　安寧天皇

上12ウ⑧　懿徳天皇（イ）

上13オ⑤ 孝昭天皇

上13ウ① 孝安天皇

上13ウ⑥ 孝霊天皇

上14オ② 弶育迦王（センイクカ）

上14オ③ 須達長者

上14オ④ 祇陀太子

上14オ⑧ 孝元天皇

上14ウ⑤ 開化天皇

上14ウ⑩ 龍猛菩薩（リウミヤウ）

上15オ③ 旃育迦王（センイクカ）

上15オ⑧ 崇神天皇

上16オ③ 垂仁天皇（ニン）

上19オ⑩ 景行天皇

上20オ⑥ 寵し給き

上20ウ②　成務天皇（ム）

上21オ④　仲哀天皇

上21ウ①　神功皇后

上25ウ⑦　応神天皇

上26オ⑨　讒し申しかは（サム）

上27オ①　仁徳天皇

上28オ⑧　履中天皇

上31オ②　反正天皇（ハンセイ）

上31ウ⑥　允恭天皇（ヰンクヰヨウ）

上34ウ⑦　安康天皇

上36ウ⑩　雄略天皇

上38オ③　清寧天皇

上38ウ②　位をつくへき人

上39オ⑨　顕宗天皇

上42オ① 仁賢天皇（ニン）

上42オ⑧ 武烈天皇

上43オ④ 継体天皇（ケイテイ）

上43オ⑦ 私斐王

上44ウ② 安閑天皇

上44ウ⑧ 宣化天皇

上45オ④ 欽明天皇

上46ウ④ 野干（ヤカン）

上47オ② ほえしかれは

中2オ① 敏達天皇

中3ウ③ 百済国（ハクサイコク）

中3ウ⑥ 衡山（カウサン）

中4オ⑩ 新羅

中4ウ④ 日羅

中8オ②　用明天皇

中10オ③　崇峻天皇（スシユン）

中10ウ④　傷害

中12オ⑧　推古天皇

中16オ⑦　舒明天皇

中16ウ④　皇極天皇

中21ウ④　孝徳天皇

中22ウ④　元興寺

中24ウ②　斎明天皇

中25オ②　智・通智達

中25オ③　玄弉三蔵

中26オ③　天智天皇

中26オ⑤　斉明天皇

中28ウ①　天武天皇

中32ウ③ 持統天皇

中32ウ⑨ 文武天皇（モンフ）

中33ウ⑩ 役行者（エノ）

中36オ⑩ 慶雲（ケイウン）

中36オ⑩ 慶雲（キヤウ）

中36ウ③ 元明天皇

中38オ⑨ 元正天皇

中39ウ⑥ 聖武天皇

中40オ① 柑子

中40オ④ 東金堂

中40オ⑤ 行基菩薩

中41ウ⑨ 孝謙天皇

下2オ① 廃帝

下2オ② 廃帝（ハイタイ）

下8ウ⑧　称徳天皇

下12ウ⑨　光仁天皇

下26オ①　桓武天皇

下31オ②　平城天皇

下34オ⑤　嵯峨天皇

下39ウ④　淳和天皇

下40ウ⑥　仁明天皇

「つけたま□らん」考

付　蓬左本『水鏡』傍訓総索引

小久保　崇　明

一

『水鏡』の下巻、第五十代光仁天皇の条に、

神護景雲四年八月四日称徳天皇うせさせおはしましにしかは・位をつき給へき人もなくて・大臣以下をの〳〵この事をさため給しに（女帝崩給後可即帝位人大臣以下被計定事）・天武天皇の御子に長親王と申し人のこに大納言文屋浄三と申人を位につけたてまつらむと申人〳〵ありき・又白壁王とてこのみかとのおはしまし〵をつけたま□らんと申人〳〵もありしかとも・なを浄三をと申人のみつよくてすてにつき給へきにてありしにこのきよみわかみそのうつはものにかなはすとあなかちに申給しかは・そのおと〵の宰相大市と申しをさらはつけ申さむと申に・大市うけひき給しかは・すてに宣命をよむへきになりて・百川永手良継この人〳〵心をひとつにて目をくはせてひそか（百川永手良継等）に白壁王を太子とさため申よしの宣命をつくりて（卿相議即位事）・宣命使をかたらひて・大市の宣命をはまきかくしてこの宣命をよむへきよしをいひしかは・宣命使にはかにたちてよむをきくに・ことにはかにあるによりて諸臣た

ちはからく・白璧王は諸王のなかにとしたけたまへり・又先帝の功あるゆへに太子とさためたてまつるといふよしをよむをきゝて・この大市をたてんといひつる人〲あさましくおもひてとかくいふへきかたもなくてありしほとに・百川やかてつかさをもよをして白璧王をむかへたてまつりてみかと、さためたてまつりてき・

という文章がある。その中に、傍線部のごとき

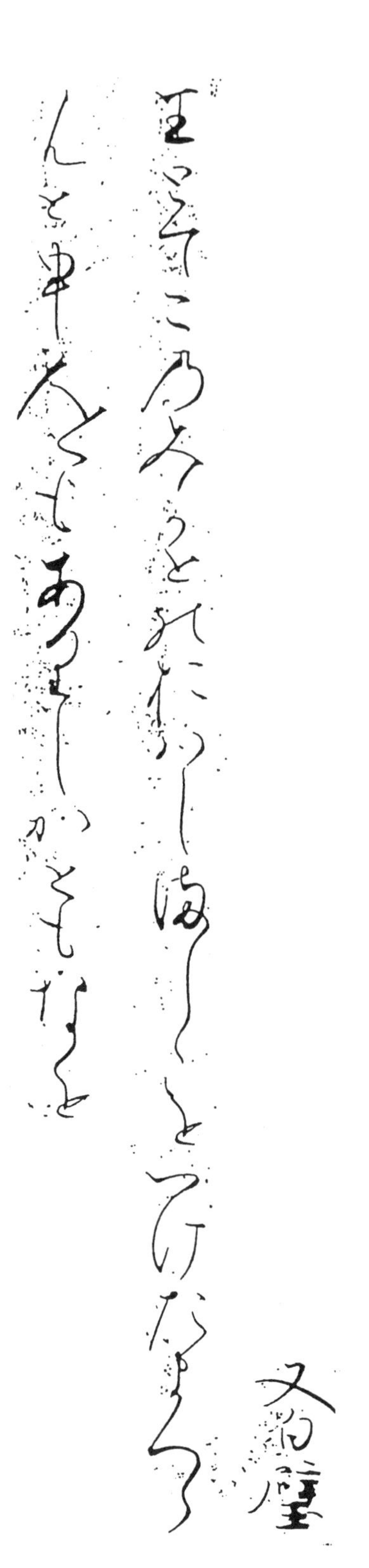

という箇所がある。鎌倉時代中期をくだらぬ『水鏡』の古鈔本で、最善本の専修寺本『水鏡』（貴重図書影本刊行会　水鏡）で示したが、問題の□の仮名は、「つ」とも「へ」とも捉えることの可能な文字である。「つ」にとると、「つけたまつらん」となり、「へ」と考えると、「つけたまへらん」となる。この「たまつらん」「たまへらん」をめぐっていささか触れてみたい。

なお、問題の箇所、専修寺本と同系の善本蓬左本（応永本）『水鏡』には、

　つけたま□らん　　　　　　　　　　巻下　五十代　光仁天王　一三ウ

とあって専修寺本と同様「つ」とも「へ」ともとれそうであり、同系で、江戸初期の写本という簗瀬本『水鏡』[1]には、

　つけたまへらん　　　　　　　　　　下　五十代　光仁天皇　一二オ

とある。同系と思念される、江戸初期の写本、架蔵本『水鏡』[2]には、

　つけたてまつらん　　　　　　　　下　五十代　光仁天皇　一一五オ

とあり、整版本『水鏡』[3]にも、

　つけたてまつらん　　　　　　　　巻下　第五十　光仁天皇　一一ウ

とある。そして、

　異本系の前田家本『水鏡』[4]には、

　付奉ツルベシ　　　　　　　　　　下　五十代　光仁天皇

とある。なお、前田家本は、「後人の手の入ったものとし、これによって『水鏡』の価値を論断すること」は戒められている。[5]

この「つけたま□らん」をめぐって、いささか考えたい。

二

注釈書を見る。『水鏡』の注釈書は尠少である。古くは、江見清風の『水鏡詳解』（明治書院　一九〇三年）が存在しているに過ぎない。この書は、古活字本『水鏡』[6]を底本とし、

つけたまへらん

と翻刻し、その頭注に、「つけたまへらん、杉本、つけたてまつるべしニ作ル[7]」と示す。

その後『水鏡』の注釈書は久しく出版されていない。八八年経た近年になって、漸く、本格的な注釈書『校注水鏡』（金子大麓・松本治久・松村武夫・加藤歌子　新典社　一九九一年）が上梓された。この書は、専修寺本『水鏡』を底本とし、問題の箇所を、

即（つ）け給（たま）へらん[8]

と記す。しかしながら、この語句についての注はない。次いで、『校注水鏡』の著者たちによる『水鏡全注釈』（新典社　一九九八年）が上木された。

これは、『校注水鏡』を単に敷衍したものではない。本文・校異・注釈・補注・通釈などからなり、いわば『水鏡』の注釈書として画期的労作である。底本は、『校注水鏡』と同じく、専修寺本を用いていて、問題の箇所、

つけたまへらん[9]

とする。校異・語釈にコメントはないが、通釈として、

即位させ申そうと[10]

と記す。

続いて、歴史物語研究の泰斗、河北騰氏の大著『水鏡全評釈』（笠間書院　二〇一一年）が発刊された。底本として、専修寺本を使用し、問題の箇所、

即け給へらん(11)

とし、語釈には解説はないが、通釈として、

（位に）即け申し上げように(12)（ママ）

と付す。

通釈を施している両書には、「即（つ）け給（たま）へらん」という活用連語の説明等がないので、どのように理解しているかの詳細は定かではない。説明の欲しかったところである。ただ「給へ」を謙譲の補助動詞と捉えていることは確かである。

この「給へ」や「らん」の「ら」は、語法史上重要な問題を具有している。説明を要する箇所と思念される。両著に従って、「即（つ）け給（たま）へらん」という活用連語を品詞に分解するならば、「即（つ）け」（他動詞、「即（つ）く」の連用形）＋「給（たま）へ」（謙譲の補助動詞の連用形）(13)＋「ら」（完了の助動詞「り」の未然形）＋「ん（む）」（推量の助動詞の終止形）と捉えるのが自然であろう。

しかしながら、平安時代の規範文法では、完了の助動詞「り」は、四段活用の命令形（已然形とも）やサ行変格活用の未然形にのみ接続するという文法上の法則がある。下二段活用の動詞には、助動詞「り」は承接しない。

筆者がこの助動詞「り」を、連用形に付くと説明したのは、次のごとき因由による。助動詞「り」は、院政期ごろから、下二段活用の連用形にも、

讃嘆ヲキヨタキ河ノ波ノコヱニ合セリ
三宝絵詞　下　(12)　高雄法花会

法文聖教の中にもたとへ(14)るなるは魚子おほかれとまことの魚となる事かたし
大鏡　第六十八代　後一条天皇

妻ノ云ク、「我レ、前ノ夫、大臣ヲ恋ルニ依テ嘆キ愁ヘル也」ト。
今昔物語集　二　三二

時ニ舎利弗、仏ノ教ニ随テ国ノ内ノ諸ノ人ノ請ヲ受テ仏事ヲ勤メル事、本ノ如也ケリトナム語リ伝ヘタルトヤ。
今昔物語集　三　四

商人ノ中ニ一人、妻ノ顔ノ美也ツルヲ思ヒ出デル者有ケル、
今昔物語集　五　一

太子「我カタメニ其地ニ金ヲオキテアタヘヨ」ト云ニシタカヒテ、金ヲ地ニシキテアタヘリ。
法華百座聞書抄　ウ六九

白き米はまだおさめてありとぞ、いひつたへる。
古本説話集　巻下　六八

朝にさかへる家夕にをとろひぬ。
発心集　第一　六

真珠の砂、瑠璃の砂、金の砂を敷満てり。
延慶本平家物語　第二　中

など、その確かな使用例が存在しているからである。[15] これらの語法が発生した要因を、佐藤喜代治氏は、「『り』という語が話しことばで実際に行なわれなくなった結果、文語においてだけ人為的なことばがつくられたために生じたのではないか。[16]」とされる。四段活用の命令形やサ行変格活用の未然形の末尾音の母音も /e/ 音である。従って、この「り」がほぼ同義の完了の助動詞「たり」に勢力を奪われ、活動の勢を失うと、その類推作用によって、下二段活用の連用形（末尾音 /e/）にも、承接するようになったと考えられる。

助動詞「り」の下二段動詞の連用形に承接した古例として、『三宝絵詞』を挙げたのは、築島裕氏の説く、この書、「一時的には、十二世紀前半の資料として見るべきである。[17]」からである。なお、築島氏はこの種の用例が訓点資料に現れるのは、「院政期以降[18]」とされる。

つとに、松尾聰氏は、『浜松中納言物語』に顕在する、

御文（ふみ）には、「立ちかへりもとおもひ給へりしかど、まぎらはしく見給はする事、おほう侍るころにてなん。 巻の三
（略）」

などを挙げ[19]、阪倉篤義氏は、『夜の寝覚』の、

中宮に、「ある山里に、ほのかなるものこそ見給（みたま）へりしか」と中（中納言）給へば、 巻一

の用例などを掲げている。[20] 従って、この語法の発生は、平安時代後期とせねばならないが、筆者は、平安時代末期即ち院政期頃誕生したと捉えている。『浜松中納言物語』の本文は、「諸本何れも、近世を遡れない。[21]」からであり、『夜の寝覚』の現存の本文も、「近世初期の写本[22]」であり、その本文に不安があるからである。

ところで、すでに、多くの断界の識者[23]の指摘があるが、平安時代末期ごろから、謙譲の補助動詞「給ふる」の

衰退に伴い、基本形が同形の、尊敬の補助動詞「給ふ」との間に混乱が生じる。その確かな用例を筆者も報告して置きたい。その因由は、以上述べてきた問題の「即け給へらん」の「給へり」は、助動詞「り」からだけではなく、「給ふる」のその変容と深いかかわりを持つと考えられるからである。

かやうの事ともを見たまふまゝにはいと、もこのよの栄花の御さかえのみおほえて　　大鏡　太政大臣　道長上

神泉の丑寅の角の垣の内にてみ給ひしなり　　大鏡　太政大臣　道長下

なに事ならんとおもひたまへりしをのちにうけ給はりしかは貴臣よと申けるなりけり　　大鏡　太政大臣　道長下

須達、膝ヲ地ニ着テ二手ヲ叉ヘテ地ニ伏テ大王ニ白テ言サク、「忝ク此仰ヲ蒙レリ。我レ思給ヘル所ハ、（略）」　　今昔物語集　一　二九

大納言「（略）中にも公任をこそ、さりとも思ひたまひつるに、『きしのやなぎ』といふ事を詠みたれば、いと異やうなる事なりかし。（略）」　　古本説話集　巻上　第二(24)

御輿とゞめさせ給て、抜かせさせ給へける。　　今鏡　すべらぎの中第二　たむけ　又宮はしらとも

その時、江侍従立ゝせ給へしと聞ゝて、　　今鏡　すべらぎの中第二　みのりのし

頼光いかてかしり給はん・むかし経論を見たまひしに極楽にむまれんこといとかたくおほえしかは

水鏡　中　卅八代　孝徳天皇

此の事驚き思ひ給〔へ〕侍り

発心集　第二　六

たかき御影にかくれて侍れば、侘びしき事も侍らねど、父母世にや侍らん、（知）り給〔へ〕ず。

発心集　第五　一四

「（略）さだめて不許にぞ侍らむずらむとおもひたまひながら、又たゞにやまむも忍がたくておもひわづらひたる」とのたまはせければ、

古今著聞集　巻第十　三八〇

・・・・あまきみ「（略）、猶女房の御身にはくひをぼす御こゝろかならず出・なむと、あいなう思ひたまひなげかれ侍るに、」

山路の露

大王きゝ給へて、位をゆづるべき王子もなかりつるに、誕生也たまはん事よと、よろこび給けれども、

曾我物語　巻第四　眉間尺が事

など、散見される。

三

二で、『水鏡全評釈』や『水鏡全注釈』の通釈によって、「即け給へらん」を語法的に説明してみた。そして、

その問題の箇所、「給(たま)へ」は謙譲の補助動詞「給ふる」の連用形であり、「ら」は完了の助動詞「り」の未然形と捉え、この用法は、平安時代末期頃誕生の語法であるとしてみた。ここでは、「即(つ)け給(たま)へらん」の語法を、平安時代中期の、いわゆる規範文法によっての解明を試みる。

「即(つ)け給へらん」の「即(つ)け」は、他動詞下二段活用「即(つ)く」の連用形、「給へ」は四段に活用する尊敬の補助動詞命令形、「ら」は完了の助動詞「り」の未然形、「ん」（む）は推量の助動詞ということになる。従って、この考えに沿って、口訳を施してみると、次の、

神護景雲四年八月四日、称徳天皇（女帝）がお亡くなりになったので、帝位をお継ぎなさる人もなくて、大臣以下の者がそれぞれこの事をお定めになったが、天武天皇の御子で長(まさる)親王と申した方の子で大納言文屋(ふんやの)浄三(きよみ)と申す人を帝位にお即け申し上げようと申す人々があった。また、白壁王といって、今の光仁帝がいらっしゃったのを、即位させなさろうと申す人々もあったけれども、やはり浄三をと申す人だけが強くて、今まさに即位するところであったが、浄三は、「私は帝の器(うつわ)にふさわしくない」と、一途に申しなさったので、その弟の宰相大市と申した方を、それならば、即位させ申し上げようと申したところ、大市はお引き受けになったので、すでに宣命を読むべき寸前になって、百川・永手・良継、この人々が心を一つにして目くばせをして、こっそりと白壁王を皇太子と定め申すという宣命を作って、宣命使を説得して、大市を皇太子にするという宣命を巻き付けて隠して、この宣命を読むようにと言っておいたので、宣命使がだしぬけに立って読むのをきくと、「事が急に起こったので、諸臣が相談したことには、白壁王は諸王の中で年上でいらっしゃる。また、先帝が功績があるので、この方を皇太子と定め申し上げる」ということを読むのを聞いてこの大市を即位させようと言っていた人々はあきれるほどひどいと思って、何やかや言いようもなくてい

るうちに、百川はすぐに役人にせきたてて白壁王を迎え申し上げ、帝と定め申し上げてしまった。

のごとくなろうかと思う。この場合の「給へ」は、卿相に対する、申す人々の尊敬表現と捉えられよう。卿相とは、公卿のことで、国政を審議する太政官の最上層の役人で、摂政・関白・大臣と大納言・中納言・三位以上及び参議の四位をいう。

四

二で「即け給へらん」を『水鏡全評釈』『水鏡全注釈』の通釈に従って考えてみた。しかしながら、謙譲の補助動詞「給ふる」についてのこの考察には、疑義が生じる。そこで、この「給ふる」をめぐっていささか触れたい。

謙譲の補助動詞「給ふる」は、話し手や話し手側の動作を、聞き手に対しへりくだる気持を表わし、会話や手紙などに用いられ、地の文には用いられない。その意味で他の謙譲語が、受け手尊敬であるのとは大きく異なる。この語、いわゆる話手自卑で、丁寧語に近い。上接の語にも限定がある。多くは「思ふ」であり、ついで「見る」である。「聞く」「知る」などの連用形に承接している例も若干存在している。前述しているが、平安時代中期の仮名文で多用されたが、平安時代末期ごろから漸次衰退し、中世に至ると、その活動の盛を失う。次表のごとくである。

改めて、問題点をみる。『水鏡全注釈』や『水鏡全評釈』は、「即け給へらん」の「給へ」を、謙譲の補助動詞としている。しかしながら、前に触れたように、この「給ふる」は、上接する語に限定がある。「思ふ」「見る」など、いわゆる知覚を表わす動詞に承接する。しかるに、問題の「給ふる」は、他動詞下二段「即く」の連用形に接続していて、「思ふ」「見る」などの知覚動詞ではない。「給ふる」の常の語法とは異っている。従って、筆

表① 平安時代

	思ふ	見る	聞く	知る	覚ゆ	計	備 考
竹取物語						0	
伊勢物語						0	
土左日記						0	
大和物語						0	
多武峯少将物語	11	2				13	他ニ、「たてまつりたまふる」①アレド「たてまつり給へる」ノ誤トミル。
蜻蛉日記	25	12				27	他ニ「置きたまへ」①アレド誤写カ
平中物語						0	
三宝絵詞	1	1				2	
落窪物語	33	4				37	他ニ、「申し給ふる」①「おぢ聞え給へし」①、「聞い奉り給へし」①
和泉式部日記	15					15	他ニ「思ひ給うらる」②
枕草子	3					3	
源氏物語	435	81	6	1	1	524	
篁物語						0	
紫式部日記	3	3				6	含ム「思ひ給ふべし」①
堤中納言物語						0	
夜の寝覚	55	16				71	他ニ四段ノ「給ふ」トノ混乱②
更級日記		1				1	
成尋阿闍梨母集					1	1	但シ「おぼえ給」ト活用語尾ナシ。他ニ四段トノ混乱②、「いひおき給ひし」①アレド誤写カ
栄花物語	24	4	1			29	他ニ、「見給へあつかふ」②、「思ひ給へかく」「思ひ給へなる」各①
大鏡	16	16				32	他ニ「見聞き給へしむ」、「聞き見たまふれ」各①
讃岐典侍日記						0	
今昔物語集	78	16		3	3	100	但シ、山田巌ノ『院政期言語の研究』(桜楓社 1982年 118頁) ニヨル。
源氏物語絵巻	4	4				8	
古本説話集	2					2	他ニ「思ひ給へつる」トアルベキヲ「思ひたまつる」①
法華百座聞書抄	5	1				6	他ニ、「説キ給フル」①
打聞集						0	但シ「不見給トテ」「思給ツルニ」各①
仏教説話集						0	但シ、謙譲デアルベキ所ニ四段ニナレル例⑥(「思給ふ」⑤、「見給ふ」①)
梁塵秘抄						0	
宝物集						0	
松浦宮物語	5	1				6	
三教指帰注						0	

古今和歌集						0	
後撰和歌集						0	
拾遺和歌集						0	
後拾遺和歌集	2					2	但シ、序・詞書各①
金葉和歌集						0	
詞花和歌集						0	
千載和歌集						0	
新古今和歌集						0	
新勅撰和歌集						0	

表②　中世

	思ふ	見る	聞く	知る	覚ゆ	計	備　　考
今　鏡	9	1	2			12	他ニ「見給へて」「立たせ給へし」「抜かせさせ給へける」各①アレド、スベテ尊敬語トシテ使用
水　鏡	3					3	他ニ「見給へり」②例アリ。又、四段トノ混交「見給ひし」①アリ。
無名草子						0	
源通親日記						0	
方丈記						0	
発心集	16					16	他ニ「知り給はす」①
建礼門院右京大夫集						0	
たまきはる						0	
住吉物語	1					1	他ニ「むかへ奉り給ふる」①
保元日記						0	
平治物語						0	半井本『平治物語』ニモナシ
平家物語	2					2	但シ、『延慶本平家物語』。流布本『平家物語』ニハ無シ。
宇治拾遺物語	15					15	含ム、「思ひ給ふまじ」ノゴトキ終止形①
閑居友	1					1	
海道記						0	
東関紀行						0	
十訓抄	1	1				2	
古今著聞集						0	
歎異抄						0	
山路の露	5					5	
こわたの時雨						0	
十六夜日記						0	
うたたね						0	
中務内侍日記						0	
とはずがたり					2	2	但シ、「おぼえ給て」トアリ。
唐物語						0	
西行物語						0	
小夜衣						0	
徒然草						0	
竹むきが記	1					1	
増　鏡	6	2				8	
曾我物語						0	「きき給へて」①アレド「聞き給ひて」ノ誤リ
御伽草子						0	

者は、『水鏡全注釈』や『水鏡全評釈』のごとく、「即け給へらん」の「給へ」を謙譲の補助動詞として認定するのに、躊躇する。

五

三で、筆者は、「即け給へらん」の「即け」は他動詞下二段活用「即く」の連用形、「給へ」は尊敬の補助動詞「給ふ」の命令形、「ら」は完了の助動詞「り」の未然形、それに推量の助動詞「ん」の承接した例と捉えた。そして、その「給ふ」は、申す人々の卿相に対する崇敬表現と認定した。

この考えは、規範文法としては誤りではない。

しかしながら、一で掲げた引用文章上に据えて考察すると、以上の記述より、ベターな捉え方が、他にもあるのではないかと考えている。

申す人々（②は申す人）は、女帝崩御後、次帝を即位させる表現として、次の、

①天武天皇の御子に長親王と申し人のこに大納言文屋浄三と申人を位につけたてまつらむと申人〳〵ありき・又白壁王とてこのみかとのおはしまし〵をつけたま□らんと申人〳〵ありしかとも・（略）②そのおと〵の宰相大市と申しをさらはつけ申さむと申しを（略）　下巻　五十代　光仁天皇

のごとく三箇所で使用している。

問題の「つけたま□らん」の□の文字をどう捉えるべきであろうか。筆者は、□の中の文字は、「つ」であったのではないかと思っている。かような認定に立つと、「つけたまつらん」となる。しかしながら、「つけたまつらん」では、意味が通じない。書写者が、原本に「つけたてまつらん」とあったその「て」を不用意に脱落させたのではないかと考えている。先にも記したが、この問題の箇所、近世初期の写本と思念している架蔵本『水鏡』には、

つけたてまつらん

とあり、整版本『水鏡』にも、

つけたてまつらん

とある。

ここで、「つけたてまつらん」が、より良いのではないかの、筆者の考えを示す。

前掲の文章中に顕在する他動詞下二段活用「即く」は、①「つけたてまつら（む）・つけたま□らん」、それに、②の「つけ申さ（む）」の三箇所である。①の例文をみる。二つの文からなる。前文に「つけたてまつらむ」とあり、後文に、「つけたま□らん」とある。前文と後文からなり、両者のそれは、並列の関係を示す。前者は、「つけたてまつらむ」とある。従って、後者も「つけたてまつらん」と捉えるのが自然であり、良いのではないか。「たてまつる」は、謙譲の補助動詞で、いわゆる受け手尊敬である。②をみる。「つけ申さん」と「申す」とある。この「申す」も謙譲の補助動詞で、これもいわゆる受け手尊敬で、補助動詞で「給ふる」のごとき話し手自卑ではない。この「つけ」に話し手自卑の「給ふる」の承接した例はない。「つけたま□らん」は、「つけたてまつらん」の「て」の脱落と考える根拠はここにもある。筆者の考えに沿って、口語訳を付すと、

①天武天皇の御子で長親王と申した方の子で大納言文屋浄三と申す人を帝位にお即け申し上げようと申す人々があった。また白壁王といって、今の光仁帝がいらっしゃった方を、即位させ申し上げようと申す人々もあったけれども（略）②その弟の宰相大市と申した方を、それならば、即位させ申し上げようと申したところ、（略）

のごとくなろうか。

①の「たてまつる」は、前者が、話し手申す人々の、大納言文屋浄三を高めた、いわゆる受け手尊敬であり、①の後者は、白壁王に対する受け手尊敬である。そして、②の「申す」は、話し手申す人の、宰相大市に対する受け手尊敬となる。

なお、同じく、五十代光仁天皇の項に、「位につける。即位させる。」の意を具有する「即く」が、

③みかとをとくうしなひたてまつりて・我御子の東宮を位につけたてまつらんといふ事とも也・
④この親王を位につけたてまつらんといふことをいのり申さしめき・
のごとく二例ある。何れも、「即(つ)けたてまつる」という語法である。

六

以上、縷縷述べてきた。そして、大略次のごとき結果を得た。

問題の「つけたま□らん」の□の文字は、「へ」ではなく、「つ」であると読むということ。しかしながら、「つ」と捉えると、「つけたまつらん」となり意味不明になる。筆者は、「つけたまつらん」は、「た」と「ま」との間にあった「て」を不用意に脱落させてしまったと考えている。

「つけたてまつらん」の「たてまつる」は、謙譲の補助動詞、いわゆる受け手尊敬で、ここでは、申す人々の、白壁王に対する崇敬表現であるということ。

などである。

注

（1）簗瀬一雄『水鏡　第三冊』（私家版　碧沖洞叢書　第七十七輯　一九六八年）
（2）拙著『水鏡　影印・翻刻・研究』（笠間書院　二〇〇九年）一一五オ　二三一頁
（3）拙編『整版本水鏡』（翰林書房　一九九八年）一一六頁
（4）黒板勝美『新訂増補　国史大系水鏡　第二十一巻上』（吉川弘文館　一九三九年）八一頁
（5）増淵勝一「解題」『日本文学研究資料叢書　歴史物語Ⅱ　今鏡・水鏡・増鏡　秋津島物語』（有精堂　一九七三年）

三〇一頁
（6）注（5）三〇一頁
（7）『水鏡詳解』三〇五頁
（8）『校注水鏡』一四六頁
（9）『水鏡全注釈』三四八頁
（10）注（9）三五〇頁。但し、この「給へらん」について、卅二代敏達天皇の条に、
　仏教は見たまへりき
を挙げ、「『見る』は、経験する、見聞する意。『たまへ』は下二段活用の謙譲の補助動詞であるが、下の『り』（完了の助動詞）は四段かサ変以外には接続しないから、『たまへたりき』とあるべきところである。（略）文法的には破格である。」と説く（一八一頁）。
（11）『水鏡全評釈』二八二頁
（12）注（11）二八四頁
（13）筆者の考え（『国語史』日本大学通信教育部　一九九一年　二七〇頁）である。その理由は、「り」の衰退と活動の勢を強める「たり」との関係を考えてである。この補助動詞「給へ」の活用形を連用形と明示しているのは、極めて少ない。『角川古語大辞典　第五巻』（角川書店　一九九九年）は、完了の助動詞「り」の項に、
　（略）中世以降、二段系の連用形に「り」を接した「逃げり」のような類推形も散見する。（九〇五頁）

と説いている。数極めて少ない見解を示す。
（14）『日本国語大辞典　第十三巻』（小学館　一九七五年）は、この『大鏡』の用例などを挙げて四段活用と説く（一二〇頁）。しかしながら、この「たとふ」は下二段活用の連用形で四段活用ではない。詳細は次の拙稿に記述する。「法文聖教の中にもたとへるなるは」考「語文」第四二輯（一九七七年十一月）。（『大鏡の語法の研究　続』（桜楓社　一九七七年）収録
（15）但し、『延慶本平家物語』の例、北原保雄・小川栄一篇『延慶本平家物語　索引篇　上』（勉誠社　一九九六年）は「しきみつ」を四段とする。しかしながら、この用例、他動詞の「しきみつ」である。他動詞ならば、下二段活用である。
（16）『日本文法要説　古語編　上巻』（日本書院　一九六二年）三四一頁
（17）『平安時代の国語』（東京堂出版　一九八七年）一八頁

(18)『平安時代の漢文訓読語につきての研究』(東京大学出版会　一九六三年)七〇一頁
(19)日本古典文学大系『浜松中納言物語』頭注一三(岩波書店　一九六四年)二八六頁
(20)日本古典文学大系『夜の寝覚』頭注八(岩波書店　一九六四年)六二頁
(21)阿部好臣「浜松中納言物語」『日本語学研究事典』(明治書院　二〇〇七年)六九〇頁
(22)鈴木一雄「夜の寝覚」(『増補版日本文学史　2中古』(学燈社　一九九〇年)三七〇頁
(23)例えば、小田勝『古典文法詳説』(おうふう　二〇一〇年)四七二頁
この書では、『経衡集』(詞書)の「見給へれば」、『浜松中納言物語』の「思ひ給へりしかど」と「見給へりし」、『夜の寝覚』の「見給へりしか」、『大鏡』の「思ひ給へりしを」と、「見給ひしなり」、『内大臣家歌合・判』「思ひ給へる」、「見給はぬにや」、『水鏡』の「知り給はむ」「見給ひしに」、『信生法師日記』の「おぼえ給ひし」、『十訓抄』の「見給ふと」、『狭衣物語』(流布本)の「おぼえ給ふを」の諸例を挙ぐ。

鎌倉時代におけるこの「給ふ」「給ふる」の混同については、岩井良雄が『日本語法史　鎌倉時代編』(笠間書院　一九六五年)で触れていて、参考になる。一七九頁
(24)山内洋一郎『古本説話集総索引』(風間書院　一九六九年)二四頁
高橋貢『古本説話集全注解』(有精堂　一九七七年)五二頁

参考

『水鏡』においては、他動詞下二段活用で、地位につける、即位させるの意の「即く」の例が、掲げた五例を除き、五例ある。以下のごとくである。

①又皇后すでに皇子をうみたてまつり給てけり・これを位につけんとこそはかり給らめ・　巻上　十五代　神功皇后
②御いもうとを位につけたてまつり給へりし也・　巻上　廿四代　飯豊天皇
③御いもうとの飯豊天皇をつけたてまつり給しほとに・　巻上　廿五代　顕宗天皇

④かの王をむかへたてまつりて位につけたてまつらんとて・つかさ〳〵御むかへにまいりしを・　巻上　廿八代　継体天皇

⑤道鏡を位につけたまひたらは世の中をたしくよかるへきよしを申き・　巻下　四十九代　称徳天皇

付記一

「言ふ」の尊敬語に「宣ふ」がある。『水鏡』には、この「宣ふ」が、

うちうしろむき給てものもの給はさりしかは・　巻上　廿代　允恭天皇

いまよりこのことなかくと丶むへしとの給て・　巻上　十一代　垂仁天皇

このえいすなりぬるあにのみこの丶給やう・　巻上　二代　綏靖天皇

など、計五四例顕在している。流布本系の専修寺本『水鏡』に拠った数であるが、すべてハ行四段活用の例で、平安時代の語法として問題はない。ところが、同系の善本蓬左本『水鏡』に、

后まけ給ひなは色かたちならひなからんをんなを見させ給へとのたまへて　巻下　五十代　光仁天皇

のごとき例が一例存在する。ハ行下二段活用の用例である。問題の箇所[1]、専修寺本では、

きさきまけたまひなはいろかたちならひなからむおんなをえさせたまへとのたまひて　巻下　五十代　光仁天皇

のごとく、「のたまひて」とあり、同系の架蔵本『水鏡』や製版本『水鏡』も「の給ひて」とある。しかしながら、同系の簗瀬本『水鏡』では、

后まけたまひなは色かたちならひなからむをむなをえさせたまへとのたまへて　巻下　五十代　光仁天皇

のように、蓬左本と同様ハ行下二段活用になっている。

このハ行下二段活用の「宣ふ」について、原田芳起氏は、確例は、『今昔物語集』の一例だけであり、「『源氏物語』の異文に『のたまへ侍らむ』があり、下二段活用の存在が推測される。[2]」と説く。原田氏の掲げた『今昔物語集』の用例は、次の、

一両(ヒトリフタリ)候フ小(コ)童部ノ制シ宣ヘ候ヘトモ　　二七　三一

のごとき「宣へ」である。これは「宣(ノタマ)へ」ならぬ「宣(ノ)べ」と捉えて問題はない。すでに指摘もあるが、[3]『類聚名義抄』に、「宣ノフ」とあり、『字鏡集』(寛元本・白河本・天文本)に「宣ノフ」、『運歩色葉集』にもその読みが記されているからである。なお、ここでいう『源氏物語』の異文とは、河内本である。『水鏡』の蓬左本に、その下二段活用の稀な用例が見出されたので、指摘しておく。

「言ふ」の尊敬語「宣ふ」は、「『宣(の)(勅)り給(たま)ふ』の『り』の脱落[4]」して生じた語である。本論で記述したごとく、院政期ごろより、下二段活用の謙譲の補助動詞「給ふる」が活動の勢を失い、四段活用の尊敬の補助動詞「給ふ」との間に混乱を呈するようになる。その結果、新たに、下二段活用の「宣ふ」が誕生したと考えられる。その意味で、『日本国語大辞典』の、「中古に下二段活用の『のたまふ』の確例はなく、この例(筆者注、この例とは次の例を指す。「いとかしこき仰せ事に侍り。かの姉なる人にの給へ侍らん。」河内本源氏物語　帚木)も下二段活用の『たまう』の類推から後に改められた本文ではないかと疑われる[5]」の記述は、注目してよい。

注

（1）榊原邦彦編の『水鏡　本文及び総索引』（笠間書院　一九九〇年）に、「のたまふ」の下二段活用の例があることを指摘している（三二二頁）。なお、異本系の前田本には、

后負給ナバ色躰並無ラン女ヲ我ニ得サシメ給ト　宣テ　　下　五十代　光仁天皇

と「宣テ」とある。

（2）「のたまふ」中田祝夫編『古語大辞典』（小学館　一九八三年）一二九四頁

（3）日本古典文学大系『今昔物語集　四』（岩波書店　一九六二年　三七頁）。また、松尾拾も『今昔物語集読解4』（笠間書院　一九九七年）で「宣べ」と捉えている（四九三頁）。

（4）『時代別国語大辞典　上代篇』（三省堂　一九六七年）五六九頁

（5）「のたまふ」補注（3）『日本国語大辞典　第十六巻』（小学館　一九七五年）一二二頁

付記二

中世における、下二段活用の謙譲の補助動詞「給ふる」について考察する。

鎌倉時代の、この「給ふる」について、岩井良雄氏は、『日本語法史　鎌倉時代編』で、

「たまふる」は、は行下二段活用型の不完全活用である。(1)

と説き、左のごとき活用表を示す。

	未然形	連用形	終止形	連体形	已然形	命令形
たまふる		たまへ		たまふる	たまふれ	

そして、

「たまふる」は、平安時代には、「思ひ給へねば」「見給へむ」「思ひ給へらる」のように、未然形が存在し

たが、鎌倉時代には見当たらない。

終止形は、平安時代、源氏物語、蜻蛉に「かかる仰せ言見給ふべかりけるにや」という一例が湖月抄本に見えるが、他本には「見侍る」とあって、存在の確認にはならない。鎌倉時代にも、発心集、八、九一話に、

　今更に人のやつことならん事も、親の為、心うく思ひ給ふべき…（校注鴨長明全集）

とあるが、これも別本「思ひ給へて」という表記があるから、やはり終止形は認めないこととする。(2)

と説く。

確かに、言われるごとく、この「給ふる」の未然形の用例は、殆んど見出せない。しかしながら、擬古物語『山路の露』に、

　ましておはせましかば・・・(いかに)と口惜(く)・なむ思ひたまへらるゝ(3)。

という例がある。また、降って、室町時代成立の『増鏡』に、

　さやうのことなど、見給へざらんあと、うしろめたからぬさまなどぞきこえさせ給(たまひ)ける。　第十四　春の別れ(4)

　(老尼)「その日のこと見給へねば、さだかにはなし。（略）」　第十五　むら時雨

などが存在している。

鎌倉時代の作品に、その「給ふる」の終止形の例も鮮少である。しかしながら、皆無とは言えない。確かな例が、

「なにをか習(なら)ひ給べき」といふに、「大食調(だいじきてう)の入調(にうてう)なむ、まだ知(し)らぬものにて、うけたまはらなむと思(おも)ふ給ふ」などいふに、　今鏡　ふぢなみの下　第六　ゐあはせのうた(5)

「御心ざしの程は、返々もおろそかには思給まじけれども、かたみなどおほせらるゝがかたじけなければ」

とて、

宇治拾遺物語　一〇八[6]

などのごとく、存在しているからである。特に、前者は、現在最古、鎌倉時代中期頃の古鈔本と鑑定されている畠山本『今鏡』の用例である。

また、岩井氏は、前掲の書で、この「給ふる」の上位動詞について、鎌倉時代には、

「思ひ」に限られている。平安時代には「思ひ」「見」「聞き」「知り」等に添うことがもっとも多かったが、鎌倉時代には、もはや衰勢に傾き、わずかに余喘を保つに過ぎない。[7]

のごとく記述している。

しかしながら、中世でも、上位動詞は、「思ふ」だけではないようである。鎌倉時代の『今鏡』や、『十訓抄』に、

（実行中納言）「御哥見給へはべらばや」と申給ければ、

今鏡　ふぢなみの下　第六　竹のよ

（盛重）「シカサマニ候ト見給」ト申ケレバ、

十訓抄　上　一　四一

のごとく「見給ふる」が存在し、室町時代の『増鏡』にも、同様、

さやうのことなど、見給へざらんあと、うしろめたからぬさまなどぞきこえさせ給（たまひ）ける。

第十四　春の別れ

（老尼）「その日のこと見たまへねば、さだかにはなし。（略）」

第十五　むら時雨

のごとく顕在し、『今鏡』には、「聞く」に承接した例が

つらからば岸辺（きしべ）の松の波をいたみねにあらはれて泣（な）かむとぞ思
など、多（おほ）く聞（き）ゝ給へしかども、おぼえはべらず。　すべらぎの下　第三　むしのね

「をのづから聞（き）ゝ侍しことも、ことのつづきにこそ、思出（い）で侍れ。かつは聞（き）ゝ給へしことも、たしかにもおぼえ侍らず。つたえうけ給しこと、思出（い）づるにしたがひて申侍なむ。（略）」
むかしがたり　第九　あしたづ

の二例ある。更に、天下の孤本宮内庁書陵部蔵『とはずがたり』には、「覚ゆ」を上位語とした語が、その活用語尾の表記はないが、(8)

「たかしほみつをりはこの木のこすゑにやとり、さらぬをりはいはのうへにおはします」と申せは、あまねき御ちかひもたのもしくおほえ給て(9)　巻四

持明院殿は御宮の御なをしことにくろく見えさせおはしまし、もけふをかきりにやとかなしくおほえ給て(10)　巻五

のごとく見出される。何れも作者自身の詞中にある。

更に、岩井氏は同書で、この謙譲の補助動詞「給ふる」について、

平安時代からの伝統語であるが、鎌倉時代には、かなり衰えて、もっぱら説話集に集中し、軍記物語、随筆などには、まったく現われない。(11)

と説く。

しかしながら、既に本稿「『つけたま□らん』考」の表②で示したごとく、中世での、この「給ふる」の使用例の多いのは、説話文学の『発心集』の一六例であり、『宇治拾遺物語』の一五例であるが、歴史物語の『今鏡』

に一二例、『水鏡』に三例（『増鏡』には八例）その確かな使用例がある。また、擬古物語の『山路の露』の使用率も高い。(12) 言われるように、軍記物語や日記には、その使用例が極めて少ない。流布本『平家物語』や『保元物語』『平治物語』に全くその使用例がない。ただ、鎌倉時代語の資料として欠かすことの出来ない、延慶本『平家物語』には、

「（略）。『叶（かな）ハザラムマデモ、西国（さいこく）ノ方（カタ）へ、趣（おもむき）テ見候（みさうら）バヤト思（おもひ）給（たまへ）候（さうらふ）。（略）』（略）」　第三末

所（二）思給（一）候也（おもひたまふるところさうらふなり）。　第五末

のごとく二例顕在し、日記文学の『とはずがたり』には、「覚え給ふる」の形態で、二例顕在しているが『たまきはる』『うたたね』には皆無である。随筆『徒然草』にも、その使用例は見出せない。

注

（1）笠間書院　一九七一年　一七六頁
（2）注（1）一七七頁
（3）山内洋一郎編『源氏物語外篇 山路の露本文と総索引』（笠間書院　一九九六年）による。本文は、第一類（板本系）、問題の箇所、第二類にも異同はない。三二一頁
（4）時枝誠記・木藤才蔵校注。日本古典文学大系『増鏡』（底本、学習院大学図書館蔵　岩波書店　一九六五年）四二七頁。なお、佐藤敏彦編『ますかゝみ』（底本、岩瀬文庫蔵）『ますかゝみ』（桜楓社　一九三三年）に問題の箇所に異同がない。一五四頁
（5）榊原邦彦・藤掛和美・塚原清編『今鏡　本文及び総索引』（笠間書院　一九八四年）四二七頁
（6）渡辺綱也・西尾光一校注　日本古典文学大系『宇治拾遺物語』（底本寛永年間（一六三四年〜一六四四年）印行と目

される無刊記古活字印本。岩波書店　一九六〇年）二六七頁。なお、桜井光昭編『三本対照宇治拾遺物語』（武蔵野書院　一九八九年）に問題の箇所、「思給まじけれども」とあって、その異同はない。一七四頁。底本、伊達本。対校本、御所本、無刊記古活印本。

「まじ」の上接動詞の活用語尾の無表記。語尾の表記有するもので、連体形は、ラ変の一〇例（他に「苦しかる」一例）を除き、その用例を欠く。すべて終止形である。他に本作品には中世語法と目されるサ変の未然形に接した例が一例ある。

ものうらやみはせまじきことなりとか。　三

(7)　注（1）　一七七頁

(8)　二例とも、辻村敏樹編『とはずがたり総索引（本文篇）』（笠間書院　一九九二年）による。

(9)　問題の箇所、松本寧至訳注の、角川文庫『とはずがたり　下巻』（角川書店　一九七一年）では、「おぼえ給ひて」（四三頁）、福田秀一校注の新潮日本古典集成の『とはずがたり』（新潮社　一九七八年）でも「おぼえ給ひて」（二七一頁）とする。

なお、岩井良雄は、『とはずがたり語法考』（笠間書院　一九八三年）で、この箇所を挙げ、問題の箇所を「おぼえ給へて」と捉え、この作品に見える「給ふる」の唯一の例とする（二七八頁）。

(10)　注（8）の本文で、問題の箇所、松本は「おぼえ給ひて」（七七頁）とし、福田も「おぼえ給ひて」（三一八頁。）

(11)　注（1）　一七七頁

(12)　『山路の露』の補助動詞「給ふる」については、斉藤由衣子の論文が「『山路の露』の文法　二」と題して注（3）山内洋一郎編『源氏物語外篇　山路の露本文と総索引』に収載されている。

蓬左本『水鏡』傍訓総索引

この一覧は蓬左本『水鏡』において傍訓の付されている語・語句のすべての用例を、五十音順に掲げたものである。尚、蓬左本におけるその所在を（　）内に示した。

ア行

三嶋藍野（アイノヽ）陵（上44ウ9）
葦田（アシタ）ノ宿祢（上29ウ6）
東（アツマ）の漢（アヤ）駒（コマ）（中12ウ1）
姉押（アネヲシ）姫（上14オ5）
天野（アマノヽ）祝（上26オ3）
安康（アンカウ）天皇（上36オ8）
安閑（アンカン）天皇（上46オ7）
安寧（アンネイ）天皇（上12ウ9）
五十鈴（イイスヽ）姫（上12オ2）
雄略（イウリヤク）天皇（上38ウ4）
□（イエ）（中20オ6）…書き誤った文字の上に「家」と書いたと思われるが判読が難しいために「イエ」と傍書したものと思われる。
伊香色謎（イカシコメ）ノ命（上15ウ9）
春日ノ率川（イサカハ）ノ坂上ノ陵（上15オ3）
石姫（イシヒメ）皇后（中2オ3）
赤檮（イチヒ）（中10ウ4）
懿徳（イトク）天皇（上13オ5）
稲目（イナメ）大臣（中10ウ9）
稲目（イナメ）大臣（中13ウ1）
磐之（イハノ）媛（上29ウ2）
磐余（イハレノ）池ノ上（カン）ノ陵（中8オ10）
磐杯（イワツキ）丘陵（上41オ2）

飯豊(イヰトヨ)天皇（上40ウ1）
五百枝(イヲエタ)（下30ウ7）
允恭(インクヰヨウ)天皇（上33オ4）
鬱色謎命(ウチシコメノミコト)（上15オ5）
畝火(ウネヒ)山東北陵（上11オ1）
恵我藻(エカモ)陵（上26ウ4）

カ行

開化(カイクワ)天皇（上15オ3）
孝安(カウアン)天皇（上13ウ7）
孝元(カウクヱン)天皇（上14ウ5）
孝昭(カウセウ)天皇（上13ウ2）
孝霊(カウレイ)天皇（上14オ3）
垣内(カキウチ)丘陵（上40ウ1）
春日大娘(カスカノヲホイイラツヒメ)（上44オ6）
傍丘(カタヲカノ)磐坏丘北陵（上44オ4）
堅塩姫(カタシホヒメ)（中8ウ2）
葛城韓姫(カツラキカラヒメ)（上39ウ9）
葛木高額(カツラキタカヌカ)（改行）媛（上22オ6）
軽剣池嶋(カルツルキノイケノシマノ)上陵（上14ウ5）
吉備姫(キヒ)（中18オ8）
欽明(キンメイ)天皇（上46ウ9）
皇極(クハウキヨク)天皇（中18オ5）
桓武(クハンム)天皇（下26ウ8）
弘福(クフク)寺（下41ウ10）
光仁(クワウニン)天皇（下13オ6）
継体(ケイテイ)天皇（上44ウ9）

元（ゲン）正（セイ）天皇（中42オ3）
顕（ケン）宗（ソウ）天皇（上41オ2）
元（ケン）明（メイ）天皇（中40オ4）
小（コ）姉（アネ）君（キミ）姫（中13ウ1）
小（コ）姉（アネ）君（キミ）姫（ヒメ）（中10ウ9）
事（コト）代（シロ）主（ヌシ）神（上12オ2）

サ行

早（サウ）（改行）良（ラ）の親王（下28オ7）
坂（サカ）門（トノ）原陵（上39ウ7）
狭（サ）城（キ）楯（タ、）列（ナミノ）池ノ後陵（上21オ3）
狭（サ）穂（ホ）彦（ヒコノ）王（ヲホキミ）（上16ウ8）〈但シ、傍書ノ傍訓〉
施（シ）基皇子（下13オ8）
磯（シ）長（ナカ）中（ナカ）尾（ヲ）ノ陵（中2オ1）
小（シヌノ）竹祝（ハウリ）（上26オ3）
柴（シハ）垣（カキ）の宮（上33オ3）
私（シ）斐（ヒ）王（上45オ2）
塩（シホ）焼（ヤキ）の王（下3オ5）
成（シヤウ）務（ム）天皇（上21オ3）
聖（シヤウ）武（ム）天皇（中43ウ2）
称（シヨウ）徳（トク）天皇（下9オ6）
舒（シヨ）明（メイ）天皇（中17ウ7）
神（シン）武（ム）天皇（上11オ1）
綏（スイ）靖（セイ）天皇（上11ウ10）
崇（ス）峻（シユン）天皇（中10ウ7）
崇（ス）神（シン）天皇（上15ウ7）
鈴（ス、）印（イン）（下6オ3）

タ行

ナ行

ハ行

彦《ヒコ》（改行）主人《アルシ》（上45オ2）
檜《ヒノ》隈《クマ》坂《サカ》合《アイノ》陵（上46ウ9）
檜《ヒノ》隈《クマノ》大《ヲホ》内《ウチノ》陵（中31オ2）
日《ヒ》葉《ハ》酢《ス》媛ノ命（上20オ1）
古《フル》市《イチ》高《タカ》屋《ヤノ》丘陵（上46オ7）
振《フル》姫《ヒメ》（上45オ4）
武《フ》烈《レツ》天皇（上44オ4）
山辺《ヘ》ノ道ノ上ノ陵（上15ウ7）
穂《ホ》穴《アナノ》宮（上20ウ10）
細《ホソ》媛（上14ウ7）

マ行

眉《マユ》輪《ワ》の王（上37ウ10）
美《ミ》気《ケ》祜《コ》卿（中30オ3）
身《ミ》狭《サ》桃《ツ、》花ノ鳥坂上陵（上46ウ3）
御《ミ》間《マ》城《キ》姫（上16ウ4）
百《モ、》川《カハ》（下12ウ1）
百《モ》舌《ス》鳥《ノ》耳《ミ、》原ノ北陵（上32オ9）
文《モン》武《ム》天皇（中35ウ9）

ヤ行

八《ヤ》坂《サカ》入姫（上21オ5）
日本《ヤマト》武《タケノ》尊（上21ウ8）
壱岐《ユキノ》直《アタヒノ》祖《トホツヲヤ》真《マ》根《ネ》子《コ》（上27ウ1）
世《ヨ》襲《ソ》足《タラシ》姫（上13ウ9）

ラ行

龍《リウ》猛《ミヤウ》菩薩（上15オ9）
履《リ》中《チウ》天皇（上29オ10）

ワ行

あとがき

私どもは、以前、現存する『水鏡』の最古抄本で、鎌倉時代中期を下らぬ専修寺本『水鏡』に、応永頃の書写といわれる善本、蓬左本『水鏡』を対校して、『対校水鏡上』（昭和62年2月）『対校水鏡中』（平成元年12月）『対校水鏡下』（平成3年12月）を私家版で上梓しました。しかしながら、過誤や誤植などがありましたので、このたび、これらを訂正し、上木することにいたしました。装いを新たにするにあたりましては、蓬左本『水鏡』の「傍訓総索引」を加えました。また、「『つけたま□らん』考」という小考を添えた次第でございます。

刊行するにあたりましては、先学のご教示をたまわりました。とりわけ、

『水鏡全注釈』（金子大麓・松本治久・松村武夫・加藤歌子各氏注釈）（新典社　平成10年）

『水鏡全評釈』（河北騰博士著）（笠間書院　平成23年）

の二著からは、多大の学恩に浴しました。記して、感謝申しあげます。

尚、今回は市販のワープロ・ソフトを用いて手許のパソコンの画面上で原稿を作成してプリントアウトしたものを書肆に託しました。底本に存する声点を翻刻本文中に表示することができなかったのが心残りでございます。

又、誤りなきよう努めましたが、不安も過ぎります。お教えいただきたく、お願いいたします。

本編の上梓にあたりましては、貴重な図書の御許可をたまわった、真宗高田派本山専修寺に御礼申します。また、本書の出版をご快諾くださった、笠間書院の池田つや子会長・池田圭子社長、編集でお力添えをいただいた、大久保康雄氏に、深く感謝いたします。

平成二十八年　一月

小久保崇明
山田裕次

●編者紹介

小久保崇明（こくぼ　たかあき）

1930年　埼玉県生まれ
1950年3月　東京第一師範学校予科修了
1954年3月　東京学芸大学中等教育学科（国語専攻）卒業
1958年3月　日本大学大学院文学研究科修了
経　歴　都留文科大学教授、日本大学教授を経て、現在、日本大学名誉教授
主要著書　『大鏡の語法の研究』（さるびあ出版・1967年）、『大鏡の語法の研究　続』（桜楓社・1977年）、『大鏡の語法』（明治書院・1985年）、『水鏡とその周辺の語彙・語法』（笠間書院・2007年）他。
共　著　『全釈　更級日記』（笠間書院・1977年）

山田　裕次（やまだ　ゆうじ）

1951年　名古屋市生まれ
1975年3月　都留文科大学国文科卒業
1975年4月　埼玉県立高等学校教諭に採用され、2012年3月定年退職
論　著　「助動詞の分類・試論ー平安期の助動詞ー」（『解釈』1996年9月号）、「平安期の助動詞について」（小久保崇明編『国語国文学論考』笠間書院・2000年4月刊）、「吉野の里に降れる白雪」（『解釈』2002年5・6月号）、「降る・降りつ・降りぬ・降りたり」（『解釈』2003年5・6月号）、「「つ」と「ぬ」－「見つ」「見えつ」「見ぬ」「見えぬ」の場合－」（『解釈』2005年5・6月号）、「「ぬ」小考」（『解釈』2006年5・6月号）、「「経つ」「経ぬ」の例から見た「つ」と「ぬ」」（小久保崇明編『日本語日本文学論集』笠間書院・2007年7月刊）、「「つ」「ぬ」小考」（『解釈』2007年11・12月号）他。

対校（たいこう）　水鏡（みずかがみ）〈改訂版（かいていばん）〉

2016年4月25日　初版第1刷発行

編　者　小久保　崇明
　　　　山田　裕次

装　幀　笠間書院装幀室
発行者　池田圭子
発行所　有限会社　笠間書院
東京都千代田区猿楽町2-2-3
ＮＳビル302　〒101-0064
Tel. 03-3295-1331　Fax. 03-3294-0996

NDC 分類：913.425

印刷／製本：モリモトー印刷株式会社

ISBN978-4-305-70778-9